棗椰子の木陰で

第三世界フェミニズムと文学の力

岡真理

青土社

棗椰子の木陰で　目次

1　文学に何ができるか

2　だれが語り、だれが読むのか

3　文学の第三世界

棗椰子の木陰で　第三世界フェミニズムと文学の力

1　文学に何ができるか

棗椰子の木陰の文学

かつてサルトルは、アフリカで子供が飢えているときに文学に何ができるかと問うたが、米軍包囲下のファッルージャで、あるいはイスラエル軍再侵攻下のパレスチナで、イラク人やパレスチナ人の命など虫けらほどの価値もないかのように日々、人々が殺されているこのとき、いったい文学に何ができるのかという問いは、アラブ文学に携わる私自身の痛切な思いでもある。

サルトルの先の問いかけを契機として開かれたシンポジウムでは、文学は、アフリカで子供が飢えているというまさにその現実を私たちに伝えることができるではないか、だから文学は決して無力ではないのだという応答があった。だが、その答えに私がにわかに首肯しかねるのは、例外的情況が日常と化したイラクやパレスチナの現況では、彼、彼女らが生きているその生の内実が文学作品として必ずや形象化され、私たちの手元に届けられるにしても、それはまだ幾年も先の出来事であるように思われるからだ。現に、占領下のヨルダン川西岸地区に暮らす作家のリヤーナ・バドルは「人はつねに作家でいるわけにはいかない。このような情況下では小説家であることをやめ、ジャーナリストたらざるを得ない」と語り、ペンをヴィデオ・カメラに持ちかえて、パレスチナの現況を直接、世界に発信すべく映像作家に転身している。「今、ここ」の現実を世界に知らしむという意味では、それはむしろジャーナリズムの仕事であって、生きのびること、日常生活を維持することそれ自体が闘いと同義であるような生を強いられる「今、ここ」の過酷な現実のなかで、文学は依然、無力であると言わざるを得ない。

二〇〇三年三月、米英によるイラク攻撃が目前に迫るにつれ、私が住む京都の街でも、攻撃反対を訴えるデモや集会が緊迫度を増して開かれていた。そんな集会のひとつで、ハンドマイクを握りしめ反戦を訴える一人のイラク人男性と知り合った。海洋学を専攻する彼、マジードさんは、京都の大学で研修中だった。後日、お茶を飲みながらお話をうかがった。

マジードさんはバスラの出身だという。バスラってどんな街ですかと訊ねると、彼は言った。バスラは旧約聖書の時代にまで遡る、とても旧い都市なのですよ。バスラは石油だけの街ではありません。別名、マディーナト・ル・ナフラ、つまり棗椰子《なつめやし》の街とも呼ばれています。かつては何百万本もの棗椰子があり、それはそれは美しかったものです。でも、今は、たび重なる戦争によって十分の一ていどに減ってしまいました……そう語る彼の声は沈痛な翳りを帯びていた。「バスラ」の名が新聞の見出しに大きく踊り、破壊された油田からたちのぼる黒煙を背景に、米軍の戦車の前を逃げ惑うイラク人親子の写真が報道されるのは、それからほんの数日後のことだった。

マディーナト・ル・ナフラ、棗椰子の街。彼の口から発せられたその言葉を耳にした瞬間、干した棗椰子の実の、あの柔らかい食感と濃厚な甘さが口腔に甦り、同時に、棗椰子の繁るオアシスの光景が私の脳裡に広がった。私はイラクへは行ったことがない。でも、棗椰子の林なら、かつて暮らしたモロッコで幾度も目にしたことがある。黄褐色の砂漠と空の青の眩いコントラスト、砂漠を縁取る棗椰子の瑞々しい緑。そう言えば、あるとき訪れた中部アトラス山中のオアシスの村では、老人が行きずりの旅人を家に迎え入れ、ミントティを振舞ってくれたことがある。グラスに熱いお茶を注ぎ淹れながら、老人は問わず語りに語った……若い者たちはみな村を出て都会に行きたがるが、都会に行ったところで仕事があるわけでなし……村にいれば、アッラーの恵みに不自由することはない、パンとミントティと棗椰子があればじゅうぶん幸せに生きていけるものを……そう言って老人は、丸い大きな皿に山と盛られた棗椰子の実――神の恵み――を私たちに勧めてくれたものだった。

モロッコの中部アトラス地方の棗椰子の林とバスラの棗椰子の林は決して同じではないだろう。だが、モロッコのオアシスの村で出会った老人の言葉は、たとえば棗椰子とともに生きる人間にとって棗椰子というものがいかなる存在としてあるのか、ということを私たちに教えてくれる。バスラの人々もまた、何十年、何百年と、棗椰子の林とともに生きてきたにちがいない。棗椰子を生活の糧とし慈しみ――季節がめぐりくれば受粉させ、実を収穫し、油を搾り、石鹸を作り――、天に向かって高くまっすぐに伸びる何千本、何万本もの棗椰子の林を故郷の記憶の原風景として……爆撃は油田を破壊するだけではない。爆風は木々をなぎ倒し、炎は林を焼き尽くすだろう。人々の大切な生の一部、故郷の原風景、記憶の一部を破壊するのだ。焼かれ、引き裂かれる木の痛みや叫びはそのまま、バスラの人々の心の痛みや叫びに重なるだろう。バスラの人々が棗椰子とともにどのようにその生を営んできたか、その具体的な生の細部を私たちが知らないならば、焼け焦げた棗椰子の映像を私たちがたとえ目にしたとしても、それは、「戦争の惨禍」なるものを伝える記号にとどまり、棗椰子とともに生きてきたバスラの人々の心の痛みまでは思い至らないのではないだろうか。

世界の耳目がイラクに集中するなか、イスラエル軍再侵攻下のパレスチナ、とりわけガザ地区では、毎日のように、パレスチナ人の住居が安全保障上の理由からイスラエルの軍事用ブルドーザーで組織的に破壊されている。夥しい数の人々が住処を失い、廃墟での生活を余儀なくされている者も多い。また、二〇〇二年四月には、西岸北部の街ジェニーンでは、テロリスト撲滅を掲げて侵攻したイスラエル軍によって、隣接する難民キャンプ中央部が百メートル四方にわたって徹底的に破壊され、住宅密集地は土砂の海と化した。

瓦礫の山の傍らで、スカーフを被り、伝統衣装を着た年輩の女性が両手をあげ、天を仰いで泣き叫ぶ姿。テレビのニュースが、パレスチナにおける家屋破壊という出来事を伝えるときの定番となっている映像だ。そこでは見事なほどすべてが記号と化している。瓦礫の山は「破壊された家」の記号であり、スカーフと伝統衣装は「パレスチナ」の、泣き叫ぶ様子は家を失った住人の「悲嘆」の記号である。こうした記号化された映像は、わずか数秒で出来事を効率よく切り取って視聴者に伝えるが、それ以上に、家屋破壊という出来事が起きるたびに同じような、個別性を剝奪され、ステレオタイプ化した映像が反復されることで逆に、視聴者の目に出来事自体を陳腐化させ、出来事の意味、すなわち人間にとって家が破壊されるという出来事が意味するものそれ自体を徹底的に無化するという効果をもっている。

だが、人間にとって「家」とは単に、雨露をしのぐ屋根を意味するだけではないはずだ。「家」が破壊されるという出来事は単に、ブロックでできた箱が瓦礫の山になることに還元できはしないはずだ。阪神淡路大地震の被災者が、海外で大地震が起きるたびに、被災者に対する支援活動に積極的に取り組むのも、住まいを失った人々が被る喪失の深さや精神的打撃の大きさを誰よりも深く知っているからだろう。

半世紀以上も前、暴力的に故郷を追われ、家も畑も財産も一切を失いキャンプで生きてきた難民たち。やがて歳月の経過とともに、国連から支給されたテントはトタン屋根とアスベストでできたバラックとなり、バラックはブロックでできた家になり、家族が増えるにつれ二階、三階と建て増しされ、わずかな蓄えができるたびに子どもたちのベッドを、家族のためのソファを、妻のための鏡台を、箪笥をと買い揃え、マントルピースの上には人生の折々に撮られた記念写真が額に入っていくつも飾られ、そして、今度まとまったお金ができたら高校に進学した次男のために屋上に勉強部屋をしつらえてやりたいとか、もうすぐ結婚する長男の寝室を整えてやりたいとか、そこには、これまでその家で家族一人ひとりが生きてきたたくさんの思い出とともに、ささやかなたくさんの未来の夢や願いが込められていただろう。それが、ある日突然、占領軍のブルドーザーによって何もかも破壊され、ただの瓦礫の山にされる。失うものさえもはやなく、残されたものはただ、未来に対する絶望と占領者に対する限りない憎悪だけだとしたら……？　娘をパレスチナ人の自爆者に殺されたイスラエル人のある母親は言う。「娘を殺したのはイスラエル政府だ。パレスチナ人のオリーヴを根こそぎにし、彼らの家を破壊し、テロリストを育てているのはイスラエル政府なのだ」

ジャーナリズムは戦争といった問題が起きてのちはじめて、それらの問題が生起する社会について伝える。だが、大切なのは、そうした出来事すべてに先立って、人々がどのようにその生を営んできたか、何を愛し、何を慈しみ、何を大切にして生きてきたか、そうした生の具体的な細部ではないだろうか。それを知らなければ、私たちは、戦争や占領が、彼、彼女らからいったい何を奪い、何を破壊したのかを真に知ることもできない。そして、戦争や占領が人間からいったい何を奪い、何を破壊したのかを真に知らないままに唱えられる「反戦」や「平和」は、それがどれだけ正しくても、抽象的なお題目にとどまるだろう。

記号に還元されない、人間が生きる具体的な生の諸相を描き、私たちの人間的想像力と他者に対する共感を喚起するもの、そのひとつが文学作品であるとすれば、冒頭のサルトルの問いに対する答えのひとつがここにあるのではないか。サイードが『オリエンタリズム』で、合州国の中東言説において中東の文学に対する言及が欠如していることを指摘し、文学に対するこの無関心が、中東の人々をステレオタイプ化し、「私たち」とはまったく異質な「他者」として彼らを本質化するオリエンタリズム的世界観の構築と実践に深く関与していると語っていたことが、今、あらためて想起される。イラクで、パレスチナで、アフガニスタンで、人々が殺されている今だからこそ逆に、文学なるものが、ほかのいつにも増して切実に求められているのだと言える。「今、ここ」の悲惨を伝えるためではなく、そうした惨禍がなかったならば、人々が送っていたであろう物語、棗椰子の木陰で愛を語りあう人々の物語や、オリーヴやオレンジやレモンの木と戯れる子供たちの物語、人が生きることの哀歓を私たちに感じさせてくれるような物語が。

二〇〇四年六月一八日記

付記

雑誌に掲載された拙稿を読まれた読者の方からお便りを頂戴した。イラクで三年を過ごされたというその方は、棗椰子農園の写真をアップしているご自身のホームページを紹介してくださった。さっそくのぞいてみると、イラクの棗椰子農園の様子を伝えるたくさんの写真があった。沼沢地に繁茂する棗椰子の林は野趣に溢れ、私が知っていたモロッコのアトラス山中の、静謐なオアシスの林とはぜんぜん違っていた。それらの写真からは、数千年の昔から葉陰を吹き渡る風が見えるようだった。木陰で笑いさざめく子どもたちの声が聞こえて来るようだった。

出来事の低みで

今、イラクで人々がその人間性を貶められ、生を破壊されているこのときに、文学にいったい何ができるのか、アラブ文学に携わる者としてそのような問いがここ数年、脳裡を離れない。私は大学でアラビア語を教えているが、今年、アラビア語を学び始めた学生たちの少なからぬ者にとり、自分たちが今、学んでいる言語を母語として生きている人々との最初の出会いが、アブー・グレイブ刑務所で拷問され、辱められたイラク人の姿であったろうことを考えるといたたまれない思いにとらわれる。

拷問者たちは自分たちの行為を記念撮影していた。これについてはスーザン・ソンタグが「写真」論の観点から考察しているが（「他者の拷問への眼差し」『論座』二〇〇四年八月号）、そこで行われている拷問の数々にはそもそも、写真に限定されない、辱められる身体をさらに「第三者の視線にさらす」という契機が存在しているように思える。辱めを受ける姿を他者に見せることで被害者を二重に辱めるために。あるいは、辱められる姿が他者の視線にさらされることこそが拷問の核心であるかのように。

メディアで報じられたそれらの写真――「拷問とポルノグラフィーが合体した」とソンタグが語るそれ――を通して、私たちはアブー・グレイブにおける犯罪の具体的様相を知る。だが、人が辱められている姿を他者の視線にさらすためにそれらの写真が撮られたのであったとすれば、メディアが犯罪の告発を旨として報じるにせよ、また、私たちが批判的意図をもってその写真を見るにせよ、写真を報じ、「見る」という当の行為が、私たちの意図に反して、拷問のプロセスを反復してしまうことになる。他者の視線の前で辱められることが拷問の核心を構成するとき、たとえそれが犯罪を犯罪として認知し糾弾するために必要な所作であったとしても、拷問の細部をより詳しく知ろうと、そのディテイルに私たちが目を凝らすなら、私たちと彼らは自動的に、拷問者が設定したポルノグラフィックな関係性の構図のなかで、辱められた人間を覗き見る主体と、ポルノ写真の限りなくモノ化された客体に否応なく分け置かれる。それは、断じて、断じて、人間同士の出会いなどではない。人間としての彼らに出会う前に私たちが触れるのは、ポルノ写真の被写体に貶められ、否定された彼らの人間性なのだ。

占領下イラクの実態を訴えるため来日した、アブー・グレイブに投獄された経験をもつムザッファル・アフマドさん（二九歳）と、女性ジャーナリスト、ハナ・イブラーヒームさん（五五歳）の二人と今年二〇〇四年八月、広島へ旅した。新幹線の車内で、あるいは休憩に入った喫茶店で、分刻みのスケジュールから束の間解放されたそんな折り、二人が私に語るのは、アブー・グレイブにおける拷問がいかなるものであったかという話だった。

だが、集会や記者会見といった公の席で、二人の口から拷問の具体的な話はまったくと言っていいほど語られはしなかった。集会でムザッファルさんが米兵の非人間性の証として紹介した出来事は、たしかに痛ましくはあるものの、報道を通じてアブー・グレイブにおける拷問の非道さについて聞き知り、その犯罪性を告発しにはるばる来日した当事者の生の声を聞くために集ったであろう参加者が、彼が言う米兵の「非人間性」とそれを証拠立てるために語られる逸話のあいだに、釣り合いのとれぬものを感じたとしても不思議ではない。

取材の席で「アブー・グレイブでは言い知れぬ屈辱を味わった」としか語らないムザッファルさんに、「その内容を具体的に」と重ねて問う記者が一人ならずいた。記者として無理からぬ要求だと思う。けれども、もし、私がムザッファルさんだったら、被害者が私の肉親だったら、大切な友人だったら？たとえ米軍の非道さを告発するためであったとしても、彼、彼女の人間としての品位を貶める行為の数々を見知らぬ不特定多数に語って、大切な人を再度、さらしものにしたいとは思わないだろう。肉親でなくても友人でなくても、同胞一人ひとりが被った癒しがたい痛みに思いを馳せるなら、彼らがその身に被った辱めを不特定多数に向けてこと細かに語ることはどうしてもできないというムザッファルさんの気持ちが、傍らにいて私には痛いほど感じられた。だからこそ、それらの出来事は、肩を並べて座った新幹線の車内、あるいは喫茶店といった二人きりの親密な関係性のなかで、個人から個人へ、大切なものとして手渡されなければならなかったのだと思う。

「アブー・グレイブで全裸にされ、女性の独房の前に連れてこられた老人がいました。米兵は彼に犬をけしかけました。女性は目を伏せ、泣きながら、「私を姉だと思ってください。私はあなたの姉なのですよ、だから、どうか、どうか、恥だなんて思わないでください……」と訴え続けました……」ハナさんが語ってくれた話だ。

私たちは出来事の犯罪性を糾弾しようとするあまり、犯罪を証拠立てる写真に目を凝らし、そうすることで、私たちの視線はおのずと拷問者のそれをなぞり、被害者を客体に貶めてしまう。だが、そうではなく、写真の前で目を伏せること（それは、犯罪に目をつむることと決して同じではない）、言い換えるならば、行為の具体性に目を凝らすジャーナリストとは違う形で出来事に向き合うことの大切さをこの逸話は示唆しているように私には思われる。そこでなされた行為の数々、そのおぞましさを細部まで私たちがいかに詳細に知ることができるかが問題なのではなく、「言い知れぬ屈辱を受けた」というその言葉から、そのような抽象的な言葉でしか言い表すことができない出来事の深淵、闇の底に、私たちがどれだけ深く降りゆくことができるかが問われているのだと思う。文学的想像力とは、そうした思考の力のことだと思う。

こうした出来事のすべてがやがて、文学者の手によって必ずや小説に著されるだろう。メディアが積み上げる「テロ」「部族社会」「イスラム過激派」といった不毛な言葉の瓦礫の下で、イラクの人々が今、不条理に被る痛み、苦しみ、悲しみ、そしてその人間性がいかに貶められ、その尊厳と生が破壊されているか、それらをつぶさに描き出しながら、しかし、私たちが拷問者のまなざしに同化し、彼らを客体に貶めるのではない形で、人間としての彼らに出会うための作品。同時にそれは、拷問者の人間性についても語る作品となるだろう。他者を辱めることが、「占領者」という、他者に対して絶対的な優位に置かれた者たちに普遍的な振る舞いであるとすれば、それは、かつて占領者であった日本人自身と、彼らによって人間性を否定された者たちの物語でもあることを私たちは知るにちがいない。

2　だれが語り、だれが読むのか

「二級読者」あるいは「読むこと」の正統性について

自らが何をなすべきかしかとは分からないとき、私たちの行動の結果や条件をもはや計算しえないとき、戻るべき場を失い「自己」へさえも戻りえないとき、そのようなときはじめて、私たちは応答可能《リスポン》性《シビリティ》／責任というような何かに出逢う。

——トマス・キーナン『責任の寓話』

1

テクストは語りかける。テクストを読みうる者すべてに対して——とりあえずはそう言いうるにしても、それではテクストは、それを読みうる者すべてをその宛先として語りかけているのだろうか。テクストを読みうるということをもって私はにわかに、そのテクストが語りかける正統な宛先、正統な読者であると言いうるのだろうか。読むことの正統性——私がテクストを読むことが正統 legitimate、すなわち法に適っているなら、それはどのような法に従って正統とされているのだろうか。言いかえれば、私はいかなる法に基づいて、自らを正統な読者と見なしているのだろうか。

テクストを読むこと——それは文字どおりテクストを「読む」ことから、それを解釈し、それについて語り、その「読み」を新たなテクストとして再生産するといった一連の活動を意味するが——、それは長らく一部の者たちに特権的に専有されてきた（し、現在なお専有されている）。特定の者たちをテクストの読みに与ることから排除し、一部の者たちだけがテクストに対する権利を特権的に専有すること、それは正統なこと、法に適ったことであるとされてきた――特定の者たちが、政治的権利に与ることから排除され、一部の者たちがこれを排他的特権として享受することそれ自体が「法」によって正統づけられてきた、そして現在なお正統づけられているように。それは言いかえるなら、選別と排除、権利の排他的専有を「正統」づけるような法の語りが共有され生きられてきた、あるいは今なお生きられているということだ。私たちは、そのような法のただなかに生まれいでる。法自身の正統性が書き込まれた起源の語りのなかに。だが、私たちにはまた別の語り、世界を統べる別の法がありうるのではないか。私たちの誕生前からそこにあり、私たちがそのなかに生まれいでる語り、特定の者だけが権利を排他的に専有することを正統とする法の、その正統性を認めず、これを断じて拒絶する私たちの語り、彼らの法が支配するこの世界のなかでは居場所をもたない語りが。語りと語り、法と法の闘争。世界を統べる起源の法、起源の語りに代わって、私たちの語り、私たちの法がこの世界で正統性を獲得するための抗争――たとえばかつて「王権神授説」という語りに代わって「国民主権」という語りが正統性を獲得したように。

テクストをめぐる市民革命。今、地球規模で進行しているのは、そのような事態であるのかもしれない。帝国の正典は旧植民地出身の研究者の審問に付され、中立性、客観性を標榜する近代的な学問の諸言説が「男性」によって専有されてきたことが、フェミニストの研究者らによって次々に明らかにされているように。伝統的に女性を男性より劣ったものと見なす男性法学者らによって男性中心主義的に解釈されてきた聖典から、ムスリム女性たちが今、アラビア語の原典に直接あたりながら、従来の家父長主義的解釈によって掻き消されてきた、聖典の通奏低音をなす両性平等主義的な声を掬いとろうとしているように［Ahmed］。あるいは「民族の正史」なるテクストによって「歴史」を専有し、「できごと」の存在それ自体を抹殺しようとする者たちの語りに抗して、別の語りを分有しようとする諸々の闘いが今、闘われているように。

そう、それは革命なのだ。それが革命であってみれば、起源の語りの分有という事態を自ら実践してみせたサルマン・ラシュディの『悪魔の詩』というテクストが世界各地でさまざまな暴力の発動を喚起したことは、おそらく当然すぎるほど当然のことであったのだろう。だとすれば、小説とはフィクションであるがゆえにテクストと現実は無関係であるとし、ホメイニー師のファトワーに端的に象徴されるテクストに対する現実世界の暴力的介入を、小説の虚構性を理解しないイスラーム世界の無知蒙昧に帰す西洋世界のラシュディ擁護の言説は、物語をめぐるこの闘いの、その革命性をこそ否定しているという点において本質的に反革命である。それらの言説において明確に否定されているのは、物語が、現実を支配する起源の語り、すなわち「法」に介入しうるということ——ときに暴力的に——、そしてそれゆえ、物語が現実を変えうるのだという信念である。そこには、小説などただのお話なのだから安心して聞いていればよいのだと、私たちを脅かすものなどそこには微塵も存在しないのだという、「フィクション」なるものをめぐる一つの語りがある。物語は現実に干渉しないという契約、「物語」と「現実」のあいだにこの二つの世界を明確に画する境界を設け、物語の力を物語のなかだけに限定する契約、そのような契約を交わした者だけが、「読むこと」の正統性を保障される。物語と現実を混同し、作者の死刑を叫んだりする者たち、すなわち物語をめぐるこの契約を交わしていない者たちは、正統な読者ではないがゆえに、この者たちの「読み」自体がそもそも法に適ってはいないとされる——illegitimate な読者たち。

テクストは開かれている、とはいえ、すべての者に対して、というわけではないのだ。それは契約を結んだ者だけ、物語が介入する力をもたない現実のなかで読者として振る舞う者だけにとっての「話」、そのような語りの正統性を信じている者たちだけのことに過ぎない。しかし、もし、私たちの紡ぐ物語が、私たちが生きる世界を暴力的に支配する法、起源の語りに介入する力をもたないのなら、物語を語ることはただの言葉との戯れ、その能力と時間をもつ者だけに許された贅沢な、特権的遊戯に過ぎなくなるだろう。エーコが主張する〈フィクション契約〉というような語りは、『悪魔の詩』において語られた、起源の語りを粉砕する権利を万人が有するという物語を、その物語に反してもう一度、特権的な者たちの専有物へと回収しようとする反革命の語りであるように私には思われる。〈フィクション契約〉という語りによって適法とされた読者として振る舞うことで、この「正統な読者」は、『悪魔の詩』という物語を専有／横領する。だが、『悪魔の詩』が、まさにテクストの特権的専有という事態の粉砕こそをもくろんだ物語であったとすれば、この作品に抗議して本を燃やし、ラシュディに死刑を叫んだ者たちこそ、ある意味では、この物語が語りかける真の宛先であったことになりはしないか〔Benslama 参照〕[1]。

起源の語り、この世界を規定する法に抗して紡がれる無数の物語が突きつけるのは、この起源の語りそれ自体の正統性に対する疑義である。だからこそ、私たちは疑ってみなければならないのだ。テクストに対する私の読者としての正統性とは、いったいいかなる法によって正統づけられているのかということを、そして、その法自体の正統性を。

2

このようなもの、つぎにお話ししようと思っているものにくらべたら、なんでもないものですわ。でも、それもわたくしが生きていたら、王さまがわたくしをこの世に残してくださったら、のことですけれど。

——シェヘラザード『千夜一夜物語』(2)

テクストは読者に語りかける。だとすればテクストという語り手と読者という聞き手の関係性は、『アラビアン・ナイト』あるいは『千夜一夜物語』(以下『千夜一夜』と表記)の枠物語を構成するシェヘラザードと王の関係性に重ね合わせることができるのではないか。『千夜一夜』は、読者の正統性とテクストの関係を考える上で、私たちに一つの範例を提供してくれるだろう。

『千夜一夜』とは、世界を統べる語り——法——のありかたをめぐる、起源の語りと抵抗の語りの抗争の物語である。女たちに対する王の暴虐を正統づける法が、やがて、千と一夜にわたってシェヘラザードの物語が紡がれることによって、王その人においてその正統性を否定されるにいたる。このとき王は、起源の語りそれ自体の正統性を承認しない別の語り、別の法に服することになる。すなわち、暴虐に抗して女たちが生き延びることを正統づける法である。「物語」が世界を統べる語りを別の語りに代え、それによって暴力的だった世界のありかたそれ自体が変わる。千と一夜のあとで王の身に生じた人格的変容は、世界を統べる法の変容を象徴している。残忍な王はシェヘラザードの千と一夜にわたる物語のあとで、前非を悔い、彼女を妻に迎え、人民に対して徳行で報いるのである。だが、「物語を語る」ことで王の変容が、言いかえれば世界を統べる法の変容が、いかにして可能になったのだろうか。

シェヘラザードは自らが生き延び、そして王の殺戮の脅威にさらされているほかのすべての女性たちが生き延びるために、物語を語り続けなければならない。シェヘラザード（と女たち）のサヴァイヴァルはひとえに彼女の物語の継続、すなわち物語それ自体のサヴァイヴァルに懸かっている。物語が生き延びること、それは即、シェヘラザードが生き延びることであり、ほかの女たちが生き延びることであった。したがって、聞き手である王とシェヘラザードが語る物語との関係はそのまま、王とシェヘラザード、そして王と女たちとの関係のアナロジーになる。王が女たちに対して専横的な権力を行使することが許されているような王と女たちの関係——王のそのような振る舞いは、これを適法とする法によって支えられている——を、そうではない別の関係に置き換えるためにシェヘラザードが物語を語ったとすれば、王と女たちの関係の変容は、王と、シェヘラザードの物語る話の関係の変容として把握することができるだろう。

シェヘラザードを生かすも殺すも王の自由であるように、彼女の話が気に入らなければ、王はいつでもそれをやめさせることができる。聞く聞かないは聞き手である王の恣意に委ねられており、王はシェヘラザードの物語に対して一方的に権利をもっている。シェヘラザードの物語がいかなるものであり——おもしろいのか、つまらないのか——、その物語といかなる関係を結ぶのか、それを決めるのは王である。ちょうど女たちの生殺与奪の権利を王が一方的に握っていたように。王が物語に対してこのような専横的な関係をもちうるのは、そこに、このような関係を適法とするような法の語りが存在するからである。その語りにしたがって、王は「正統な聞き手」として振る舞っているわけだが、シェヘラザードがその物語を通してもくろむのは、王を、そのような語りを肯わぬ別の法、別の語りによって適法とされる聞き手とすることである。そのとき王は、女たちとの関係においても別の法、別の語りに服することになるだろう。

ところでシェヘラザードの名を知っている者でも、シェヘラザードに妹――侍女という説もある――ドゥンヤーザードがいたことを、ましてやその妹が千と一夜のあいだずっと、シェヘラザードと王の傍らに侍っていたことを知る者はさして多くないにちがいない。このドゥンヤーザードはシェヘラザードの企みの一部であり、事前の打ち合わせどおり姉のいる王の寝所へ呼ばれた彼女は、頃合を見計らって姉に物語を所望する。つまり、ドゥンヤーザードはシェヘラザードの千と一夜におよぶ長大な物語を始動させる契機として配されているわけだが、シェヘラザードが話を語り始めるにあたって、なぜ、ドゥンヤーザードという第三者の存在が必要であったのだろうか。ドゥンヤーザードは『千夜一夜』というテクストにおいて、どのような役割を担っているのだろうか(3)。

たしかに姉の語る物語の素晴らしさを褒め称え、物語の続きを所望するドゥンヤーザードの無邪気さは、シェヘラザードの才知と際だった対照をなしており、ドゥンヤーザードがシェヘラザードのフォイル的役割、つまり引き立て役を担っていることは否定できないが〔前嶋b、一二四―五〕、シェヘラザードの物語のサヴァイヴァルには当然のことながらドゥンヤーザード自身の命も懸かっている以上、シェヘラザードの物語の継続に協力することは、ドゥンヤーザードにとっても彼女なりのポジションで王の専横と闘うことであったとも言える。シェヘラザードが父の反対をおして王のもとへ赴くのは、王の暴虐によって殺されてゆくほかの女たちの叫びに呼応しようとするものでもあったとすれば（シェヘラザードは翻意を促す父に向かって次のように言っている。「後生ですから、お父さま、このわたくしを王さまのところに嫁がせて下さいましな。ひょっとすれば命をつなぐことができるかも知れませぬし、でなくともイスラム教徒の娘さんたちの身代わりになり、王さまの御手からあの方たちを救ってあげる役にたつでございましょうから」（前嶋信次訳『アラビアン・ナイト1』序話より、強調——引用者）、シェヘラザードの物語がまさにドゥンヤーザードの所望に応えるものとして始められ、そして女たち二人の協力によって物語が生みだされるという設定は、王の専横に抵抗する女たちの連帯（文字どおりのシスターフッド）とその闘いを表しているというフェミニスト的解釈も可能だろう(4)。

ところでシェヘラザードの物語の聞き手が王だけではなく、ドゥンヤーザードもまたその一人であったとすれば、『千夜一夜』というテクストを読む読者は、シェヘラザードの物語に耳を傾けるかぎりで、王とドゥンヤーザードという対立しあう二つのポジションを同時に占めることになるだろう。ちょうどベラスケスの絵画「侍女たち」を見る者が王と臣下である画家という二つの相対立するポジションを占め、その視線が、王と画家の二つの権力が交渉する場となるように、シェヘラザードの物語に耳を傾ける読者において、物語に対して専横的な権利を行使しうる聞き手としての王が依拠する法と、その専横に抗して物語を生き延びさせようとする女たちが信じる法の、二つの語りの正統性が交渉されているとも考えられる。では、シェヘラザードの物語の聞き手である王において、この二つの語りの正統性はどのように交渉されているのだろうか。

最初の朝が来てシェヘラザードが話をやめると、ドゥンヤーザードはすかさず姉の話の素晴らしさを絶賛する。「お姉さまのお話って素晴らしいのね。ほんとに楽しくって、気がきいていて、魅力的ですわ」。そして、夜が訪れ、ドゥンヤーザードが姉に話の続きを所望すると、シェヘラザードは「王さまが許してくださいますなら、喜んでいたしましょう」と言って、王の許しを得て話を続ける。これが、前嶋信次訳『アラビアン・ナイト』では、多少の異同をともないつつ第十夜まで繰り返され、第十一夜は、「第十一夜になると、〔シェヘラザードは――引用者〕またその話をつづけた」と簡潔に記されて、そして、最終夜である第千一夜になると再び、ドゥンヤーザードが物語を所望し、シェヘラザードが王の許しを得て語り始めるという物語開始当初と同じやりとりが交わされる(5)。

物語の続きを聞きたいというのは、ほかならぬ王自身の欲望でもあるはずであり、物語に対するこの欲望が王を物語の聞き手にするのだが、ドゥンヤーザードが物語の続きを所望してくれるおかげで、王は物語に対する自らの欲望を告白することを免れる。そしてドゥンヤーザードの所望に対するシェヘラザードの応答――「もし王さまが許してくださいますならば」――は、王に、物語の許可を与える者、物語の裁定者としてのポジションを与える（さらに、これによってシェヘラザードが語る物語は王に許されたものとして、王の権威を分有し、「正統性」を獲得する）。物語に許可を与えるという行為の効果として、王は物語に対して力を行使する「聞き手」、逆に言えば、物語が自分に力をふるうことを拒否する「聞き手」となる。エーコの〈フィクション契約〉と同じく、物語に許可を与えることで王は、シェヘラザードの物語とある「契約」を――物語が現実に介入しないという契約を――結んでいる。この契約によって、物語の内と外を画定する境界線が引かれ、王はシェヘラザードの物語とは別の語りが支配する世界のなかに聞き手というポジションを確保し、これを維持するのである。

したがって聞き手としての王は分裂していると言える。シェヘラザードに物語る許可を与えることで、物語の生殺与奪の権利を握っているかのように振る舞う、物語の外在的な聞き手としての王と、シェヘラザードの物語に対するやみがたい欲望によって聞き手となる、「王」の権威とはいっさい無縁の王という二つの王。物語に対する欲望によって王は、シェヘラザードが語る物語に耽溺し、彼女の言葉の一つ一つに欲望を刺激され翻弄される。そこではいつしか、物語と聞き手の関係が逆転している。物語の外部で物語の裁定者として振る舞う王は、物語に対して一方的に力を握っていたが、物語の内部で、世界を支配するのはシェヘラザードの語りである。シェヘラザードの物語において語り手と聞き手の関係は何層もの入れ子構造をとり、錯綜し入り乱れる。語り手が聞き手になり、新たな語り手が語る話は別の語り手を物語に呼び込む。新たな語り手が登場するたびにそれまでの語り手は聞き手となり、すると、この新しい語り手の語る話に耳を傾けるかぎりで、王は、以前の語り手の位置を占めることになる。こうして聞き手と語り手の関係が幾重にもずれてゆき、聞き手が語り手に対して専横的な権利を有するという、物語外部で王が依拠する関係性はシェヘラザードの物語の内部では無限に攪乱される。物語に深く耽溺する王は、千と一夜にわたってその攪乱の快感――シェヘラザードが依拠する別の法、別の語りを生きることの快感――に身を任せ続ける。

シェヘラザードの語りは、王に聞き手としての二重のポジションを与える。物語の内と外を画し、物語の外部にあって、物語に干渉する権利を握る聞き手、そのような権利を聞き手が握ることを適法とする法によって「正統な聞き手」とされる聞き手と、シェヘラザードの物語に欲望し、彼女の語りが統べる世界に身を委ね、物語が自らに力をふるうことが適法であるような法に服することで聞き手となる、そのような二つの聞き手である。シェヘラザードは自身の語りにおいて、この二つの聞き手である王と交渉しながら物語を生き延びさせていくが、王においても、「聞き手」をめぐる二つのポジションのあいだで、物語をめぐる二つのありかた――現実に介入しないで聞き手がそれに対して力をふるう物語と、現実に干渉し聞き手に力をふるう物語――がせめぎあっているのである。

ドゥンヤーザードがシェヘラザードの物語に対する王の欲望を代弁することの効果として、王は、物語に干渉される聞き手として自己を認知することを免れ、物語に対する欲望によって主体化される聞き手という王のポジションは隠蔽される。したがってドゥンヤーザードとは、物語の裁定者としての王の権威を、シェヘラザードの話が終わるまで維持するための装置であると言えるが、では、なぜ、シェヘラザードの物語が生き延びるために、このような装置が必要なのか。言いかえれば、なぜ、物語がサヴァイヴァルするためには、物語に対する王の外在性が維持されなくてはならないのか。

王妃の浮気の現場を目撃した王は王妃の首をはね、以後、女をいっさい信じることなく、処女と一夜をともにしては翌朝、女を斬首に処すという残忍な行為を繰り返す。あたかも性愛が終わったのちも女を欲望することを恐れるかのように。王にとって女を殺すことは、女と自分のあいだに一線を画し、女との関係に内部と外部をもうけ、自らが関係のまったき外部にいることを確認するための行為であったと言えるだろう。シェヘラザードとほかのすべての女たちが生き延びるためには、女との関係性における王の、この内部と外部の往還の反復、その暴力的な無限連鎖が断ち切られねばならない。

これまで見てきたように、王が自らの暴力的行為に正統性を与える法に疑いをもつためには、シェヘラザードの物語を欲望し、物語によって干渉されることを正統であるとする聞き手の位置に身をおかねばならないが、彼女の物語に王が深く耽溺し、物語を欲望すればするほど、朝が来て、物語が中断されたとき、物語に対する強烈な欲望それ自体が、物語が自分を飲み込み、物語にからめとられてしまうのではないかという強い恐怖を王に与えるかもしれない。そして、自ら物語との関係性を断つことで——それは文字どおりシェヘラザード自身の首が断たれることを意味する——、物語の外部にある自己を確認したいという衝動を喚起するかもしれない。だからこそ、ドゥンヤーザードは、物語の続きを欲望する無邪気な聞き手を装い、王がシェヘラザードの物語に対する王自身の欲望を語る前に王に代わってそれを表明する。そしてシェヘラザードは王に許可を求め、王と物語のあいだには距離があるかのように、物語の内と外は判然と画されているかのように振る舞い、王を物語の裁定者、すなわち物語に対していかようにも恣意的な権力を行使しうる聞き手という立場におくのである。王は、物語に許可を与え、物語に対して自らが行使しうる権威を確認することで、逆に、安心して物語を欲望する聞き手として物語に耽溺し続けることができる。ドゥンヤーザードはしたがって、王のこの聞き手としての二重のポジションを維持するための装置であり、王におけるこの二重のポジションの交渉が最終的に王の変容を可能にする以上、ドゥンヤーザードは『千夜一夜』というテクストにおいて、シェヘラザードの物語が始動する契機である以上に重要な役割を担っていると言える。

シェヘラザードが王に物語るさまざまな物語の多くが、聞き手と語り手の関係を攪乱する話である以上、目下の議論からすれば、個々の話それ自体の分析が要請されることは言うまでもない。しかし、シェヘラザードの語りにこれ以上耳を傾けていると、聞き手である私自身が惑乱されて、『千夜一夜』というテクストに対する私の書き手としての主体的ポジションそれ自体が知らず知らずのうちに切り崩されてしまうかもしれない。この小論を当初のもくろみどおり書き上げるためには、テクストに対する裁定者としての私の主体的ポジションはどうしても維持されなければならない。だから、シェヘラザードの語りに幻惑されないように、彼女の語りの細部にはこれ以上、立ち入らないことにしたいと思う。どこかにそっとひそんでいるかもしれないドゥンヤーザードが囁きかける前に、『千夜一夜』のテクストを閉じ、シェヘラザードとの関係を断ってしまおう。だが、とふと思う。私は本当に、テクストに対する「主体性」を今なお維持しているのだろうか。それはもしかしたら幻想ではないのか。物語に対する王の裁定者としてのポジションが、シェヘラザードとドゥンヤーザードの語りの効果に過ぎなかったように。私はすでに彼女たちの物語の内部にいるのではないか。自らそれと気づくことなく、別の法、別の語りに服しているのではないか。私はなぜ、こんなことを書いているのだろう。これは、私の言葉なのだろうか。もしかしたら私はすでに、別の者たちの語りを自分の言葉だと信じて語っているのではないのだろうか。そうではないと、どうして断言できるだろう。

やがて、シェヘラザードの長い長い物語も終わるときがくる。このときはじめて、王は、千と一日のあいだ留保されていたシェヘラザードとの関係を自ら決定する主体 subject とならなければならない。だが、それは、いかなる法に服する subject to 主体であるのか。王が語るのはシェヘラザードとの結婚の決意であり、王と彼女のあいだに起きた物語を細大洩らさず書き記すべしという命令である。(6) こうしてシェヘラザードと物語の両方のサヴァイヴァルが約束されることになる。ここには、テクストの生成とサヴァイヴァルが権力を分有してはじめて可能になることが書き込まれているわけだが、そのように受けとるだけでは、王の変容の内実を捉え損なってしまうだろう。なぜなら、それでは王は、物語開始当初と同じく、シェヘラザードや彼女の物語に対して恣意的な権力をふるうことを正統づける法に依然、服していることになってしまうからだ。だが、シェヘラザードの物語とは、王が物語／女に対していかようにも権利を行使することが正統であるとするような語りそれ自体を変えるべく意図されていたのではなかっただろうか。つまり、王が物語に対して自由に権利をふるいうるということそれ自体の否定こそがもくろまれていたはずなのだ。したがって、王の命によって物語がテクストとして編纂されること、これは、テクストと権力の不可分性という問題とはまた別の文脈から考察されねばならないだろう。

シェヘラザードの物語はたしかに、王の権威によって編纂を命じられるが、王のこの権威がいかなる法に基づいて正統づけられているものなのかが問われねばならない。物語に対する王の専横的権利の行使を適法とする法なのか、それとも別の法なのか。王が書き記させたのは、単にシェヘラザードが語った物語ではない。シェヘラザードと自分のあいだに起きた物語なのだ。それが同時に王の物語でもあってみれば、そこには、シェヘラザードの物語によって王自身が変容したこともまた、物語の一部として書かれることになる。王はそれに承認を与えたのである——おそらく、王自身も気づかぬうちに。つまり、物語に内と外の境界を引き、物語が現実に干渉することを拒否して聞き手が物語に一方的に力をふるうことを認めた法は王自身によって廃棄され、物語が聞き手に対して力をふるいうるとする法、物語は現実に介入するという語り、すなわち物語の外部はないという語りに永遠を生きる書物としての正統性が与えられたのである。そして、シェヘラザードと王の物語がひとつの物語として書き留められることで、王は、永遠にこの物語のなかにとどまって、シェヘラザードの語りが統べる世界で、無限の千と一つの夜を生きることになる。

シェヘラザードの物語は、二つの法の正統性をめぐる語りが交渉する場であり、彼女は物語によって聞き手を誘惑することで生き延びることができた。そして、世界を統べる別の法、別の語りが、権力と巧みに交渉することによって起源の法にとってかわりうるのだという彼女の物語それ自体もまた、権力と交渉することによって、書物となり生きながらえた。だとすれば、シェヘラザードの物語の実際の聞き手が王であったとしても、シェヘラザードの生き延びた物語は、では、誰に宛てて語りかけているのか。他者の専横に服することを正統とするような法が廃棄されうること、そして、自分たちの信じる法が世界を統べる法となることを実践的に開示してみせたこの物語の、真の宛先とは誰なのか。

3

最後の希望というものは、それを心に抱く者にとっての希望では決してなく、ひとえにそれが向けられている者たちにとっての希望である……これによって、〈語り手の姿勢〉にとっての最内奥の根底が明るみに出る。希望という感情のなかに出来事の意味を成就することができるのは語り手だけなのである(る)

――ヴァルター・ベンヤミン「ゲーテの『親和力』」

テクストは開かれている。それを読みうる者すべてに対して。

だが、テクストがそれを読みうる者すべてに開かれているにしても、テクストの特権的専有という問題が解消されるわけではない。政治的権利が広く市民に分有されたとしてもなお、権利の配分から排除される市民ならざる者たちがこの社会に存在するとすれば、政治的権利を有する市民であることそれ自体が排他的な特権としてあることになる。同じように、テクストが書かれ、この社会のなかでテクストとして流通する——特定のテクストが選択され、編集され、出版され、読まれる——という、テクストをテクストとして成立せしめる一連の状況を支配する重層的な権力構造のなかで、テクストを読むことから排除され、テクストから疎外される者たちが確実に存在する。さまざまな理由からテクストを読まない、読めない者たちが読者の位置から排除される。読まないのだから、読めないのだから、読者になりえないのは当然のことだ。だが、読めなければ、テクストがその者たちに向かって語りかけてはいない、ということになるのだろうか。その者たちが、テクストの意図した宛先ではない、ということになるのだろうか。

「読者」なるものが、テクストを読みうるかぎりにおいてでしかないなら、結局のところテクストをいかに読もうと、それはやはり特権的な行為であり、特権的な者たちによってテクストの言葉が専有されていることに変わりはない。しかし、もし、テクストが、テクストを読めない者たちこそをその本来の宛先としていたならば？　そのとき、私たちが単にテクストを読めるという一事をもって、私たちこそがこの者たちよりもテクストに対して権利があるかのように振る舞うなら、テクストの言葉は私たちに横領されることになる。

テクストに対し私たちは権利をもっているのか。その権利はいかなる法に基づいて正統と見なされるのか。私たち自身の、読者としての正統性を批判的に問題にすることで、横領され、専有された言葉を、テクストの真の宛先へと返すこと。テクストをめぐる問いとはおそらく、そこに何が書かれているか、ではない。そう問う前に私たちは問わねばならない。それは誰に向けて語りかけているのかと。果たしてテクストを読んでいる私は、その言葉本来の宛先としてテクストによって意図されているのかどうかと。私たちがもしもテクストの宛先ではなかったなら、自らを宛先だと信じて、テクストに対してあたかも正統な権利を有するかのように振る舞う私たちの振る舞いも、自ずと異なったものにならざるを得ないだろう。私たちはもしかしたら、テクストに対して正統な権利をもたない「二級読者」Second-Class Reader であるかもしれないのだ。

私たちは往々にして、テクストを読みうるということ、テクストの読者となりうるということをもって、あたかもテクストが語りかけているのはほかならぬこの私であるかのように、私がこのテクストによって意図された宛先であるかのように振る舞う。そして、テクストがいかなるものであり、テクストを読む私が何者であるのか、それを決めるのはこの私であるかのように、テクストと自分の関係を自ら規定する。私は何者としてテクストを読むのか――日本文学者として、英文学者として、社会学者として、フェミニストとして、等々――、それを自ら規定することで、私たちは自分自身があたかもそのようなものであるかのように振る舞うのだが、私が自分自身を何者として規定するかということと、私が現に何者であるかということは、決して同じことではない。にもかかわらず、テクストは果たして私をそのようなものとして承認するのか、テクストが規定する私はもしかしたら私自身が規定する私と全然違うものであるかもしれないといったことはほとんど問題とされない。

日本社会で暮らす日本語を母語とするおおかたの日本人にとって、日本語で書かれたテクストはすべて、彼／彼女を潜在的な宛先として語りかけているものと受け取られる。書店に並んだ日本語の本は、潜在的にはみな、私に向けて語りかけているかのように私は振る舞う。まるでテクストが私を誘惑しているように、さまざまな謳い文句で私の気を惹こうとしているかのように。たとえば、これは芥川賞をとった作品だからおもしろそうだ、読んでみようとか、あるいは、これはアラブ関係の本だから私に関係があるとかないとか言って。私に語りかけてくるテクストの声に耳を傾ける傾けないは私の自由なのだ。私は自分が何者であるか、テクストがいかなるものであるかを自ら規定し、テクストに対する私の関係を決めるが、テクストに対して自分がそのような権利を行使しうることの正統性に疑問を抱いたりはしない。だが、その正統性は、私たちにとってなぜそれほど自明なこととされているのか。まるで、テクストが私を拒絶したりするようなことは金輪際ありえないとでも思っているかのように。それではまるで、シェヘラザードが自分を拒絶することなど金輪際ありえないと思っている王のようではないか。そもそも私たちはなぜ、テクストを読めるのだろうか。私とテクストの関係を私自身が規定できるということ、もとより、私たちがテクストが読めるということそれ自体が、他者を暴力的に排除するある力学のなかで特権的に享受されているものであることに「正統な読者」は往々にして気がつかない。正統な市民にとって、子供が就学年齢に達すれば就学通知が届き、成人になれば参政権が与えられ、選挙になれば選挙人通知が送られてくることが自明のできごとであるように。そしてしばしば、この正統な読者と正統な市民は重なりあう。これらの者たちが世界を規定する法として承認する語り――すなわち自らが特権を享受することが適法であるとする語り――もまた、しばしば同一のものであったりする。

では、もしテクストが、自らを正統な読者あるいは正統な市民と見なす者たちが依拠する法の、まさにその正統性自体を問題にするものであったとしたら？　その自明性を問い糺し、正統なる読者、正統なる市民が都合よく忘却している、この法を支える暴力について語るものであったなら？　私が依拠する法の暴力性、ひいてはその法に従うこの私自身が行使する暴力に向けられているはずのその告発を、しかし、それ以外のものとして、たとえば、それは私とは別の、他の誰かのことを告発しているものであるかのように語るのはこの場合実にたやすいことにちがいない。なぜなら、私が依拠する法において正統な読者として振る舞うかぎり、そのテクストがいかなるものであり――つまりテクストが何を、そして誰を告発しているのか――、そして私がテクストといかなる関係をもつかを決めるのは、ひとえに「正統な読者」であるこの私の恣意的な読みに委ねられているのだから。私たちはただ、名乗りさえすればよい。自らが何者であるかを。名乗りさえすれば、そのような者としてテクストを読むことに正統性が与えられる。だが、このとき、私たちのこのような振る舞いを適法として承認する法とはいかなる法なのか。私たちはなぜ、名乗ることができるのか。自分が、自ら名乗ったところの者として受け入れられると、自分の「読み」が、自らがそう名乗ったところの者の「読み」として他者にもまた受け入れられると、もし私たちが思っているなら、それはなぜなのか〔岡a、b〕。

こうしてテクストの言葉は横領される。「正統な読者」たちに。ほかならぬこの私自身を告発したものが、私ではない別の誰かのことのように読まれる。言葉は盗まれ、テクストは安心して消費される。テクストに対して私たちがふるいうるこの専横的な権力を私たちに保証するのは、テクストの語りが現実に介入しない、テクストと現実のあいだには明確な境界線が引かれており、私たちはテクストの外部にいるのだという語りである。だが、逆に言えばそれは、私たちが恐れているということではないか。テクストと現実のあいだの境界線が曖昧になり、私たちがテクストの語りに飲み込まれてしまうことを。自ら何者であるかを名乗り、他者が何者であるかを規定していた私たちが逆に、テクストによって何者であるかを規定され、私が私の考えるような者ではなく、私自身の正統性が剥奪される――すなわち、私自身が服している法それ自体が切り崩される――ことを。たとえば、それはエジプト社会の物語だから、と語ることで、私たちはテクストと自分たちのあいだに一線をもうけ、テクストが私に対して力をふるうことを、テクストの語りが現実を侵食するのを防ごうとしているのではないか。そのような防衛機制によって、テクストは現実に介入しないという否認によって、私たちは「読む」主体となるのではないか。だが、もしひとたび、そのような読者としての私たちの正統性が疑われ、テクストが現実を侵食しはじめたとしたら?

私たちは疑ってみなければならない。私たちが本当に、テクストの正統な読者、正統な宛先であるのかどうか。私たちがテクストをいかようにも読みうるという、テクストに対する私たちの権利、あたかも女たちに対する『千夜一夜』のあの王のような専横的な権利の行使を、私たちに可能にしているものは何なのか。私がいかなる者であり、そして、私とテクストとの関係がいかなるものであるか、それを規定する権利は、本当にこの私にあるのだろうか。テクストは本当に、そのような私に向かって語りかけているのだろうか。テクストにとって実は私は、正統性をもたない二級読者なのではないか。

4

たとえばエジプトの女性作家ナワール・エル＝サアダーウィー（以後、サアダーウィーと表記）に関しては、すでに一〇冊近くにのぼる作品の日本語訳が刊行されている（サアダーウィーはアラビア語で著作するが、日本語訳はすべて英語からの重訳である）。男女を問わずほかのアラブ人作家がほとんど紹介されていないなかで、サアダーウィー作品の日本語訳の多さは異様に突出していると言わざるを得ないだろう（アラブに限らず第三世界の作家のなかで、サアダーウィーのように日本語訳が次々に刊行される作家はきわめて稀なのではないだろうか）。サアダーウィーの作品が日本で積極的に紹介される背景には、アラブ・イスラーム世界の女性に対するフェミニスト的関心を指摘できるが、彼女がまちがいなくエジプト・アラブ世界を代表する作家の一人であるにしても、サアダーウィーに比肩するアラブの女性作家はほかに何人もいる。たとえばモロッコの社会学者ファーティマ・メルニーシーもサアダーウィーと並ぶアラブ・イスラーム世界出身のフェミニストであり、世界的に知られている。メルニーシーはフランス語で著述しているが、主要作品はサアダーウィー同様、英語に訳されている。にもかかわらず、メルニーシーの作品は日本社会でいまだ、ほとんど紹介されていないのはどうしてなのか。なぜ、サアダーウィーの作品だけが集中的に紹介されるのかは一考を要する問題である(7)。

サアダーウィーは、評論『アラブ女性の素顔(8)』や小説『零度の女』をはじめとする作品で、アラブ・イスラーム社会における家父長制を厳しく断罪しているが、アラブの女性作家の作品――そのなかには、たとえばモロッコのライラー・アブーゼイドの『象の年』のように、イスラームが離婚によって傷ついた女性を精神的に癒し、彼女の自立を支えることを描いた小説もある——のなかで、アラブ・イスラーム社会を指弾したサアダーウィーの作品ばかりがことさらに注目され紹介されるのは、彼女の作品がこれら社会の女性の状況をとりわけ見事に伝えているからというよりも、女性に抑圧的なアラブ・イスラーム社会という私たちの期待に添ったイメージを提供してくれるものとして受け取られているからという方が真相に近いのではないか。(9) たとえば日本語訳されたサアダーウィーの小説作品のあとがきはしばしば、これらの社会における女性の抑圧ぶりに関する訳者自身の知識の披歴で費やされ、文学作品であるにもかかわらず、作品が文学的観点から論じられることはほとんどない。これではまるでサアダーウィーの作品には、エジプト社会の家父長制的抑圧に対する批判のほかには見るべきものなどないみたいではないか。だが、それこそ読者（翻訳者とは最初の読者である）がテクストといかに恣意的な関係を結んでいるか、テクストに対していかに専横的な権力を行使しているかの好例であると言えるだろう。

『アラブ女性の素顔』がイギリスで最初に英訳されたとき、サアダーウィーは英語版の読者に向けてわざわざ「英語版への序文」と題する長い文章を寄せ、そのなかで、西洋の先進工業世界の読者がアラブ・イスラーム社会の女性を一方的に家父長制の犠牲者としてのみ同定し、イスラーム社会の家父長制非難の合唱に加わることに警告を発し、西洋のフェミニストは自社会、すなわち先進工業世界が第三世界の女性に対しいかなる抑圧的状況をもたらしているかをまず問題にすべきであると主張している。サアダーウィーが英語版の読者へ宛ててこのような文章を書かねばならなかったということ自体が、アラビア語で書かれた本論が、本来、英語版の読者たちに宛てて書かれたものではないことを物語っている。『アラブ女性の素顔』というテクストは、それが元来アラビア語で書かれていることからもうかがわれるように、自社会の変革に対して責任を有するエジプト人、アラブ人知識人に向けて、サアダーウィーが自社会の女性たちがおかれた状況を告発したものであり、そうである以上、批判の焦点はエジプト社会の家父長制に当てられてはいるが、だからといって、言うまでもないことだが、エジプト・アラブ女性の被る抑圧が自社会の家父長制に限定されるものであるとか、女性の被る諸々の抑圧のなかでイスラーム社会の家父長制による抑圧こそが最大のものであることを意味しはしない[10]。『アラブ女性の素顔』英語版テクストは、「英語版への序文」を冒頭に付すことで先進工業世界の読者に対し、自分はいかなる者であり――たとえばイスラーム世界の女性と連帯するフェミニストであるとか――、このテクストがいかなるものであり――イスラーム社会の家父長制による過酷な女性抑圧の実態をムスリム女性自身が「世界」に向けて告発したものであるとか――といったように読者自らがテクストとの関係を恣意的に規定することを拒否し、読者とテクストの関係を規定するのはテクストであることを主張している。逆に言えば、この「英語版への序文」は、テクストがいつでも読者の恣意的な読みによって横領される危険のあることを示唆しているともとれるだろう（そして事実、英語版がアメリカで再版されたとき、この「英語版への序文」は削除されたのである）。

小説『零度の女』は小説家としてのサアダーウィーの名を確固たるものにした作品だが、この小説も彼女の他の作品と同じく一般的に、エジプト社会の家父長制的抑圧を糾弾したものとして読まれている。主人公フィルダウスは幼少のときから男たちに性的に搾取され続けた挙げ句、自ら売春婦となることを選び、はじめて自由と尊厳を獲得するが、彼女の自由を再び奪おうとした男を殺害し死刑囚となる。自らが死刑囚となるにいたったそのいきさつをフィルダウスが処刑前夜、女医に告白するという形で描いたこの小説は、フィルダウスが大統領の特赦も拒否して自ら死に赴くように、家庭から国家までを貫く家父長制支配を厳しく弾劾しているが、文学的にも完成度の高いこの小説のすべてが、エジプト社会の家父長制的抑圧の批判だけに還元されるわけでは決してない。誤解を招かないように急いでつけ加えれば、作品の文学性を強調することで、社会を貫く家父長制支配をこの作品が類稀れな力強さで批判しているその強度を弱めようともくろんでいるわけではもちろんない。むしろ、作品の文学性を関心の埒外におくことが、テクストの「読み」においてどのような「政治的」効果を発揮しているかを問題にしているのだ。

フィルダウスが男を殺害するにいたったいきさつは、テクスト全体の九割を占める第二章でフィルダウス自身の回想によって語られるが、フィルダウスのこの告白は女性精神科医である「わたし」に語られたものであり、第二章をあいだに挟む形でその前後に「わたし」による一人称の語りによって構成される第一章と第三章が置かれ、テクストは、フィルダウスの回想全体が女医である「わたし」の語りのなかにはめ込まれるという入れ子構造をとっている。『零度の女』というテクストをエジプトの家父長制支配による女性抑圧の告発に還元する読みは、第二章のフィルダウスの経験だけに読みの焦点を当てているが、フィルダウスの物語を聞く聞き手である「わたし」と語り手であるフィルダウスとの関係性について語られている第一章、第三章には次節で詳しく見るように、フィルダウスと「わたし」の関係に重ね合わされる形でテクストと読者の関係性それ自体が書き込まれている。すなわち、『零度の女』というテクストでは、テクストに対して読者が占めるべきポジション自体が問題にされているのであり、だとすれば、この枠物語を無視する読みは、『アラブ女性の素顔』のアメリカ版で、英語版読者のポジションを規定する「英語版への序文」が削除されたのと同じく、認識レベルにおけるテクストの削除 textual mutilation だと言えるだろう。

結局のところ、私たちにとって問題であることだけが問題なのだ、ということになりはしないだろうか。『零度の女』は私たちにエジプト・アラブ社会における家父長制による女性抑圧の「実態」だと私たちが考えるところのものを教えてくれるかぎりにおいて素晴らしい小説なのであって、テクストが私たちをいかなる者として規定するかなどといったことは、私たちの関心の埒外にあるのだ。なぜなら、私たちが何者であるかを決めるのは読者であるこの私たちなのだから。そんなことはエジプト人に教えてもらうまでもない、ということだろうか。だとすれば、私たちに関心があるのは、エジプト社会の女性問題に関するインフォーマントとしてのサアダーウィーであって、普遍的なフェミニスト、普遍的な文学者としての彼女ではないことになる。私たちが知りたい情報を提供してくれる限りで、私たちは彼女をアラブを代表するフェミニスト作家として注目し、大いに称賛したりもするが、それはあくまでも「アラブ」のフェミニスト、「アラブ」の作家としてであって、彼女が「アラブ」や「イスラーム」といった限定詞のつかない「フェミニスト」や「文学者」であるなどとは思ってもみない。ちょうど女性作家が長いこと「女流」作家ではあっても、普遍的な「作家」ではなかったように。

『零度の女』をエジプト社会の家父長制批判の書として読み、また、そのようなものとして語るとき、私たちは、その語りの効果として、自分たちを抑圧されるエジプト・アラブ女性に心を寄せるフェミニストとして規定するだろう。だが、テクストはそのような私たちの自己規定を、そしてそのような自己規定を私たちの正統な権利として私たちに認める法の正統性を承認しているのだろうか。ここには同時に、サアダーウィー作品に限らず第三世界の文学作品が一般に共有している、第三世界と西洋の文学作品の「読み」における非対称的関係性という問題が顔をのぞかせている。

読者は小説に「生の意味」を求めるのだとベンヤミンはいう。

長編小説は（……）、生の意味を予感しつつそれを心に想い描くよう、読者を誘っている。（……）長編小説の読者は、実際、「生の意味」を読みとる手がかりとなる人間を求めているのだ。（……）読者を長編小説に惹きつけるもの、それは、みずからの凍りつくような人生を長編小説のなかで読む死において暖めたい、という希望にほかならない。

（ヴァルター・ベンヤミン『物語作者』）

だが、それは西洋の小説に限られるのではないか。第三世界の小説となると話は別である。ドストエフスキーの『罪と罰』は、一九世紀のペテルブルクという特定の社会の実態を描いたものとしてより、普遍的な人間の罪と罰を描いたものとして、トルストイの『戦争と平和』は、特定の戦争についての情報としてではなく、普遍的な戦争と人間のドラマを描いたものとして一般に読まれているのではないだろうか。しかし、第三世界の小説の場合、事態は逆転する。先進工業世界の読者にとって、これらの小説で描かれているのは、人間の普遍的事象ではなく、特殊な社会の特殊な経験なのである。そこに描かれているのは私たちが生きていく上で参考にするために汲み取るべき普遍的な「生の意味」ではなく、特殊な社会の経験に関する特殊な知識、情報なのだ。それが情報である以上、当該社会に興味のない者にとって第三世界の小説など用はない。テクストを読むか読まないか、テクストとの関係性は読者である私たちの事情によって決定される。それがもし正統なことであるのなら、それはいかなる法に基づいて正統とされているのだろうか（例えば太陽が眩しくて「アラブ人」を殺すアルジェリアの一フランス人の物語は人間の普遍的物語として読まれるが、フランスのアルジェリア人移民たちの物語は特殊な人々の話ということになるのだろう。もちろん、作者が「普遍的」な国籍の者であれば「特殊な」人々の物語であっても話は別だ。なぜなら、それは「普遍的な」作家の「普遍的」な視点で書かれているのだから）。

第三世界の小説とは、先進工業世界の読者にとって当該社会の特殊性についての情報を提供してくれるネイティヴ・インフォーマントの役割を果たす。だから小説『零度の女』というテクストも、エジプト社会なかんずく、その家父長制について証言するネイティヴ・インフォーマントとしての役割を果たすものであるかぎり、私たちはテクストに耳を傾ける。そして、テクストはフィルダウスの物語と限りなく同一視される。このテクストがいかなるものであり、読み手である私たちが何者であり、そしてテクストと私たちの関係がいかなるものか、それを決める権利はテクストではなく、この私たちにあるかのように私たちは振る舞う。テクストに対して読者がふるうこの専横。テクストの横領。だが、この小説において大統領による特赦を拒否してまで主人公フィルダウスが貫こうとしたのは、自らの身体と生に対してふるわれる他者の専横を決して承認しないこと、そのような専横を適法とするような法それ自体の正統性を身をもって峻拒することであったとすれば、読者である私たちのテクストに対するこのような態度こそ、フィルダウスが拒絶しているまさに当のものだと言えるのではないか。そうだとすれば私たちはフィルダウスの姉妹などではない、フィルダウスを絞首台へ送る者たちの同盟者だと、テクストそれ自体が語っているのではないか。

5

わたしに話させて、遮ったりしないで、あなたの言葉に耳を傾けている暇などわたしにはないのだから。

——フィルダウス『零度の女』

まあ、そんなこと正義があなたに許さないわ、あなたはいやって言ったのだし、私も仲間にしなかったのだから。(……)口先だけの仲好しなんて、ちっとも有り難くはない。(……)自分が助かるようになさいな。あなたが逃げ切ったって、私、悪くは思わないから。

——アンティゴネ『アンティゴネ』

主人公が語る物語が枠物語のなかに納められ、作品全体の大半を構成するという作品の結構においてすでに明らかなように、『零度の女』は、『千夜一夜』を本歌取りした作品であるが、それは物語の結構だけにとどまるものではない(11)。

第二節で詳しく見てきたように、『千夜一夜』において語り手であるシェヘラザードと聞き手である王の関係が、女に対する王の関係と重ね合わされていたように、『零度の女』においても、語り手であるフィルダウスと聞き手である女医の関係には、女と社会の関係、さらにはテクストと読者の関係が重ね合わされている。また、『千夜一夜』では、女に対する王の暴虐を正統な権利の行使と見なすような法に対する、それを不正とみなす別の法の対立があり、別の法の語りが起源の法の語りと交渉しながら、最終的にこれにとって代わりうることが描かれていたが、『零度の女』で描かれるのも、この二つの法の対立である。すなわち女を従属させ、その尊厳を踏みにじることを正統とする法と、それを不正とみなすフィルダウスの法である。だが、『千夜一夜』と違って、そこに交渉の余地はない。シェヘラザードは生き延びたが、フィルダウスは処刑される。フィルダウスは、起源の法が支配するこの世界のなかで自らの生きる場所がないことを身をもって示している。シェヘラザードの物語が、語りによって権力と交渉しながら生き延びる者たちの語りそれ自体を語るものであったとすれば、フィルダウスが語るのは、彼女の語りがこの世界に居場所をもたないということである。だが、それは矛盾してはいないか。この世界に居場所を持たない語りが、なぜ、そこにあるのだろうか。この世に居場所を持たない語りが、語りとして存在する空間とはいかなる空間なのか。

シェヘラザードの物語は権力と交渉することでシェヘラザードとともに生き延びた。シェヘラザードと物語のサヴァイヴァルには王の正統性が付与されている。彼女は毎朝、王の許しを得ることによって生き延び、物語は王の命によって書物として残ったのだから。だが、「奴等の法」の正統性を承認することを拒絶するフィルダウスは、「奴等の法」が支配する世界のなかで合法性を獲得するエクリチュールそれ自体を拒否する。テクストの生成が既存の権力の分有を不可欠の条件とするかぎり、フィルダウスの語りは書かれ、読まれてはならないのだ。テクストとして書かれたなら、それは「奴等の法」の正統性を認めたことになる。そして言葉は「奴等」に横領され、搾取されるだろう。フィルダウスの肉体が搾取され、横領され続けたように。だから、それは書かれてはならない。ただ、語られねばならない。

聞かれねばならない。しかし、そうだとすれば、私たちは読み得ないものを読んでいることになる。書かれてはならぬもの、読まれてはならぬものをまさに読んでいるのだから。この世に居場所を持たない語りがそこに「ある」ということ、読まれてはならぬものを読んでいるということ、『零度の女』というテクストを読むということそれ自体がはらむこの矛盾こそ、決して両立しえない二つの法の抗争を生きざるを得なかったフィルダウスの生に読者が肉薄するために、私たちに差し向けられたものではないのか。

処刑前日、フィルダウス自身によって回想される彼女の人生は、男たちに性的に搾取され続けるなかで自己の尊厳について学びとり、これを貶める者たちのすべてに「否」を突きつけるまったき自由の獲得をめざす闘いとして再構成される。彼女はそれを——自らの法を生きる自由を——獲得する。自ら売春婦となることを選びとり、ヒモを殺し、王子に手をあげ、大統領をも畏れないことによって。そして、「奴等の法」が支配するこの世界に生きるということが、彼女が不正として断固承認することを拒否する「奴等の法」の正統性を認めるものである以上、フィルダウスは、自らが獲得した自由をまっとうするために、すなわち自らの法を生きるために処刑されることを選ぶのである。フィルダウスが女医に語り聞かせるのはそのような物語である。そこには、女が真に尊厳をもって生きようとすれば自ら売春婦となり、殺人犯として処刑されねばならないという逆説的な社会のありようが描かれているのは事実であるが（だが、果たしてそれはエジプト社会、アラブ社会だけに限られた話なのだろうか）、そしてそれを「エジプト・アラブ社会における過酷な女性差別の実態」というような言葉で乱暴に要約することが万が一にも可能であったとして、それだけなら、この小説を最初から最後までフィルダウス一人の物語として構築することもできたはずだ。だが、作品の全体の枠組みは、女医の語りとして構成されている。それはなぜなのか？　アラブ社会あるいはイスラーム社会の家父長制批判といった短絡的な還元主義的読みを可能にするのは、テクストに対するこのような文学的問いの欠如である。

『零度の女』で描かれているのはフィルダウスの物語だが、その物語を語っているのはフィルダウスではない、女医の「わたし」である。第一章と第三章が女医による一人称の語りであるというだけでなく、冒頭の一文を除いて女医についていっさい言及されない第二章でさえ、むしろ女医のその非在性において、徹底的に排斥された聞き手としての女医の存在を考えないわけにはいかない。だが、それだけではない。第二章は文語アラビア語で書かれている。しかし、フィルダウスが女医に文語で語ったなどとは考えにくい。それは口語アラビア語（アラビア語のエジプト方言）であったはずだ。フィルダウスの語りが、彼女が女医に語ったままに再現されたものであるなら、それは当然のごとく口語的表現によって記述されるはずだが、フィルダウスの一人称の語りは、第一章、第三章の「わたし」の語り同様、徹頭徹尾、文語で書かれており、フィルダウスの物語が女医である「わたし」によって語られたものであることを示唆しているものと受け取れるのではないか。[12]二重鍵括弧に引用された直接話法以外、フィルダウスの語りがすべて文語で書かれているということは、それが単にフィルダウスの語りを写実的に再現したものではなく、女医の主観のなかで語られたものであることを示しているように思われる。このことは、第一章の末尾で女医が、話し始めたフィルダウスの声を、あたかも夢のなかで聴こえるいずことも知れぬ呼び声のようだと語っていることとも符合するだろう。この夢のなかの呼び声に導かれるようにして第二章が始まる。語り手は変わるけれども、第二章は第一章の夢の続きであり、連続している。

第二章とはしたがって、ある意味で女医の「夢」の内部なのだ。この世に居場所をもたない語りは、ただ夢の中でこそ語られうるのではないか。

このようにモノローグとして構成されるフィルダウスの語りでさえ、そこには影のように女医の存在が貼り付いている、いや、女医にフィルダウスが憑依しているのか──語っているのは誰なのか。語られている言葉は誰の言葉なのか、フィルダウス？　女医？　サアダーウィー？　それとも作者が実際にエル＝カナーティル刑務所で出逢ったという、フィルダウスのモデルとなった現実の死刑囚なのか。

女医がただの狂言まわし、便宜的な語り手でないならば、この作品を、フィルダウスひとりの物語としてのみ読むことはできない。私たちはフィルダウスと女医の関係性を考えなくてはならないだろう。なにゆえに、フィルダウスの物語が女医である「わたし」の語りの内部で語られねばならないのか。女医とはいったい何者なのか。

女性囚の心理調査を行っていた精神科医の「わたし」は訪問先の刑務所で特異な死刑囚フィルダウスの存在について知らされ、俄然、興味を掻き立てられる。女医は彼女との面会を希望するが、女性看守が直感的に見抜いたようにフィルダウスは女医を拒絶し、一死刑囚に拒絶されたことで女医は全存在を否定されたように感じ、自信喪失から調査の継続も危うくなる。だが、フィルダウスが自分を拒絶したのは、「わたし」が何者であるのか彼女が知らなかったせいだろうと、だとすればこの「わたし」が拒絶されたわけではないのだと思うことで女医は自信を回復する。女医がフィルダウスに会うことをほとんど諦めかけた頃、突然、フィルダウスが女医に面会の許可を与える。フィルダウスの許しを得て彼女の独房を訪れた女医に向かって、フィルダウスは語り始める――

ここで、聞き手である女医と語り手であるフィルダウスの関係はひとまず、王とシェヘラザードの関係になぞらえることができるが、それが見事に逆転されていることが分かるだろう。自らの物語が生き延びるために、王の権威を承認し、その権威に与ることで物語を語ったシェヘラザードに対し、フィルダウスは、聞き手が語り手である自分に対して恣意的な権利をもつことを拒否する。自己の延命が自らの肯んじない法の承認を代償とする以上、自己の尊厳を守り自らが信じる法を生きるために死を選ぶフィルダウスであってみれば、フィルダウスを一つの症例として研究材料、すなわちインフォーマントにするために面会を希望した「わたし」が、フィルダウスににべもなく拒絶されるのは当然のことであったにちがいない。フィルダウスのこの拒絶によって物語の裁定者としての聞き手の権利、専横的な王の権威は否定され、代わって、語り手であるフィルダウスこそが王として聞き手に対して専横的な権利をふるうことになる――フィルダウスの独房とは、フィルダウスの法が統べる束の間の王国なのだ（監獄こそがあらゆることを語りうる権利をもつ場、民主主義が実践される場であるというこの逆説はサドを想起させるが、これについては別の機会に論じたい）。

一〇〇ページに及ぶ第二章のフィルダウスの語りのなかで、多少なりとも女医が言及されるのはわずかに三ヵ所だけ、「私に話させて、決して遮らないで、あなたの言葉に耳を傾けている暇などわたしにはないのだから」という冒頭の一文のなかで、それも、二つの命令文における動詞命令形の語尾と「あなた」という代名詞でかろうじて女医の存在が示唆されているに過ぎない。命令するのは語り手であるフィルダウスであり、聞き手である女医はフィルダウスの語りに対して一切の権利をもたないことが、その語りの冒頭でフィルダウスから一方的に宣言されるのだ。女医がいかなる者なのか、その個別的な人格や、女医にとってフィルダウスがいかなる者かといったものはフィルダウスによって徹底的に無視される。それを決めるのは、女医ではない、フィルダウスなのだ。[13]

女医はなぜフィルダウスに会いたいと思ったのか。精神科医としてフィルダウスをインフォーマントにし、彼女が語る言葉を自分の解釈に都合よく横領すること——調査結果は女医の名前で発表され、成功すれば個人的業績として彼女の社会的権威を向上させるにちがいない——、女医が当初、フィルダウスと結ぼうとしていた関係とはそのようなものであっただろう。フィルダウスが女医に話をするにあたって、まず否定したのは、他者が自分をそのようなものとして扱うこと、自分の言葉を横領し搾取すること、自己の尊厳を踏みにじるような関係性を自分に対して持つことであった。他者に対して専横的な力を行使すること、他者の尊厳を踏みにじること、それを適法とするような法によって権威づけられている者たち、そのような権威をいささかなりとも分有する者たち、そうした者たちのすべてが、フィルダウスによって断罪されている。フィルダウスを搾取し、その尊厳を蹂躙するのは、決して性的に搾取する男たちだけなのではない。

『零度の女』というテクストを読む私たちは何者なのか。アラブ研究者？　女性学研究者？　フェミニスト？　私たちが自分を何者として規定するにせよ、女医がフィルダウスの存在を知り、その独房を訪れるまでの顚末を綴った第一章には、聞き手／読み手がフィルダウス／テクストをインフォーマントにし、その物語を聞き手／読み手の都合にあわせて解釈し、その言葉を横領することに対する禁止が書き込まれている。言いかえれば、第二章のフィルダウスの語りだけをとりあげてこのテクストをエジプト社会の家父長制の告発としてのみ読むような恣意的読み方が読者の正統な権利であるとするような態度それ自体が批判されているのである。

「無駄なことですよ、先生。フィルダウスは先生に決して会いっこありません」と女性看守は女医に断言するが、その確信がどこから来るのか女医には皆目見当がつかない。フィルダウスと階級的出自を同じくするのであろう女性看守にはそれほどまでに自明であったこと、つまり女医が「奴等」の側の人間であり、フィルダウスを殺す側の者であるということに女医自身がまったく気づくことなく、それどころか、この看守を「はいつくばって刑務所の床など磨いている、精神分析の何たるかも知らない無学文盲な女」と侮蔑をあらわにして恥じなかったように、私たちもまた、自分とはこのような者であると自らが規定するところの者として、例えばフィルダウスやこの女性看守の目にも映っているはずだと信じて疑っていないのではないか。だが、テクストが語っているのは、私たちが自らに恣意的な読みを許すとすれば、私たちもまたそのジェンダーに関わらず、「奴等」の同盟者であるということだ。[14] フィルダウスの語りを聞き終え、刑務所を後にする女医が自らを恥じるのは、フィルダウスが死をもって抗議した法によって与えられる特権を自明のものとして享受し、その法の権威を何の疑いもなく分有していたことに気がついたからである。

『零度の女』における二人の女、語り手であるフィルダウスと聞き手である女医の関係は、『千夜一夜』で描かれた語り手と聞き手をめぐるもう一つの関係性、すなわち語る女シェヘラザードと聞く女ドゥンヤーザードの関係をも想起させるだろう。だが、そこには一つの転倒がある。『零度の女』というテクストにおいて物語を語るのはシェヘラザードではない、ドゥンヤーザードなのだ。『千夜一夜』で物語を語るのは書物に親しみ、王の権威と交渉する才知をもったシェヘラザードであり、シェヘフザードの知を分有しない無邪気＝無知《イノセント》な妹のドゥンヤーザードは姉の引き立て役、脇役としてシェヘフザードの企みの一部を担っていたに過ぎない。そこに、王（＝男）の専横に抵抗する女たちのシスターフッド、女たちのあいだに存在する違いを越えた連帯の実践を見るフェミニスト的解釈も可能であることはすでに指摘した。しかし、また、こうも考えることができるのではないか。既存の法の権威を分有する「知」に与らない女たち（ドゥンヤーザード）は、このような「知」に与る特権的な女たち（シェヘラザード）によって、その企みの一部として利用され、彼女たちの語りのなかで一方的に語られる（表象される）存在に過ぎないのだ、と。たとえそれが、家父長制的支配といった社会構造に関わる問題で、あらゆる女性に共通の利害をもつものであったとしても、「知」の権威を分有する者だけが特権的にすべての女を表象する語りの主体となる――しかも、そのような特権の享受を適法とする法それ自体によって自己表象の権利を奪われている者たちに代わって彼女たちを表象するというまさにその行為によって語る「主体」となる――という、この構造的な関係が生産する暴力性は誰によっていかにして告発されうるのか。

　女医がフィルダウスに拒絶されたとき、私が誰であるかを知っていたなら彼女は拒絶しなかったにちがいないと考えることで、失いかけた自信を回復するのは、彼女が自分の「名」の権威を信じていたことを、言いかえれば彼女の名にそのような権威を与えるこの世の法の正統性を承認していたことを物語っているが、精神科医として学問的知を特権的に享受することで自己の固有名で社会的発言権をもっていた女医は、フィルダウスの独房で地べたに座らされ、フィルダウスの物語に対する介入の権利を奪われて、その語りにひたすら耳を傾ける、精神科医でもなく、名前もない、無名の聞き手にされる。そして、既存の法の正統性を承認せず、その権威の分有を拒否する売春婦のフィルダウス自身が自己を表象する。ここには、自己を表象する権利をめぐって、叛乱がもくろまれている。シェヘラザードの専横に対するドゥンヤーザードの叛乱。「女医」を拒絶することでフィルダウスは、この社会の無数の女たちが、男たちだけでなく、この女医のようにこの世の権威を分有する特権的な女たちによってもまた、一方的に表象され、自己表象の権利を奪われてきたことを明らかにする。フィルダウスが自ら専横的な語り手として語ることで、一部の女たちによって特権的に専有されてきた、この自己表象の権利をフィルダウスは奪回してみせる。

では、そうしたフィルダウスの物語は、この世界のなかでいかにして生き延びることができるのか？自らが生き延びることで完結するシェヘラザードの物語のサヴァァイヴァルと同様に、自らの死をもって完結するフィルダウスの物語のサヴァイヴァルは、女医が、彼女の物語の正統な聞き手となることによってはじめて可能になる。女医が、相変わらず高慢な女医のままで、フィルダウスの言葉を横領するなら、そのような横領を拒否するものとしてあるフィルダウスの物語が真に生き延びたことにはならないだろう。フィルダウスの物語が、ほかならぬフィルダウス自身の物語としてサヴァイヴァルするためには、フィルダウスの語りによって女医自身が変容しなければならない。他者をインフォーマントとして扱い、その物語に対して専横的に振る舞う聞き手、名の知れた精神科医から、無能な聞き手、ただの「わたし」にならなければならない。精神科医でも誰でもない、その固有名が「わたし」の名であることと以外の何ごとも意味しない者に。無能な「わたし」にできることはただ、フィルダウスが「わたし」

に語った物語をそのまままるごと語り直すことだけだ。フィルダウスの一人称によって語られた長大な第二章は、「わたし」の無能さと同時に、「わたし」がフィルダウスの物語の正統な聞き手であることを物語っている。

権威を分有した固有名の消去。女医自身の名は最後まで登場しない。この小説のなかで固有名で登場する者たちはすべてフィルダウスを最終的には裏切っていることともそれは対応しているだろう。フィルダウスに同情を寄せたイクバール先生でさえ、結局は彼女の思いに応えようとはしなかった。だが、フィルダウスの人生のなかで彼女を救うことができた者が一人だけいる。男に監禁され売春を強要されていたフィルダウスの話をドア越しに聞いて涙し、大工を呼んでドアを壊させ彼女を脱出させた隣の家の女である。私たちは彼女の名を知らない(15)。

拒絶もまた誘惑の身振りであるならば、フィルダウスもまた女医を拒絶することで誘惑していたことになる。聞き手の存在を徹底的に無視するその語りによって、「わたし」を社会的名声をもった女性精神科医ではない別の誰か、「わたし」でしかない「わたし」としてフィルダウスの物語の正統な聞き手となさしめるべく交渉が行われていたのだ。フィルダウスの物語のサヴァイヴァルとはひとえに、彼女の語りに触れた「わたし」／私が、その物語の正統な聞き手になるかどうかにかかっている。

わずか一頁半の第三章において、刑務所を後にした「わたし」は、この偽善に溢れた世界に真っ向から衝突しようとするがなしえずに、自己の尊厳のために命さえ惜しまなかったフィルダウスの勇気を改めて痛感する。「わたし」はまだこの世に失う物をもっている。自己の尊厳以外の何ものももたなかったフィルダウスがそうであったような零度の「わたし」では依然ありえない。

6

文学が私たちに物語るのは（……）、手紙は必ずしもその宛先には届かないということ、そして根源における分散こそ、何ごとか（新しいこと）がまさに起きる条件あるいはチャンスだということである。
——キーナン、前掲書

ここで一つの問いが浮上する。フィルダウスの物語が今、テクストという形で私たちの前にあるということ、これは何を意味するのだろうか。

「わたし」がフィルダウスの物語を書いたのだろうか。フィルダウスの物語を広く知らしめるべく、それをテクストに書き記したのだろうか？　だが、テクストがこの世の権威を不可避的に分有しているならば、この世の法の正統性を承認することを拒否して死んだフィルダウスの物語が、書かれたテクストとして生き延びるということは、根本的な矛盾をはらむことになりはしないか。それではフィルダウスの物語が真に生き延びることにはならないのではないか。結局のところ、フィルダウスが死をもって否定したこの世の法の正統性が読者において再び、確認されることになりはしないだろうか。

フィルダウスの物語を聞き、それを語る女医がいなければ、フィルダウスの物語は彼女の死とともに闇に葬られ、私たちのもとに届くことはない。シェヘラザードの物語が王の権威を分有することによって、そのサヴァイヴァルが可能になったように、フィルダウスの物語もまた、この世の法の権威を分有する「わたし」がいてこそ生き延びることができる、ということをテクストは語っているのだろうか。

この世の権威に与る者、「語りうる女」にとってそれはとても慰めになる考えだ。この世の法によって正統性を与えられ、法それ自体と交渉しうる者であるからこそ、フィルダウスの物語のサヴァイヴァルにも結局は貢献しうるのだという考えは、特権の享受者であるという罪悪感の軽減に役立つだろう。しかし、自分が生き延びることがその正統性を認めることにほかならなかったからこそ死を選んだフィルダウスの物語が、彼女が否定したはずの法の権威をいささかなりとも分有する形で、すなわちテクストとして生き延びるということは、決定的に矛盾することになる。それは、フィルダウスの物語に対する裏切りなのではないだろうか。だとすれば、ここでどうしても「わたし」がフィルダウスの物語を「書いた」のかどうかを考えざるをえなくなる。

『零度の女』とは、「わたし」が書いたテクストなのだろうか? 著名な女医であってみれば、フィルダウスの物語をそのような形で世に知らしめることは可能である。だが、すでに見てきたように、「わたし」はもはや女医ではない。そのような権威とは無縁のわたしでしかない「わたし」、無能な「わたし」であったとすれば?

女医がフィルダウスに面会する前、刑務所の医務官が女医に語ったところによれば、あるときフィルダウスは紙とペンを所望し、何時間ものあいだ紙に向き合っていたが、果たして誰かに宛てて手紙でも書いたのか、それとも結局のところ何も書かなかったのか、看守にも分からないという。フィルダウスが一旦は紙とペンを所望して書こうとしたこと、それは何であったのか。それが残っていない以上、私たちには知る術もない。人はなぜ、書くのだろうか。文字、それは、人が死んでなおこの世に残る生の痕跡である。だから、書きものはそのうちに死を宿している。書きもの、それは本質的に墓碑銘なのだ。

だが、その墓碑銘は、私が死してのち、そして私を知る者たちのすべてが死してのちなお、誰に読まれるべく記されるのだろうか。

　フィルダウスは書かなかった。紙を前に何時間も俯いたまま、もしかしたら何かを書き記したのかもしれないが、その痕跡を他者に残しはしなかった。先にも述べたように、この世界で書かれた物語が生き延びること、それはこの世界を統べる法の権威を必然的に分有する。フィルダウスの物語が、この世の法を不正として告発し、これを断じて承認しないという語りである以上、書かれたものという形で、自分の物語を残し得なかったのは当然のことだが、それと同時に、この世に書き残された物語は、彼女が拒絶する法を自明のものとして生きる読み手たちによって必ずや恣意的に読まれ、言葉は横領されるにちがいない。そう思ったからこそ、紙に向き合いながらもフィルダウスはたとえ何ごとか書き記したにせよ、私たちが読みうるような形でそれを残しはしなかったのかもしれない。テクストのなかに謎のまま残されたフィルダウスの手紙。誰に宛てようとしたものなのか、テクストによって読むことが禁じられている手紙。フィルダウスの物語が、フィルダウス自身の言葉で直接書き綴られている、しかし私たちには読み得ない空白の手紙――李良枝の小説『由熙』において語り手である「私」の手元に残された、しかし韓国人の「私」には読み得ない日本語で書かれた由熙のあの膨大な書きもののように。

　私は偽善者です、私は嘘つきです、と酔ってハングルで書き殴った由熙の、二つの言語に引き裂かれてある自分を由熙自身の偽りのない言葉で書き綴ったのであろう紙の束。しかし、私たちはそれを読むことはできない。かなと漢字で埋め尽くされた四四八枚の紙の束は宛先のない空白の手紙として永遠にテクストのなかにある。テクストのなかに埋め込まれたもう一つのテクスト。そこに厳然と存在しながら、私たちには決して読み得ないテクスト、読まれることを自ら拒否するテクスト。そのテクストの正統な読者でない「私」にできることはただ、「私」に向けて語られた由熙の言葉を想起することだけ、「私」の記憶のなかで由熙の、その言葉の断片を甦らせることだけだ。

フィルダウスの物語もまた、書かれてはいないのではないか（マルドゥリュス版『千夜一夜』と違って、『零度の女』というテクストのなかには、テクストそれ自体の生成の契機は書き込まれていない）。それはただ、「わたし」の記憶のなかで反芻される。そこにあるのは、「わたし」の内的な語りの声に過ぎない。その「語り」のなかで、フィルダウスの物語は、彼女の語りのままに反復される。フィルダウスが「わたし」に憑依したかのように、語り手であった「わたし」は聞き手になって、「わたし」の声を通してフィルダウスが語る――「語り手」と「聞き手」の攪乱、無数の者たちの物語を物語るシェヘラザードの語りのように。「わたし」がもし、シェヘラザードであるとすれば、それは彼女が「語る」権威を分有している女だからではない（そのような権威はすでに否定されている）、自らの語りのうちに他者の語りを宿しているからだ。物語の起源には別の物語が、他者の物語があることを証しているからだ。

書かれたテクストがこの世の法の権威を必ずや分有しているなら、フィルダウスの物語もまた書かれてはいない。そのようなテクストは存在しない。この世の法の権威を分有するテクストを読みうることを自明のこととする者たちは、フィルダウスの物語の正統な読者ではない。いや、そもそもテクストが存在しないとすれば、フィルダウスの物語の正統な読者などどこにも存在しない。もし、「正統」な読者なる者がいるとすれば、それは、フィルダウスの法を生きる者だ。既存の法の正統性を承認せず、この社会のなかで正統な権利を有さない者たち、この世に居場所をもたない者たちだけだ。だが、その者たちがフィルダウスの法を生きるなら、彼／彼女たちは「読む」者ではない。なぜなら、書かれたものはすでにこの世の権威を分有し、虚偽に満ちているからだ。

書かれてはいないものが、書かれてある、ということ。そのような虚構を可能ならしめるのが小説というものであるのだろう[16]。それは、フィルダウスの独房と同じ、この世に存在してはならない語りが束の間、世界を統べる唯一の空間である。私たちは、女医と同じように、その独房に招き入れられて、無能な聞き手とされることによってはじめて、その語りに触れることができる。ならば、テクストと私たちが生きる世界のあいだには断絶があるのだろうか。物語は物語に過ぎないのだろうか。そうではないにちがいない。物語と現実世界が明確に隔てられているのなら、どうしてこの小説はエジプトにおいて発禁処分になったのか。そのような事態こそが明快に語っているのではないか。この物語の正統な聞き手となることは、別の法に服すものであることを、この世の法においては illegitimate な存在であることを。

『千夜一夜』においてシェヘラザードに物語を教えたのは万巻の書物——既存の法の正統性を分有したテクスト——ということになっているが、『零度の女』というテクストは、女が物語るという物語の起源の神話に異議を唱える。そうではない、才媛シェヘラザードに語るべき物語を教えたのは、ドゥンヤーザードなのだ、と。シェヘラザードではなく、忘却されたドゥンヤーザードの名、その物語こそが起源にあるのだ、と。『零度の女』というテクストがフェミニズム小説として真に優れたものであるのは、単に一社会の家父長制的支配のありようを仮借なく暴いたから、というだけではない。この社会のなかで何者でもない女たち、自己を表象する権利をもたない女たち、自らを名乗りえない女たちの物語こそが闘いの起源をなすこと、この世を統べる既存の法のなかで「知」の権力を分有し、自己および他者を表象する権利を専有する女たちが、いかにしてこの起源の物語を分有しうるか、そして一人のシェヘラザードの語りのなかにはすでに無数の、名をもたぬドゥンヤーザードたちの呟きが織り込まれていることを、類稀な文学的強度で実現してみせているからにほかならない。

『零度の女』とはしたがって、フェミニズムの起源を、起源の語りそれ自体における物語の複数性を語る作品である。フィルダウスの物語のなかには、彼女の母の呟きが——幼いフィルダウスを世界から守る母の暖かいまなざしが、そして、思春期を迎えたフィルダウスに夫の関心がゆくことで娘を憎む姿が——紛れ込んではいなかったか。私たちには名も知られぬ母ではあるが、しかし、彼女もまた自分自身の名をもっていたはずである。フィルダウスが「零度の女」なのは、彼女の体験が単に家父長制的女性差別の原体験を構成しているからではない。自己の尊厳以外いかなる権威も分有しないフィルダウスの「私」は、人間の絶対零度の「私」であると同時に、何者でもない女たちの記憶がすでに重ね書きされたフィルダウスの語りそれ自体が、女が語るということの、言いかえればフェミニズムが生起するその起源——絶対零度の地点——を表しているからだ。

フィルダウスの物語は書かれたテクストとしては存在しない。フィルダウスの語りをただ反芻する「わたし」の語り、「わたし」のモノローグがあるに過ぎない。「わたし」の語りのなかで、フィルダウスの「わたし」が語る。「私」とは何者のことなのか。いくつもの語りが重ねあわされたモノローグ。独り言でありながら、いくつもの声によって専有された語り。この世に居場所をもたない者たちの、死者たちの声。それがモノローグであってみれば、それは誰か somebody に向けて語られたものではない。いや、むしろ、誰かに向けて語ることを拒否する語りとして語られていると言えるのかも知れない。だが、そうだとしても、あてどなく洩らされた呟きは他者に聞き取られることを欲してはいないのか。いや、「他者」に聞き取られることを欲しているからこそ、「他者」との出逢いを欲しているからこそ、それは宛先をもたぬ呟きとなってあらわれるのではないか。詩はモノローグだとバフチンは言う。だとすれば人が何ごとかを語ろうとして、ほかならぬ詩という形でしか書き得ないとき、私独りの呟きとして読めとテクストそれ自体が命令し、読者がテクストに対して専横的関係を結ぶことを禁じながら、誰かに向けて語ることを拒否するその身振りのなかに、狂おしいまでの「他者」への希求、肯わぬ不正に対する「他者」の応答への希求こそがこめられているのではないか。由熙のように。フィルダウスのように。

フィルダウスの語りと同じように、モノローグとして語られる「わたし」の語りもまた、物語に対する介入を自明の権利と考えるような「聞き手」を拒絶している。もし、私たちがこの物語の、そしてフィルダウスの——の正統な聞き手であろうとすれば、私たちは「わたし」がそうであったように、何者でもないただの「わたし」として、ただひたすら物語に耳を傾ける無能な聞き手でなくてはならない。私のこの無能さこそが、この世に居場所をもたない彼女の語り、その法を生き延びさせるだろう。フィルダウスを救い得たのは、何者としてでもなくフィルダウスの身の上話に一心に聞きいって涙した無名の女ではなかったか。では、「わたし」／私は？　もうこの世にはいないフィルダウスにいかに応答しうるのか？

もはや女医ではない「わたし」のモノローグ。そこにはただ、フィルダウスという名のまったき他者——単独性——との出逢いが語られている。誰でもない誰かとして、私は、私自身の単独性において、フィルダウスに出逢ったのだろうか。

（……）ひとが現実の時空から「踏みはずし」て、いわば《死の空間》とでもいうべきふしぎな時空（……）に入りこんだときこそが、文学の成立する端緒であり、そこにおける文学的主体はいわば非人称のものでしかない。そのとき、「ブランショ」という固有名は、非人称の主体に冠せられた符牒にすぎず、他方で現実におけるブランショという人間は、その名を《文学空間》へと剝奪され、もはや無名の存在として、そこにいて、ときに行動するというだけであり、それはやがて《忘却》へと沈みこんでゆくだろう。

——清水徹「モーリス・ブランショ「友愛のために」訳者付記」

注

（1）同じことは日本軍の「慰安婦」にされた女性たちの日常を綴った、韓国のビョン・ヨンジュ監督の映画『ナヌムの家』の上映においても指摘できるだろう。東京での上映会で上映妨害があったとき、この映画の上映を支持する者たちによって上映妨害に対する抗議集会が開かれたが、そのとき、この映画は戦争における女性に対する普遍的な暴力を告発したものであり、特定の国を糾弾するものではないといった趣旨の言葉が日本人支援者たちから聞かれたという。特定の国を糾弾するものでない以上、これを日本を非難するものとして受け取り、あろうことか上映妨害という挙に出た「読み手」の、その「読み」の正統性が否定されているわけだが、果たして、そうなのだろうか。「天皇」の名前で慰安婦にされたのだから、天皇に謝ってもらいたいというハルモニの言葉を、天皇によって依然象徴される国民自身が、それは戦争における女性への普遍的な暴力について語っているのだと読むとしたら、そのような「読み」はいかなる法、いかなる語り／騙りによって適法とされているのか。テクストの主張を「文学作品における表現の自由」や「女性に対する普遍的暴力」というような普遍性に回収する語りは、本論第四節以下で後述するように、サアダーウィーのテクストを「アラブ・イスラーム社会の家父長制」といった特殊性に還元する言説と同じように、テクストに対する恣意的かつ専横的な読みによってテクストの単独性を消去する。正統な「読者」として振る舞うこれらの読み手を、果たしてテクストは「正統」な読み手とするだろうか。

（2）訳文はすべて、前嶋信次訳『アラビアン・ナイト』より引用。

（3）前嶋信次は『アラビアン・ナイトの世界』のなかで「ドゥンヤーザードの役割」と題する短い一節をもうけ、ドゥンヤーザードは主人公の引き立て役を兼ねる介添え役であるとするブシルスキーの解釈を紹介している。たしかに、姉の話を絶賛し、物語の続きを所望するドゥンヤーザードは、シェヘラザードの才媛ぶりと較べてむしろ無邪気さ、ナイーブさを印象づけずにはおかない。事実、序話の語りによれば「どちらも美しく可憐で、気高く、すっきりと均整がとれていた」とあるが、「姉の方」は古今東西の書物を一〇〇〇部も収集し、これらの物語に通じていたと記されており、知識における妹との差が明示されている。また、別のところで前嶋が指摘しているとおり「ドゥンヤーザード」のもとの形「ディーナーザード」がペルシア語で「信念の純粋さ、律儀者」を意味し、「シェヘラザード」の原型「シーラーザード」が「獅子の高雅さ」を意味することも、たしかにドゥンヤーザードのフォイル的役割を示唆しているだろう（「訳者あとがき」『アラビアン・ナイト1』）。しかし、ここでは、ブシルスキーや前嶋とは別の観点から『千夜一夜』というテクストにおいてドゥンヤーザードが果たす役割を考えてみたい。

（4）窮地に陥った父を救うために、父の身代わりとなって王のもとへ赴くシェヘラザードは『美女と野獣』の主人公ベルを思い出させるが、王の殺戮の脅威にさらされるほかの女性たちを救いたいという、一七世紀フランスの物語には欠けているフェミニスト的動機が、中世アラブの説話集にはっきりと書き込まれているのは興味深い。両者の違いは物語最後で、『美女と野獣』ではヒロイン、ベルの純粋な愛情が野獣を人間に戻すのに対し、『千夜一夜』ではシェヘラザードが自らの「才知」によって生き延び、王に人格的変容をもたらすこととも対応しているだろう。ディズニーのアニメーション映画『美女と野獣』（一九九二年）の主人公ベルは、その美しさよりも知的好奇心の旺盛さの方が強調される演出になっているが、これがフェミニズムの成果なら、シェヘラザードこそそのプロトタイプだろう。

（5）ロバート・アーウィンによれば、アラビア語写本では千一夜のすべてにおいてこのやりとりが律儀に繰り返されているという。これらのやりとりが省略されたのは煩わしい反復を避けるためであるとアーウィンは書いているが、本論後段で述べる「聞き手」のポジションの二重性という観点から考えるなら、このやりとりの省略は、物語に対する裁定者としての王の後退を示唆しており、物語に対する欲望に王が耽溺していることを表しているととることもできるのではないか。

（6）カルカッタ第二版を主たる底本とする平凡社東洋文庫の前嶋・池田訳『アラビアン・ナイト』の結末では、物語を書き記すようにと王が命令したという記述はない。これに関する本論の記述は岩波文庫版『完訳千一夜物語』に基づいている。マルドゥリュス訳の日本語訳である岩波文庫版では、最終章「大団円」で、王の弟とドゥンヤーザードの結婚（これも東洋文庫版にはない）とあわせて、王が物語の編纂を命じるというくだりがある。マルドゥリュス訳には訳者であるマルドゥリュスの創作が多分に混入しており（アーウィン）、『千夜一夜』の「翻訳」として考えた場合問題も多いが、『千夜一夜』とはその成立に無数の者たちの手が加わり、数々の写本が存在し、さまざまな民族の世界を横断してきたテクストである以上、ここでは、マルドゥリュス訳『千夜一夜』も、

『千夜一夜』の異本の一つとして扱いたい。

（7）メルニーシーの作品の場合、元来フランス語で著されるため、モロッコやアラブの知識人だけでなくフランス人読者にも同時に供されるものである以上、彼女のテクストは、先進工業世界の読者の存在をあらかじめ想定している。そのため、アラブ・イスラーム世界に対する偏見を内面化した先進工業世界の読者による恣意的な解釈に対するさまざまな禁止がテクストそれ自体のなかにかなり明快に書き込まれており、読み手が著者のメッセージを無視して、彼女のテクストを「アラブ・イスラーム社会の不条理」とか「イスラームの過酷な女性抑圧」といった言説に還元してしまうことを困難にしている〔一例としてMernissi 参照〕。

メルニーシーの作品は、小説作品主体のサアダーウィーと違って、専門的なエッセーが主であることが日本で紹介されにくい理由の一つとして考えられなくもないが、しかし（異なるジャンルの作品の難易を単純に比較することはできないとはいえ）、サルマン・ラシュディの『悪魔の詩』ばりにアラブ・イスラーム世界の「伝統」の引用を随所に忍ばせたサアダーウィーのポスト・モダン小説『イマームの転落』が、単に小説であるがゆえに、平明に叙述されたメルニーシーのエッセーよりも日本の読者にとって分かりやすいものであるなどとは決して言えないだろう。むしろ、先進工業世界の読者の存在をも想定したメルニーシーのテクストの方が、「私たち」に向けて語りかけるものでもある以上、分かりやすいとも言える。メルニーシーのテクストのこの分かりやすさ、読者の恣意的解釈を許さない彼女の主張の明快さこそが、彼女のテクストが一部の研究者によって引用はされても、サアダーウィーのように広く日本で紹介されない原因となっているのではないか。逆に言えばサアダーウィーの『イマームの転落』の場合、小説家としての成熟を反映した文学的完成度の高さにともなう作品の一筋縄でいかない「読み」の難解さのために、かえって「イスラーム批判」の作品として単純に読まれてしまうのかもしれない。常識的に考えれば、難解であればあるほど単純な読みなどできないはずだが、本論で後述するように、作品の文学性に対する関心の欠落が、テクストの単純な還元主義的読みを可能にしている。これはサアダーウィー作品やアラブ文学だけに限定されない、いわゆる「第三世界」の文学全般に関わる問題である。
（8）『アラブ女性の素顔』は、『イブの隠れた顔』というタイトルで日本語訳が刊行されているが、ここではアラビア語原題の直訳である「アラブ女性の素顔」を同書のタイトルとして用いる。その理由については注（10）で後述。
（9）サアダーウィーの一連の著作の言説を分析したアマル・アミーレは、アラブのフェミニスト作家としてサアダーウィーの名声が西洋世界で高まるにつれ、サアダーウィーの言説的スタンスも西洋の読者の期待に応えるものに変容していることを指摘している〔Amireh〕。
（10）たとえば『アラブ女性の素顔』という標題の「素顔」（アラビア語を直訳すれば「裸の顔」）とは、何を意味しているだろう。「素顔」という言葉は、一般に流通しているイメージとの対比において成立する表現である。この作品のなかではとくに家父長制による抑圧にさらされているアラブ女性の状況が紹介されているが、「家父長制の犠牲者であるアラブ女性」というのは、私たちが一般に抱いているアラブ女性のイメージそのものではないだろうか。アラブ女性の実態が、一般に流通するイメージそのものであるとすれば、それはいささかも「素顔」ではあり得ないだろう。『アラブ女性の素顔』が本来、アラブ世界の人々に向けて書かれたとすれば、「素顔」という言葉は、これら社会における女性イメージが実は非アラブ世界の人間が抱くイメージとは対照的なものであることを示唆している。事実、エジプトのテレビ・ドラマや映画には自由に恋愛するキャリア・ウーマンが登場し、また新聞の一コマ漫画では、亭主の何倍もある巨体の女房が亭主を尻に敷く図柄がお馴染みのものとなっている（そして現実に逞しく生きている女性たちは大勢いる）。日本社会の女性差別が昔話であるかのように語る学生たちは多いが、それが自社会の現実についてのただの無知に過ぎないように、サアダーウィーの著作もまた、右に述べたようなコンテクストにおいて、通常、都市の知識人層の人々の目には直接触れない、とくに農村部や都市下層階級における女性差別の実態を強調しているものである点は留意しなければならない。

「素顔」という言葉は、テクストのなかで語られている女性差別の諸状況が必ずしも社会における女性の全体に普遍化できないことを、エジプト・アラブ社会における女性像の多様性を逆に示唆している。然るに、英語版の *The Hidden Face of Eve*（『イブの隠れた顔』）というタイトルは、「アラブ女性＝ヴェールの陰に隠れている」という西洋世界に一般に流通しているアラブ女性の単一的イメージを助長するものであり、且つ同書の内容がアラブ女性の抑圧状況を列挙するものであってみれば、先進工業世界の読者の「オリエンタリズム」を著者の意に反してむしろ強化することになるだろう。

（11）本論後段で詳述する「語り手」と「聞き手」の関係性以外にも、例えば、『零度の女』のなかには主人公フィルダウスとイクバール先生、およびイブラーヒームとの出会いと別れの様子が同一のパターンによって描写されているが、このような反復的な語りも『千夜一夜』の大きな特徴である。

（12）アラビア語の小説の場合、文語アラビア語で地の文を構成するのが伝統的作法であるが、エジプト方言の場合、他のアラビア語諸方言と較べて、口語アラビア語の書記法が確立しており、エジプトの現代小説では、ユースフ・イドリースの作品に代表されるように地の文でさえある程度、口語的なニュアンスを与えうるほどに、（矛盾した言い方であるが）書き言葉としての口語アラビア語の表現が文学的に洗練されている。

（13）この部分は鳥居千代香訳の日本語版では次のように訳されている。「私に話をさせてください。私を邪魔しないでください。私にはあなたの話を聞いている時間はありません」。アラビア語の命令法は「〜しろ」という純粋な命令文と同時に、英語の please に相当する副詞句を用いないでも「〜して下さい」という懇願依頼を表すことがある。しかし、本文で論じるように、フィルダウスが聞き手である「わたし」の主体性を徹底的に無視しており、「わたし」の主体性の剥奪の宣言として冒頭の一文があるとすれば、相手に主体性を担保するような懇願文としてこの文章を訳すのは、テクスト全体の読みに関わる問題をはらんでいる。

（14）フィルダウスはあなたに会いっこないと断言した女性看守に「わたし」はその理由を訊ねる。「「あと数日もしたら奴等は彼女を絞め殺してしまうんですよ。あなたにだろうと他の誰にだろうと、彼女がいったい何を望むっていうんです？ 彼女をこのまま放っておいてやってくれませんか！」

看守の口調は怒りに溢れていた。まるで数日後にフィルダウスの首に手をかけるのがこの私であるかのように、憤った眼差しで私を睨んだ」（アラビア語テクストより筆者による試訳）。

日本語版ではこの部分の後半は次のようになっている。

「その女の看守は腹を立てていた。自分が数日後、フィルダウスを処刑する者の一人であると彼女は考えて、怒りの表情を私に向けたのだ」。

おそらくテクストの単純な読み違えと思われるが、ここではフィルダウスの処刑者が「わたし」から女性看守に変わってしまっている。しかし、ここは、「わたし」が「奴等」の側の人間である以上、「わたし」もまたフィルダウスの死に対して責任をもっているという、女性看守には自明でありながら「わたし」には未だ気づかれていない事実を示唆する重要な部分であるため、この誤訳は致命的である。これに続く部分はアラビア語テクストではこうなっている。

「私は看守に言った。「私に何の責任があるというのですか。この刑務所の中だろうが外だろうが」。看守は怒って言った。「奴等はみんなそう言うのよ」」。

もし死刑執行者が「わたし」ではなく看守なら、精神科医の「わたし」がフィルダウスの処刑に責任がないと語るのももっともだということになってしまうだろう。ここでは、フィルダウスの死に対する「わたし」の責任／応答可能性が問われているわけだが、自分が「奴等」の側の人間であるという自覚のない女医は、見事にその応答を拒絶するのである。私たちは「出逢い」に先だって、自ら規定する何者かとして振る舞うかぎり、この女医のように他者に対する応答をすでに拒絶しているだろう。
（15） 他者の物語に対して「涙を流す」ということがこのテクストでは何ごとかを意味しているように思える。イクバール先生もイブラーヒームもフィルダウスの身の上話に目をうるませるものの、「泣いているのですか」と彼女が問うと、否定して涙をこらえる。そして、イクバール先生は結局、彼女を救うことなく、またイブラーヒームは彼女を裏切る。それに対して、彼女の話に涙を流した女は、彼女を救出することができた。これは何を意味するのだろうか。

イクバール先生とイブラーヒームが涙をこらえたのはなぜなのか。教師として、男として、という「自覚」が泣くことを禁じたのだろうか。であるとすれば、何者かとして他者の話を聞くこと、物語に触れる以前に措定された主体として振る舞うことがここで批判されているとはとれないだろうか。そのような主体であるかぎり、真に応答することはできないとテクストは語っているのではないだろうか。板谷利加子『御直披』において、レイプの被害にあった女性の電話を受けた女性捜査官が電話口で嗚咽する、その嗚咽が、被害にあった女性の「身体のなかにできていた氷のかたまり」を溶かしていくことと、それは呼応しているのではないか。捜査官である著者はこう書いている。

「私の手紙を読んでいただけましたか」

返事をする代わりに私は不覚にも泣き出していました。（……）私たちはいつしか一緒に泣き出していました」（強調——引用者）。

なぜ「不覚にも」なのか。それは、捜査官である彼女が、捜査官であるという自覚を失ったからではないか。泣くこと、それは、私が何者であるかという主体性の放棄である。主体性が破棄される場、私が私でしかない私となる場においてはじめて、他者との出会いと希望があるのだろうか。

（16） たとえ作者のナワール・エル＝サアダーウィーが、作中の「わたし」と同じく精神科医であり、そして現実に、カイロの刑務所で、フィルダウスのモデルとなる人物に出逢ったにせよ、「わたし」をサアダーウィーという固有名と同一視する読みは、単に「作者」と作中の一人称の「語り手」を同一人物と見なすような読みがナイーブであるという文学的常識からだけでなく、『零度の女』というテクストの「読み」においては、根本的な誤りであるように思われる。

だが、すべてのテクストが特定の一者、固有名に還元されるという近代の語りが支配する社会では、『零度の女』はフィルダウスの物語ではなく、サアダーウィーの物語として生き延びることになるだろう。現に、この作品はサアダーウィーの代表作とされ、彼女は『零度の女』の作者として記憶されている。フランス語版が出版されたとき、アラブ・フランス友好文学賞を受賞したのはサアダーウィーであり、フィルダウスではない。また、日本語版テクストの冒頭に「著者の序文――ナワル・エル・サーダウィ」とあるのも、その一例である。作者はそこで、フィルダウスとの出会いこそがテクストの起源にあることを強調するが、著者の序文という語りのフレーム自体がサアダーウィーの名に依存している以上、精神科医であり作家であるサアダーウィーが一死刑囚を表象するという、オリジナル・テクストの語りそれ自体が否定している構造がむしろ強化される結果となっている。そのような「名」の権威に依存するテクストは、「読み」においても既存の権威の分有を次々に派生していくことになるだろう。

〔参考文献〕

『アラビアン・ナイト1』前嶋信次訳、平凡社、一九九四年。

『アラビアン・ナイト18』池田修訳、平凡社、一九九四年。

『完訳千一夜物語』豊島与志雄ほか訳、岩波書店、一九九六年。

Ahmed, Leila, "*Women and Gender in Islam*", Yale University Press, New Heaven & London, 1992.

Amireh, Amal, 'Framing Nawal Saadawi: Arab Feminism in a Transnational World', Suhair-Majaj, Lisa ed., "*Intersections: Gender, Nation, and Community in Arab Women's Novels*", Syracuse University Press, 2002.

ミハイル・バフチン『小説の言葉』伊東一郎訳、平凡社、一九九六年。

ヴァルター・ベンヤミンa『ベンヤミン・コレクション1　近代の意味』筑摩書房、一九九五年。

——b『ベンヤミン・コレクション2　エッセイの思想』筑摩書房、一九九六年。

Benslama, Fethi, "*Une Fiction Troublante; De l'Origine en Partage*", édition de l'Aube, 1994.（邦訳『物騒なフィクション　起源の分有をめぐって』西谷修訳、筑摩書房）

Hovannisian, Richard C. ed., "*The Thousand and One Nights in Arabic Literature and Society*", Cambridge University Press, 1997.

ロバート・アーウィン『必携アラビアン・ナイト　物語の迷宮へ』西尾哲夫訳、平凡社、一九九八年。

板谷利加子『御直披』角川書店、一九九八年。

Keenan, Thomas, "*Fables of Responsibilty Aberrations and Predicaments in Ethics and Politics*", Stanford University Press, 1997.

李良枝『由熙／ナビ・タリョン』講談社文芸文庫、一九九七年。

前嶋信次a「訳者あとがき」『アラビアン・ナイト1』一九九四年。

——b『アラビアン・ナイトの世界』平凡社、一九九五年。

岡真理a「Displacement 第三世界の女のエクリチュール——トリン・T・ミンハを中心に」『彼女の「正しい」名前とは何か』青土社、二〇〇〇年。

——b「私たちはなぜ、自ら名乗ることができるのか——植民地主義的権力関係についての覚え書き——」日本の戦争責任資料センター編『シンポジウム　ナショナリズムと「慰安婦」問題』青木書店、二〇〇三年（初版一九九八年）。

Malti-Douglas, Fedwa, "*Woman's Body, Womans's Word; Gender and Discourse in Arabo-Islamic Writing*", Princeton University Press, 1991.

——, 'Shahrazad Feminist', in Hovannisan ed., 1997.

Mernissi, Fatima, "*Women's Rebellion & Islamic Memory*", Zed Press, London, 1996.

Sa'daawi, Nawal el-, a、"*al-mar'a 'inda nuqtat al-sifr,*" n.d.（邦訳『0度の女』鳥居千代香訳、三一書房、一九八七年）

——b『イブの隠れた顔』村上真弓訳、未來社、一九八八年。

——c "*The Fall of the Imam*", Sherif Hetata Eng. trans., Minerva, 1988.

清水徹「モーリス・ブランショ「友愛のために」訳者付記」『みすず』一月号、一九九八年。

ソポクレス『ギリシア悲劇Ⅱ』呉茂一ほか訳、筑摩書房、一九九〇年。

私、「私」、「「私」」…… M/other('s) Tongue(s)

English
is my mother tongue.
A mother tongue is not
not a foreign lan lan lang
language
l/anguish
　anguish
——a foreign anguish.

English is
my father tongue.
A father tongue is
a foreign language,
therefore English is
a foreign language
not a mother tongue.

………
………

赤ん坊が生まれると、母はそのうまれたばかりの子どもを抱き寄せた。その軀のすみずみまで舐め始めた。子どもは少しぐずったけれど、母の舌が自分の軀により速く、より強く押しあてられると、静かになった——母は舌で子どもをこっちへあっちへ転がしながら、赤ん坊の軀をくるんでいた白い、クリームのような物質をすっかりきれいにしてしまった。

母はそれから、その指を子どもの口に含ませた——そっと子どもの口を押し開いて、舌で子どもの舌に触れ、その小さな口を押し開いたまま、息を吹き込む——勢いよく。彼女は言葉を吹き込んでいた、彼女の言葉、彼女の母の母の言葉、そして、それ以前に存在したすべての母たちの言葉を——自分の娘のなかに。

（マルレーヌ・ヌルベーズ・フィリップ「言語の論理に関する言説」より）(1)

1

「分かる」、とはどういうことだろうか。

「分かちもつ」、とはどういうことだろうか。あなたではないわたしが、わたしではないあなたが生きる〈現実〉を、あなたの経験を、あなたの痛みを、分かちもつ、とは、どういうことだろうか、それは、いかにしたら可能なのだろうか。それを可能にするのは、わたしとあなたの経験の同一性、なのだろうか。たとえば、「同じ女」としての経験とか、「同じ＊＊」としての経験、とかいうような。でも、わたしはあなたではなく、あなたもわたしではないとすれば、同一と思われた経験のなかにも、幾重もの差異が織り込まれているにちがいない。「分かる」とは、そのような差異の存在を無視して、同一性に基づいた「私たち」と、「私たちならざるもの」を分かつこと、なのだろうか。たとえば、「私たち女」と「彼ら、女ならざるもの」というように。

絶対的に分かたれた、その境界線のあちら側とこちら側で、私たちが「分かる」ということ、「分かちもつ」ということ、それは、可能なのだろうか。可能であるとすれば、いかにして可能なのか。私たちは、果たして何を共有しているのだろう。私たちが、やがて死すべく運命づけられた存在として、今、この世界で、わたしがあなたではなく、あなたがわたしではないという単独性と他者性を生きている、ということのほかに。

2

冒頭引用したトリニダードの詩人、マルレーヌ・ヌルベーズ・フィリップの詩「言語の論理に関する言説」のなかの、日本語で訳出した二つの節は、生まれ落ちた赤ん坊が母の舌なるものによって「母語」を受肉する瞬間を描いている。

まず、赤ん坊の軀が母親によって、tongue――舌で舐める／言葉を発する――される。赤ん坊を守るように、〈世界〉から庇護するようにくるんでいた母の体液、赤ん坊の軀を、その存在を、〈世界〉から隔てていたそれが、tongueされる、すなわち、母の舌によって舐めあげられ、赤ん坊の軀、その剝き出しになった膚が〈世界〉にさらされる。赤ん坊の存在が〈世界〉と切り結ばれる瞬間。

次に、母親の舌が赤ん坊の小さな舌と絡まり、赤ん坊の小さな口からその体内へ母親の呼気が勢いよく吹き込まれる。それは、食道を通り、胃袋へ落ち、赤ん坊の臓腑へと滲み込み、やがて、母の舌だったものは、赤ん坊の舌となって、赤ん坊の口から吐き出される。母の舌という他者の舌、すなわち他者の言語がわたしの舌／言語になる瞬間。

最初の節で描かれているのは、他者の粘液によって〈世界〉と断絶していた赤ん坊の肉体が、自らの存在を〈世界〉と隔てていたその夾雑物を母の舌が舐めあげることで、〈世界〉と無媒介的に接合される、そのようなものとしての母の舌mother tongueだ。だが、そこには、二つの、互いに相反するイメージが込められているのではないか。「わたし」という存在が〈世界〉と無媒介的に接合されること、果たしてそれは、〈不連続〉であった存在が〈世界〉と連続するという経験として理解すればよいのだろうか。「個」の不連続性が〈世界〉との連続性のなかに溶解するようなものとして、あるいは、「わたし」という存在が〈世界〉によって領有されるような、主体が溶解する契機として、理解すればよいのだろうか。それとも、「わたし」の軀を覆っていた粘膜が取り除かれ、「わたし」の膚が無防備に〈世界〉にさらされる経験として、〈世界〉が膚を苛むような、ひりひりとした皮膚感覚において捉えるべきなのか、「わたし」という存在と〈世界〉との摩擦、軋轢、主体の痛みの経験として解すべきなのだろうか。言いかえるなら、母の舌によって「わたし」という存在が〈世界〉のなかに誕生するとは、〈世界〉の連続性のなかに個的存在としての自己の主体を溶解させながら、他者と一体となる至福の瞬間をイメージすべきなのか、それとも、誕生のその最初の瞬間において、〈世界〉のなかに孤独に投げ出され、生きてゆかざるを得ない個の姿を想像すべきなのだろうか。

詩の第二節が語るのは、母の舌によって「わたし」の体内に力強く吹き込まれた息としての言葉、「母語」である。第一節で示唆された「母語」が、何かを取り除く行為としての mother tongue であったなら、ここで描かれているそれは、体内に「異物」として取り込まれる、明らかに、ある物質性を帯びた何物かだ。グラスのブランデーを一気に空けたように、他者の熱い息が「わたし」のからだのなかを経巡って、やがて、熱を帯びた「わたし」の呼気となって、「わたし」の口から吐き出されるだろう。他者の呼気、物質としての母語。マルレーヌの詩は、この呼気としての「母語」を母から娘へと伝えられる記憶として、女たちによって受肉される女の生の言葉として語っている（いずれの節も、濃密な性愛のイメージが重ねられていることは、あらためて指摘するまでもないだろう）。

マルレーヌの詩において、言語 language が苦悶 anguish であるのは、それ、すなわち「母語」なるものが、母の言葉であると同時に、父の言葉でもあるからだが、ここでは敢えて、マルレーヌのその意図に抗してこの詩を読み解いてみたい。すなわち、息を吹き込むこと souffler と苦しむこと souffrir の重なりにおいてこの詩を考えるならば、呼気それ自体の物質性、他者性において、言語とはそもそも苦悶であると言いうるのではないか、ということだ。その生の最初の瞬間に、「わたし」の軀に息を吹き込んだ者とは、何者であったのか。それは、誰の舌、だったのか。誰の言葉、だったのか。「わたし」は誰の舌を、誰の言葉を、自らの舌、自らの言葉にしたのか。「わたし」の舌が、「わたし」の言葉が、すでに他者のものであるなら、すなわち、「わたし」の舌も「わたし」の言葉も「わたし」のものでないならば、それらの舌は、言葉は、その他者のものでもないだろう。誰のものでもない言葉としての「母語」。ここでもまた、それは、二重の分裂したイメージをもたらす。他者の言葉、いかなる者によっても領有され得ない他者の舌としての「母語」、それを話すことによって、私は他者へと開かれているのか、それとも、他者の舌という異物を自らのうちに抱えもって、苦悶として生きざるを得ないということなのか。マルレーヌの詩は、「母の舌」なるものがはらむ至福と苦悶、世界のなかで他者に開かれる可能性と、他者性に苛まれながら孤に閉ざされた存在という、二重の、分裂したイメージを私に与える。

3

たとえば『私という旅』(2)――リサと暎恵という、親密なふたりの女性のあいだで交わされた対話、濃密でひそやかなテクスト。

移民は、一世はもちろん、言葉の上では完全なネイティブ・スピーカーに見える三世までもが、その言語が内包する意味的世界を自分のものにできずにいると言います。これは、私にも痛いほどよくわかります。こんなに流暢に日本語を話しているようでも、私にとって日本語はやはり未だに外国語です。外国語が上手になってもぬぐい去ることのできない限界と暗闇を、私は日本語に対しても外国語同様、度々感じるからです。その意味的世界の外に私は立たされているのだ、と。

（……）では、こんな私にとっての母語とは何でしょうか。そもそも母語と呼べるものはあるのでしょうか。母語を奪われている状態とは、至高の現実をもちえない状況だと言えるでしょう。そこから発生する不安や自明性の喪失を抱えて生きなければならないということ。

（『私という旅』第二章「権力資源としての言語」より、鄭暎惠の発言から）

日本語を解する者、日本語を母語とする者がこれを一読して明らかなことは、暎恵がここで語っていることに曖昧な点は一つもない、ということだ。日本語を母語としながら、しかし、母語であるはずのそれが外国語であらざるを得ない、母語を生きるということが、母語の意味世界からの疎外でしかあり得ないという〈現実〉。マルレーヌの詩における「母語」なるもののひとつのイメージが想起される。「わたし」という存在、その剝き出しになった膚が〈世界〉にさらされ、擦りむけ、血を滲ませる、そのようなものとしての「母語」、母の舌、あるいは他者の言語。

私（たち）は暎恵の、その言葉の意味するところを、おそらく、ほぼ完璧に理解することができるだろう。だが、思うに、アポリアはまさに、そこにこそ存在するのではないだろうか。母語の意味世界からの疎外、母語が媒介する世界との乖離を生きざるを得ないという、その痛みをともなう〈現実〉が、自らをその意味世界の外部へと放擲しているはずの言語それ自体によって、母語を母語として生きる者たちに過不足なく理解されてしまう、ということのなかに。母語と、母語が媒介する世界との乖離など知らない者たち、母語を自明なものとして生きている者たち、自らが生きているその世界と自らの存在が、透明な言語によって無媒介的に繫がっている者たち、〈世界〉との至福の連続性を自明のものとして生きているであろう者たちに、その言葉は、あたかも透明であるかのごとくに――あたかも、言葉と世界のあいだの乖離など存在しないかのごとくに――その意味するところを伝えてしまうとすれば、それは、大いなる背理、ではないだろうか。

暎恵がここで語っていること、それは、透明な言語によって媒介された意味世界の内部で幸福に生きうる者たちの社会にあって、言語の不透明性を生きるということ、言語の物質性、言語の他者性を生きるということ、その苦痛についての証言であるのではないだろうか。もし、そうだとすれば、その証言を私（たち）が真に聴き届けるということ、彼女が生きるその〈現実〉を、その痛みを、母語を母語として生きる者たちが分かちもつということは、いったい、どのようなことであるのだろうか。私には、分からない。でも、少なくとも、日本語という母語を母語として生きる者たちが、母語なるもの、言語なるもののその不透明さ、物質性に躓くことなく、これらの言葉の意味するところをすんなりと了解してしまうとしたら――そして、それは現に可能なことだ――、そうした了解は、逆説的にも、彼女の言葉を、それが証そうとしている彼女が生きる〈現実〉を、真に理解したことにはならないのではないか、と私には思えてならない。言いかえれば、一見したところ、曖昧さの欠片もないかに見えるその言葉に、私（たち）は、言語本来の不透明さを取り戻し、言語のその物質性に徹底的に躓くことで、母語を母語として、自明なものとして生きているかに見える私（たち）自身のアイデンティティを脱臼させることが、必要なのではないだろうか。

そのためには、私たちは、その言葉が発せられた、その時、その場の記憶へと立ち戻らねばならないだろう。

私（たち）はまず、思い出さなければならない、在日フィリピン人のリサと在日朝鮮人の暎恵という、ふたりの在日外国人女性の対話から構成される『私という旅』というこの日本語のテクストが、「翻訳」であるという事実を。ふたりの対話は英語という、お互いにとって母語ではない外国語によってまずもって交わされたという事実を。暎恵の言葉を借りるなら、いくら上手になっても拭い去ることのできない暗闇と限界をはらみもった言語としての外国語。言語の意味世界の外部に放擲されて生きることの不安や喪失感について、自らを本来的に疎外しているはずの、その外国語で語るという行為、それは、根源的な矛盾をはらみもってはいないだろうか。

自らがその意味世界を完全には領有しえない母語を生きる苦悶、それが英語という、同じように限界と闇を分かち持った外国語によって、実際にどのように語られたのか、すでに、話者自身によって日本語に——彼女の母語ならざる母語に——翻訳され、日本語の読者——その圧倒的多数が、日本語という母語を母語として生きる者たちだ——へと差し向けるべく推敲されたテクストからは、それを窺い知ることはできない。英語という外国語による対話が、テクストの日本語と同じ流暢さでもって「的確に」表現されたのだろうか、それとも、外国語というものがえてして私たちに課す、あの不自由さ、言葉を探し求めて右往左往した挙げ句、どうもしっくりこない言葉で我慢せざるを得ないあの感覚——裏切りの感覚——でもって語られたのだろうか。そのいずれであるにせよ、リサは暎恵を「理解する」。暎恵がこの日本社会で生きている〈現実〉を「理解する」。母語を奪われて生きるということの、「至高の現実」を持ち得ないで生きることの痛み、苦痛の感覚を。暎恵が生きる〈現実〉がリサによって分かちもたれる。テクストを満たしているのは、この濃密な、他者による分有の感覚である。だが、その分有を可能にしているものはいったい何なのだろうか。「至高の現実」というような、ある種社会学的タームを共有する、社会学徒としての経験の同一性ゆえ、だろうか、それとも、日本社会で生きる在日外国人女性という経験の同一性ゆえ、なのだろうか。だが、もし、そうでないとすれば？ 経験の分有の根拠を、このような経験の本質主義的な同一性に基づいて理解しないとすれば、ふたりのあいだの、この経験の分有を可能にしているものとは、いったい何なのだろうか。

「母語を奪われている状態とは、至高の現実をもちえない状況だと言えるでしょう。そこから発生する不安や自明性の喪失を抱えて生きなければならないということ」——ここで暎恵が語っていることを、語ろうとしていることを、もし、私（たち）が理解しようとするなら、まず、その言葉の意味を私（たち）が「分かること」、自明なものとして「分かってしまうこと」に徹底的に抗して理解しなければならないのではないか。言葉——シニフィアン——と、それが意味するもの——シニフィエ——をくるんでいるかに見える透明な皮膜、母語なるものの自明性を剝ぎとって、私たち自身が、その剝き出しになった皮膚を〈世界〉にさらさなければならないのではないか。

たとえば、日本語を母語とする日本人は、母語の意味世界の内部に生きているがゆえに、「至高の現実」なるものを持っていると、しかし、「在日」はたとえ日本語のネイティブ・スピーカーであろうが、いかに流暢に日本語を操ろうが、日本語を日本人のようには母語としえず、「至高の現実」を持つことができない、それが、「在日」であり、日本社会で「在日」が生きる苦しみなのだと「分かる」こと、「分かってしまう」ことは、「母語」なるものの自明性を契機にして彼女（たち）と私（たち）を、「あちら側」と「こちら側」に「分けること」と限りなく等しい。暎恵の言葉を字義通りに理解すれば、「あちら側」に生きる者は、「こちら側」に生きている者には分からない〈現実〉を生きているのだ、ということになる。リサが暎恵を理解するのは、彼女もまた「あちら側」で生きているから、なのだろうか。彼女（たち）と私（たち）を、「あちら側」と「こちら側」に「分ける」こと、それが、暎恵を「分かる」こと、暎恵の言葉を私（たち）が「分かちあうこと」なのだろうか。

テクストには、暎恵の生きる〈現実〉が——母語を奪われ「至高の現実」を持ち得ないという〈現実〉を生きる苦しみが——、彼女には意味世界を完全には領有し得ないはずのその母語によって、日本語という母語を母語として生きる者たちに向けて語り直されるという根源的な背理が書き込まれている。暎恵の言葉は、日本語を母語とする日本人が、その言葉を十全に理解する限りにおいて、日本語の意味世界の内部に、世界との一致を自明のものとして生きる者には、その言葉が意味するものの内実を十全には伝え得ないのだ、それは理解され得ないのだという背理とならざるを得ない。その言葉を真に理解しようとするかぎり、実は、その言葉を理解するということそれ自体が、あらかじめ禁じられている、「この文章を読んではいけない」というあの有名なパラドックスのように——遂行的矛盾。

あるいは、言葉の宛先について。英語という、母語ではない言語によるコミュニケーションを前提とするふたり、日本語という言語の意味世界を完全に領有することのできないふたりのあいだで、他者の言語を生きざるを得ないことがもたらす苦痛が語られる。自らの言語を自明なものとして生きる者には無縁の苦しみとして。目の前の他者が生きる〈現実〉に対する共感を込めた応答。重ねられる対話。親密さのなかで、信頼のなかで。それらの言葉が、やがて、日本語に翻訳される。日本語を自らの母語として生きる者たちに、テクストとして差し向けられる。ふたりの対話者が、それぞれが生きる〈現実〉

に対する限りない共感の応答としてとり交わされる言葉の宛先と、テクストの宛先、それは決して同じではない。

たとえば、ふたりのあいだで交わされるyou、それは目の前にいる「あなた」のことだ。リサにとっての暎恵、暎恵にとってのリサ。だが、日本語に訳されたテクストは、それを日本語で読む私に向かって、「あなた」と呼びかける。呼びかけられた私は、リサにとっての「あなた」、暎恵にとっての「あなた」として、彼女たちの言葉を聴くけれども、しかし、その「あなた」が意味するのは、テクストの前にいるこの私、ではない。当たり前のこと、かも知れない。いや、でも、本当にそうなのだろうか。日本語の「わたし」と日本語の「あなた」とのあいだで交わされるその対話において、日本語という母語を母語として生きる者たち、「私」たちは、あらかじめ、この「あなた」の位置から排除されている、そこに決して、日本語を母語とする日本人の私（たち）を代入することはできないという事実をふたりの対話は突きつける。テクストが語りかける対象、テクストにとっての「あなた」は、読者としての私（たち）に他ならないが、しかし、テクストの呼びかけと、実際に語られている言葉のあいだにはズレがある。このズレ、この乖離。「私たちはお前たちに語りかけているのではない」というメッセージ。

それが決定的な致命性を帯びるのは、テクストのなかで唯一、この私（たち）が、「あなた」として名指されるときだ。リサは語る。

「その夏、ヒロシマを離れる前に、そう、私たちがヒロシマを去ったのはあの原爆投下から五〇回目の夏でした。従軍慰安婦問題も、とても白熱していました。だから、たくさんの紫の朝顔を植えたのです。そのメッセージはこうです。“Fuck you, Hiroshima!” “Shit, Hiroshima!”——私はあんたたちがくたばっても、生き延びてみせるよ！」

これが、このテクストにおいて、テクストが語りかける「あなた」と、話者が語りかける「あなた」が一致する唯一の瞬間だ。そうであるがゆえに、それはまずもって、英語原文で記されている。"Fuck you" この "you" こそ、「私」たちであることを伝えるために。

テクストを日本語で読む者たち、日本語という母語を母語として生きる者たち、日本語の意味世界の内部で安穏と生きる者たち、すなわちテクストの宛先。だが、それは、暎恵の言葉の宛先、ではない。テクストの宛先である私（たち）が、彼女の言葉の正統な宛先であるかのように振る舞うことによってではなく、この宛先のズレ、この齟齬のなかで、「こちら側」と「あちら側」のあわいで、彼女の言葉を受け取ることはできないか。そして、それこそが、テクストに根源的な背理を書き込んだ、このテクストの著者にとって、ひとつの投企であったのではないか。

交わされる言葉のレヴェルにおいて、暎恵の言う「あなた」が、リサの言う「あなた」が、決して、その言葉を読む私（たち）ではあり得ないという事実、それを、当たり前のこととして理解してしまうこと、それが、母語を自明なものとして生きる、ということではないのだろうか。だが、テクストは、この私に向かって語りかける。それもまた、まぎれもない事実だ。テクストにとっての「あなた」である私が、しかし、決して、テクストに登場する「あなた」ではあり得ないというこの齟齬、この乖離、このズレ。言語に不安を呼び込まずにはいない、この居心地の悪さに徹底的にこだわること、そのとき、「母語」なるものが軋んで、それはにわかに、私にとって他者のものとなる。つねに私に向けて語りかけていると思っていた母語、日本語が、私を疎外する瞬間、八月の太陽の下、美しく咲きほころぶ紫の朝顔が、石つぶてとなって、私の膚を切り裂く瞬間、「母語」なるものが、他者のものであったことを想起する瞬間。誰が母語を所有しているのか。それは、すでにつねに、他者のもの、なのではないか、いかなる者にとっても――

4

私はあなたになど語ってはいない――遂行的矛盾が、語りの根源に書き込まれたもうひとつのテクストがある。エジプトの女性作家ナワール・エル＝サアダーウィーの小説『零度の女』。

主人公フィルダウスは、男たちにその生と性を収奪され続けたあげく、売春婦たることを自ら選びとることで、この世界で「女」が奪われている「自由」と「自己の尊厳」を逆説的にも獲得する。だが、売春婦として成功した彼女を支配しようと企む男が現れ、彼女はひとたび手に入れた自由を守るためにその男を殺害し、死刑判決を受けることになる。死刑囚となったフィルダウスは、自らが獲得した自由と尊厳を貫くため、いかなる権威にも従属することを拒み、大統領特赦をも拒否して処刑されてゆく……。作品は、フィルダウスが処刑前日、とある地方の貧しい百姓の家庭に生まれた娘がやがてカイロで高級売春婦となり、そして、殺人を犯して死刑囚となるまでの顚末を、女性精神科医に告白するという形で構成されている。この世界のいかなる権威にも従属しないことによって、フィルダウスは完全な自由と何人《なんぴと》も傷つけることのできない自己の尊厳を獲得したが、この世界でそれを真に生きることができるのは、刑務所の独房という空間と「死」においてのみであるという逆説は、彼女の名「フィルダウス」が、アラビア語で「天国」を意味するという逆説に象徴されている。

『零度の女』は一九七八年にベイルートでアラビア語原著 *imra'a 'inda nuqtat al-sifr* が出版され、八三年にその英訳 *Woman at Point-Zero* がイギリスで、さらにその四年後、『0度の女　死刑囚フィルダス』（鳥居千代香訳、三一書房）として日本語訳が、英訳からの重訳で刊行された。本書は日本では一般に、この世界を貫徹する家父長制の暴力、「男性」の権威に対して、命を賭して根源的な「否」を突きつけた女性の抵抗の物語、ラディカル・フェミニズムのマニフェストとして、家父長制の暴力に傷つき、それに抗して生きようとする女性たちに共感をもって読まれている。それに対して、サアダーウィーに批判的な者たちは、彼女の作品を、「男」対「女」というジェンダーの二項対立に立脚して、アラブ・イスラーム世界の家父長制を糾弾するフェミニズムのプロパガンダ、その結果として、西洋世界や北側先進工業世界における、家父長制の犠牲者、被抑圧者というアラブ・ムスリム女性についてのオリエンタリズム的なステレオタイプを強化していると主張する。サアダーウィーの作品を肯定的に評価するか、それとも否定的にとらえるかの違いはあるが、彼女の作品をいかなるものとして理解するかという点において、両者は実は共通している。

たとえば日本語版の訳者、鳥居千代香は『0度の女』あとがきの半分を割いて、エジプトにおけるクリトリス切除およびスーダンにおける女性性器の切除と縫合手術の暴力性、残酷さについて述べ、「地球上からこうした女性への暴力、また形をかえたさまざまな暴力が一日も早くなくなってほしいものです。本書はこうした気持ちをこめて翻訳しました」と結んでいる。サアダーウィーのフェミニストとしての原点が、彼女が幼い頃受けた性器手術の体験にあることは事実だとしても、そして、『零度の女』のなかでも、主人公フィルダウスの性器手術の体験がたしかに描かれているにしても、『零度の女』という小説作品、そこに込められた作者サアダーウィーの思想は決して、クリトリス切除に象徴されるような「女性への暴力」に対する告発のみに還元されるわけではない。

他方、黒田壽郎はサアダーウィーについて「女性論一般ですが、サアダーウィーのような作家がもてはやされているのが、外国においてばかりであり、国内ではほとんど問題にされないのは特徴的です」[3]と述べている。「サアダーウィーのような作家」というのが、どのような作家のことなのか、黒田のこの短い発言からは判然としないが、それに続く「もてはやされている」という表現から、黒田がサアダーウィーのスタンスに対して否定的であることが窺われる。私自身は、黒田のサアダーウィー理解に決して賛同しないが、しかし、鳥居的な理解が、日本におけるサアダーウィー作品の一般的「読み」であるとするならば、そのようなものとして理解され、受容されるサアダーウィー作品に対して批判的であらざるを得ない中東研究者としての黒田の心情を共有する。鳥居自身の意図がどうあれ、エジプトおよびアラブ・イスラーム社会で女性が生きる抑圧や暴力が、クリトリス切除によってのみ表象され、そのようなものとしてのエジプト女性に北側先進工業世界の女性が共感する構図それ自体のはらむ問題性、政治学が批判的に指摘され、考察されなければならないからだ。そして、実は、このことを一貫して主張し、全称命題としての「女」なるものに対して疑義をつきつけているのがサアダーウィーなのである[4]。私には、家父長制批判や、ジェンダーという問題系にのみ還元されたサアダーウィー作品の読みは、サアダーウィーにおけるフェミニズムの思想的深さ、複雑さを著しく捉え損なっているように思われる。女性たちが、フィルダウスの生、あるいは、より厳密に言えば、彼女の死から逆に照らし出されるその生のありように、この世界で「女」が生きることの原点を見いだしていること――それゆえに彼女は

「零度の女」、すなわち「絶対零度の地点に立つ女」と名づけられるわけだが——、それは絶対に正しい。しかし、それは、決して、女であればいかなる女も、家父長制の暴力を被る「同じ女」として同一化を許すような生やさしいものではない(5)。

たしかに、フィルダウスが語っているのは、妻を殴る夫から国家権力の頂点としての大統領に至るまで、この世界を貫く家父長制の権威に対する一女性の根源的な抵抗についてである。フィルダウスの告白体で語られるその物語を読めば、それは誰にでも分かることだ。そこに誤解の余地はほとんど、ない。では、私たちが、フィルダウスのこの叛逆的な生をフェミニズムのラディカルな主張として、家父長制の暴力と闘う私たち女性をエンパワーし、私たちのフェミニズムを豊かにしてくれるものとして理解すれば、私たちは果たして、フィルダウスを理解したことに、彼女が生きた〈死〉、彼女の抵抗を真に分有したことになるのだろうか。それが、フィルダウスを「分かる」こと、彼女が生きた生を分有することと、なのだろうか。果たして私たちは、語られた言葉の意味をそれとして分かってしまって、あたかも言葉なるものが透明なものでもあるかのように、存在しないかのように、意味を無媒介的に表してでもいるかのように理解してしまって、よいのだろうか。その問いに応えるために、ここでもまた私たちは、フィルダウスの言葉が語られた、そのとき、その場の記憶へと立ち返らなくてはならない。それは、誰に、どのように語られたのだろうか。

わたしに話させなさい。決して遮らないで。あなたの話に耳を傾けている暇など、わたしにはないのだから——フィルダウスの物語、フィルダウス自身が語る彼女の物語、人生の回想は、こうして始まる。

小説『零度の女』は、女性服役者の心理調査を行っていた女性精神科医「私」の回想という形で始まる。「私」は、訪問先の刑務所でフィルダウスの存在を知り、彼女に面会したいと思うが、フィルダウスに拒絶され、自尊心を傷つけられる。だが、ある日のこと、フィルダウスが「私」を召喚する。「私」が彼女の独房を訪れると、フィルダウスは「私」を冷たい地べたに座らせ、語り始める、わたしに話させなさい、決して遮らないで、あなたの話に耳を傾けている暇など、わたしにはないのだから、と。そして、そのあとは、あたかも「私」など存在しないかのように、彼女はえんえんと、その長大なモノローグを紡いでいくのである。

それは、対話では、ない。フィルダウスが、その語りの冒頭、彼女自身の語りに書き込むのは、そのことだ。対話の拒否、あるいは、対話者——語られる言葉の分有者——たることの資格の剝奪。「私」などいないかのように、フィルダウスは語り続ける。フィルダウスの語りを聴く限りにおいて、私（たち）読者はみな、この女性精神科医のポジション、すなわち、フィルダウスにとっての「あなた」を占めることになる。そして、フィルダウスがその語りのなかで唯一、この「あなた」に言及するのが、「あなたの話に耳を傾けている暇などわたしにはないのだから」という、対話者としての「あなた」の存在の拒絶である。「あなた」の前で「わたし」は語るけれども、しかし、「わたし」のその言葉は、「あなた」に宛てたものではない。「わたし」の語りを、「あなた」への語りかけと、「あなた」へ宛てられたものなどと決して誤解してはならない。「わたし」の話を決して遮るな、言いかえれば、「わたし」の生の物語に介入してはならない、「わたし」は「あなた」が「わたし」の生に関与することを断固として拒絶する、これは、「わたし」の、「わたし」だけの物語である、「あなた」には領有できない他者の言葉として受け取れ、というメッセージ。そして、それこそが、「私」に、そして、「私」のポジションを占める私（たち）読者に直接的に宛てられた、フィルダウスのメッセージではないのだろうか？そうであるとすれば、どうして、フィルダウスがそのあと語る彼女の人生の物語だけを理解して、それを私（たち）の物語として領有することができるのだろう。「あなた」と名指して、まぎれもない「私」／私（たち）自身にフィルダウスが宛てたメッセージ、「あなた」すなわち「私」／私（たち）との、その語りの分有の拒絶がまずもって書き込まれたその語り。だが、テクストは、私（たち）を宛先として語りかけてくる。フィルダウスの物語を語りかけてくる。テクストが語りかける対象、テクストにとっての「あなた」である私（たち）、けれども、フィルダウスの物語に耳を傾けるかぎりにおいて私（たち）は、女性精神科医である「私」、すなわちフィルダウスにとっての「あなた」であり、そして、この「あなた」（「私」／私）とは、フィルダウスがその物語を語るにあたり、その語りかけの対象からまずもって排除した者にほかならない。フィルダウスの語りを理解しようとするかぎり、彼女が語るその生を分有しようとするかぎり、私（たち）は、それが、フィルダウス自身によって禁じられている事実に出会わねばならない。フィルダウスの語りを真に聴こうとするかぎり、「私」／私（たち）が躓かずにはいられない石を、作者は、フィルダウスの語りの冒頭に置いたのである。言葉は、私（たち）を、その意味の分有から排除されるべき「他者」として名指しながら、しかし、同時に、その私（たち）のもとへ自らを送り届けるのである。

テクストはたしかに、読者である私に語りかけてくる。だが、どうして、フィルダウスが、私に語りかけている、などと思えるのだろうか。フィルダウスが、彼女自身の言葉で、私に向かってそうではない、と語っているのに。フィルダウスがその生の最後の時間を、それを語り残すことに充てたその生を

「私」／私（たち）が理解するとは、「私」に向けて彼女が命じた、物語の領有の禁止という命令など、あたかもテクストのどこにもそんなものはないかのように、物語の意味内容だけを理解し、それを自分の物語として領有するなどということであろうはずがない。テクストが語りかける対象としてのテクストの「あなた」と、フィルダウスがその語りの対象として排除しようとするフィルダウスの「あなた」のあいだで私が引き裂かれる、その痛み、私に向かって語りかけていると思った言葉たちが、私を疎外するものであったというその痛み、自明のものとして生きてきたその〈世界〉から私という存在が拒絶されるその痛み、「あなた」などには分からないのだ、「あなた」などに向かって語っているわけではないのだといって私に語りかけてくるテクスト、その矛盾、私のものだと信じて疑わなかった言葉が私を他者と名指して疎外する、言語のその他者性にたじろぐこと、『零度の女』というテクストが私たちに要求しているのは、そのようなことではないのか。それなくして、フィルダウスが生きた絶対零度の生の地平を私たちが分有することなど、果たしてできるのだろうか（フィルダウスに拒絶されることによって傷つくこと、成功した女性精神科医、知識人という自らのアイデンティティに脱臼を招くその経験こそ、第一章において語り手である「私」が語っているものだ）。

言葉に呼びかけられる「あなた」としての私と、フィルダウスから拒絶される「あなた」としての私のあいだで私は引き裂かれる。小説『零度の女』を読むということは、「私」の意志では支配することのできない言語なるものの物質的な力によって、自らが引き裂かれるという経験にほかならない。同時に、そこには、テクストの乱反射的な「私」なるものの多重性もまた書き込まれている。フィルダウスによる「わたし」という一人称の回想によって物語られる彼女の一生は、フィルダウスとの邂逅を回顧する女性精神科医である「私」の回想のなかに埋め込まれている。さらに、英訳および、英訳からの重訳である日本語訳には、アラビア語原著にはない作者サアダーウィーによる序文が、小説部分に先だって付されており、作者はそこで、これは、カナーティル刑務所で『私』が出会った女性の物語であると語る。したがって、そもそもが女性精神科医である「私」の回想のなかで、「わたし」であるフィルダウスが自らの人生を回想するという、「私」／「わたし」の二重性——「私」なるものの反復性とその差異——によって構成される『零度の女』というテクストは、英訳（および日本語訳）においてはさらに、作者である『私』の序文が小説部分を包摂することによって、読者は、まるで鏡の国のアリスのように、乱反射するこの「私」なるものの反復性、その同一性と差異を経由して初めて、フィルダウスに出遭うことになる。

小説作品が作者の実体験に基づいていようと、フィクションである小説の語り手である「私」と、作者である「私」を同一視ずるような読みはナイーヴかつ徹底的にナンセンスであるように、作者である『私』と、現実のサアダーウィーを同一視することもまた間違いであるだろう。しかし、この「私」という言葉の同一性に媒介されて、少なからぬ読者が、作者（あるいは現実のサアダーウィー）と語り手の「私」を同一視し、『零度の女』という作品を、ノンフィクションとして読んでしまう。私たちがフィルダウスに出遭うために経なくてはならない、テクストの外部の作者によって周到に準備されたあの迂回の経路は、こうしてあっさりと無視されることになる。だが、不思議なのは、作者である『私』と語り手である「私」を同一視するならば、言いかえれば、『私』の回想のなかで一人称で語る「私」を同一の者と考えるならば、なぜ、読者は、語り手である「私」の回想のなかで一人称で語る「わたし」、すなわちフィルダウスを、「私」と同一視しないのだろう。ナラティブの構造としてはまったく同じであるというのに。あるいは、フィルダウスの語る「わたし」と語り手の「私」を同一視しないのなら、どうして、語り手の「私」と作者である『私』を同じ人物だと考えたりできるのだろう。

そんなこと、当たり前じゃないか、と反論されるかもしれない。女性精神科医とフィルダウスが同じ「私」という言葉で自らを語っているからと言って、二人が同一人物であるはずがないではないか、そんなことは、コンテクストから明らかではないか、と。では、どうして、作者と語り手が同じ「私」という言葉で自らを語っているという理由で、この二人を同一視できるのだろう。そんなことができるとすれば、それは、「私」なる言葉のその同一性と反復性、しかし、にもかかわらずその言葉が、まったく他なる者を指し示しているということ、そうした事実にまったく躓くことなく、恣意的に、自分が理解したいことを理解したいように読んでいるから、に過ぎないのではないか。言語の自明性を生きる、母語の自明性に保証された〈世界〉の安定性を生きるとは、そういうことではないのだろうか。しかし、この〈世界〉そのものが欺瞞によって貫徹されていること、それを真実として暴いて、権威に従属することでその欺瞞を分有し生きながらえるよりは、断固、死することを選んだ一女性の根源的な抵抗を、自らが、この〈世界〉の安定性、自明性を揺さぶられることなく、理解する／分かち合うことなど、果たして可能なのだろうか。テクストが問いかけているのは、私たちが明らかだと思っているコンテクストのその自明性ではないのだろうか。あるいは、こう言ってもよいだろう。コンテクストを自明なものだと思える私たちが、そのコンテクスト＝世界のなかでいかなる権力を分有しているか、ということだ。「私」という言葉の同一性に媒介されて、私（この私自身）と、作者、語り手、フィルダウスが幾重にも重なりあう。私の引用のなかで、作者が、語り手が、フィルダウスが語る、まるで、作者である『私』の回想のなかで、女性精神科医である「私」が、あるいは、女性精神科医「私」の回想のなかでフィルダウスが「わたし」と語るように、私、「私」、「わたし」……それらの「私」「わたし」、「私」たち、は、私なのか、私ではないのか。それらの「私」たちが、この私ではないことは、そんなにも自明なことなのだろうか。だが、フィルダウスは私ではない。フィルダウスが女医でなく、女医が作者でなく、作者が私ではないとすれば。この「私」なるもののズレ、輻輳性を、私たちはみな「同じ女」なのだ、という魔法の一言で解消してしまうことなどできはしない。著者によって仕組まれた、この「私」なるものの乱反射に幻惑されること、私が「わたし」であって、しかし、「わたし」ではないということ、言葉が、私たちにはその意味を決定することなどできない、むしろ、私たちを誘惑し、幻惑し、弄ぶ——私たちが言葉を弄ぶのではなく、そのようなもの——物質——としての言葉。

5

李良枝の小説『由熙』(6)もまた、言語の遂行的矛盾の上に構築されたテクストであると言えるだろう。母国韓国に留学した在日朝鮮人の娘、由熙。だが、留学先のソウルで由熙は、生国の言葉、母語ならざる母語である日本語と、もしかしたら母語であったはずの言葉、母国の言葉である朝鮮語のあいだで引き裂かれる。母語であったはずの言葉、他者の言葉を、自らの言葉にしようと言語の苦悶を生々しく生きながら、ついになし得ず、由熙は、母国を立ち去る。果たしてそれは、日本語という母語の意味世界の内部への帰還なのか、それとも、意味世界の外部への放擲なのか。テクストの彼方へ消え去った由熙。

母語と母国語の不一致を生きる者、母語と母国語という二つの言語のあいだで暴力的に引き裂かれる者、それが「在日」なのだと、母語と母国語の一致を自明のものとして生き、その狭間で引き裂かれることもない日本人と対比される形で、この言語 language の苦悶 anguish を生きる者こそが「在日」であると、この作品は語っているのだろうか。そうなのだろうか。日本語を母語とし、母国語として生きていれば、私（たち）は、由熙が生きた言語の苦悶とは本当に無縁なのだろうか。

物語は、由熙がソウルで下宿した家庭の若い女性、由熙を妹のように世話した「私」の回想として語られる。韓国人である「私」の回想、それは当然、朝鮮語で思考されたはずだ。日本語を母語とする由熙には、決して、自らの言語として領有できなかった言語で。朝鮮語で思考されたはずの言葉が、日本語で語られている。日本語を母語とする日本人の読者はこの日本語で書かれた小説を読むかぎり、朝鮮語を母語とし、朝鮮語で思考する（しているはずの）韓国人である「私」に同一化して読むことになる。本来であれば、私には理解できないはずの言葉が、私に理解されてしまうというその事実に、私はまず、混乱する。「本来であれば、私には理解できないはずの言葉が、私に理解されてしまう」。意味を伝え得ないはずの言葉が、しっかりとその意味を届けてしまう、他者へと。そのようなもの――物質――としての言語。

深夜、ひとり焼酎をあおりながら大笒《テグム》（横笛）の音をカセットデッキで聴いていた由熙。大笒の音が好きだと言いながら、しかし、決して自分では習おうとしなかった由熙。そして、泣きながら、「私は、偽善者です、私は、嘘つきです」とハングルで書き殴った由熙。

――アジュモニとオンニの声が好きなんです。お二人の韓国語が好きなんです。……お二人が喋る韓国語なら、みなすっとからだに入ってくるんです。(7)

「私」とその叔母の話す母語なら、安らげる由煕。しかし、一歩、外へ出れば、世界を満たすその言葉が暴力となって由煕に襲いかかる。マルレーヌの詩で描かれた母語なるものの、その相反する二つの、分裂したイメージが由煕によって生きられていることが分かる。すなわち、〈世界〉の連続性のなかに自己を溶解させるような経験としての母語と、他方、〈世界〉のただなかに、個的存在として無防備に投げ出され、その剝き出しの膚をさらすような経験としての母語である。

由煕が生きた苦悶とはいかなるものであったのか、彼女が立ち去った下宿には、由煕が日本語で書き綴った分厚い紙の束が残される。

電話で言っていた通り、一枚目から日本語が書かれていた。次々にめくっていき、左上にあるページの番号を追うと、最後の紙に448と番号が書かれていた。四百四十八枚の事務用箋には、初めから終わりまで、由煕の日本語の文字が書き連ねられていた。

私には日本語が全く読めなかった。読めるのは知っている漢字だけだった。その漢字を追い、辿り、書かれている内容を想像しようとしてみた。すぐに諦めた。無駄だとわかった。だが、それでも目をそらすことができなかった。

文字が、息をしていた。

声を放ち、私を見返しているようだった。

ただ見ているだけで、由熙の声が聞こえ、音が頭の中に積み上げられていくような、音の厚みが血の中に滲んでいくような、そんな心地にさせられていた。[8]

息づく文字の連なり。溢れる由熙の呼気。由熙が決して、大岑の音を自らの呼気として吐き出さなかったのとは対照的だ。そこには何が書かれているのか、母語ならざる母国語を生きるとはいかなることなのか、決して自らのものとして領有できない言語を生きるとは、人間にとっていかなる経験であるのか、その苦痛を証言してあるはずのそれらの言葉、日本語で書かれている、私が理解できる言葉で書かれているはずのその証言、その文字の果てしない連なりは、しかし、それを言葉として読み得ない韓国人の「私」の頭のなかに由熙の血の滲んだような声を喚起するだけで、私には、何の意味も伝えてはくれない。由熙の手記、日本語で書かれた手記。日本語で書かれているのだから、それは、日本語を母語とする私に必ずや読めるものであり、そして、読めば、私は、由熙が何に、いかに苦しんだのか、理解することができるはずだ。だが、私には、それを読むことはできない。由熙を、由熙の苦しみを理解することはできない。私には、由熙の言葉を、日本語を、日本語という私の母語を理解することができない。母語たる日本語から私が疎外される瞬間、その意味世界の外部へと放擲される瞬間。私のものだと思っていた言語が、私に背を向け、よそよそしい他者として振る舞う。韓国人の「私」を通して、彼女の回想を通して、私が、由熙に至ろうとするかぎり——そして、私が由熙に至る道はそれしかない——、私には、由熙の残した日本語の手記を読むことができない。私が、韓国人の「私」である限り、私が、「私」の言葉、本当は朝鮮語で思考されているはずの、しかし、日本語で語られているその言葉を理解してしまうかぎり、由熙の言葉、由熙の日本語、由熙の「母語」は、私には理解し得ないままであり続ける。母語なる言語が、意味を媒介するものではなく、意味伝達を阻害するものとしてたち現れる瞬間。母語なる日本語、テクストの日本語を理解してしまうかぎりにおいて、日本語で書かれた由熙の言葉を、私（たち）は理解できない。言葉を理解するということが、同時に、言葉を理解できない、という経験であること。言語を理解するということが、人に苦悶をもたらすものであるということ。テクストが読者に要求するのは、言語なるものがはらむその背理を由熙とともに生きることにほかならない。四四八枚におよぶ紙の束、由熙の苦痛が書き記されたその「証言」を前に、その痛みを分有できず、言葉なるものによって立ち塞がれる韓国人の「私」と同じように。

ハングルで「ウリナラ」（母国）と書くこと、そのたびに、嘘をつかなくてはならない、偽善者にならなくてはならなかった由熙。それは、母語と母国語のあいだで引き裂かれた者ゆえの経験、なのだろうか。そうなのだろうか。母語と母国語の一致を生きる者としての私（たち）は、では、偽善者ではないのだろうか、嘘つきではないのだろうか。私（たち）は、自らが言おうとすることと、言ってしまったこととのあいだで、言葉が決して、私の言いたいことを、言おうとすることを、伝えたいことをそのままに、あなたに伝えてはくれないということのなかで、幾重にも引き裂かれてはいないだろうか。言葉はただひたすら他者のもので、それはまるで石つぶてのように私の膚を打ちつける、そのような暴力として、私は、言葉を生きてはいないだろうか。言おうとすること、言いたいことを、言ってしまった言葉は、つねにすでに、裏切ってはいないだろうか。語るたびに、私は裏切っているのではないか、私自身を、そして、あなたを。言葉が言葉であるかぎり、私は、私自身とあなたを裏切ることによってしか、語ることができない。私は母語をもっているけれども、私が持っているのは、そのようなものとしての母語だ。

6

母語を母語として生きる者であろうと、母語なるものの他者性を、つねにすでに、生きている。これらのテクストが読者に要求するのは、言語の物質性を回復させ、私たちがそれに躓くことによって、母語なるものの、忘却されてあるこの生々しい他者性を想起することにほかならない。言語が言語であるがゆえに、物質性を担い、ときに、話者の意図に反して、他者に呼びかけてしまったり、また、あるときには、その透明性をにわかにかき曇らして、私たちを排除する。言語の、その他者性に私たちが引き裂かれ、〈世界〉に、私たちがその柔肌をさらして、血を流すこと、そのようなものとしての母語、他者の言葉を、私たちもまた生きているという事実を痛みをもって知ること。

だが、そのとき、私たちがともに他者の言語を生きているというそのことが、私たちを他者へと開かれたものにする、その反転の契機を、誰のものでもないこの母語のうちに見いだすことはできないだろうか。私の軀のなかに吹き込まれたあなたの言葉が、私の呼気となって出てゆく、開かれた私の軀が反響板となって、あなたの言葉を、あなたのものではない他者の言葉を、誰のものでもない言葉を、私の言葉として、私たちの言葉として。誰のものでもない他者の言葉を分有する者として。苦悶でもあると同時に、歓びでもあるような。

言葉は、決して味方ではない
言葉は、操る私に従順ではない
言葉は、世界を認識する時点から、もう私への裏切りを始めている
言葉からの侵略を防ぐにはどうしたらいい
言葉を以て、言葉の包囲網を食い破ることは可能なのか
子宮の暗闇がどれほど心地よかろうとも
ノイズとして私は、そのありかを主張し続ける
語ることで、私が生まれる
語ることで、「彼方」との境界線が現れる
語ることで、私とあなたはつながり隔てられる
語ること語らないこと語れないこと

（鄭暎惠「語ること、語らないこと、語れないこと」）

Oui, Je n'ai qu'une langue, or ce n'est pas la mienne.

Jacques Derrida, "*Le monolinguisme de l'autre*"

注

（1） Philip, Marlene Nourbese, 'Discourse on the Logic of Language', "*She Tries Her Tongue, Silence Softly Breaks*", Ragweed, 1989.

（2） リサ・ゴウ、鄭暎恵『私という旅　ジェンダーとレイシズムを越えて』青土社、一九九九年。

（3） 黒田壽郎「宗教と政治」『グリオ』第五号、平凡社、一九九三年、一七一頁。

（4） たとえば、サアダーウィー『アラブ女性の素顔』"*al-wajh al ʿārī li-l-mar ʾa al-ʿarabīya*" の英訳 "*The Hidden Face of Eve: Woman in the Arab World*", Zed Press, 1980.『イヴの隠れた顔』村上真弓訳、未來社、一九八八年の「英語版への序文」参照。

（5） 本書前章参照。

（6） 李良枝『由熙／ナビ・タリョン』講談社文芸文庫、一九九七年。

（7） 同書、三五三頁。

（8） 同書、三〇九頁。

ハーレムの少女とポストコロニアルのアイデンティティ

女におけるポストコロニアルのアイデンティティとはいかなるものだろうか。言いかえれば、植民者あるいは被植民者としての植民地主義の歴史経験は、女の主体形成にどのようにかかわっているのだろうか。モロッコの社会学者ファーティマ・メルニーシーの自伝的フィクション『ハーレムの少女ファティマ』(1)は、この問題を考える上で実に興味深いテクストである。モロッコは四〇年以上にわたりフランスの植民地だった。その最初のアラブ・イスラーム王朝の都フェズは、歴史的にアラブ・イスラーム文化の伝統を担う古都であり、それゆえ植民地支配からの独立を求めるモロッコの民族主義闘争の中心拠点でもあった。本書は、独立闘争が高揚する一九四〇年、フェズに生まれ、伝統的ハーレムで育った最後の世代である著者が、その幼年時代を回想しながら自身の主体形成について物語った作品だ。

好奇心豊かでお転婆な主人公の目を通して、メルニーシー家のハーレムに暮らす親族の女たちの姿が個性豊かに描かれ、独立闘争に揺れるフェズのようすが活写される。作品は著者の実体験に基づいているが、親族の女たちの経験として語られる物語には、著者がこれまでインタビューした一〇〇人以上ものモロッコの女たちの経験が参照され、織り込まれている。自伝的フィクションとするゆえんだ。

この作品の興味深い点は、植民地社会に生まれ育った著者が被植民者の歴史経験とフェミニズムの関係を描いた本書が、日本の読者、なかんずく日本人の読者に読まれるとき、植民者の側における植民地主義の歴史経験が女の主体形成にどのようにかかわっているかが、同書を「読む」というまさにその行為を通じて遂行的にたち現われることだ。本書は、被植民者自身の歴史経験のみならず、植民者の歴史経験とフェミニズムの関係をも同時に炙り出すテクストとなっている。

本書は、これまでアラブ社会に生きる被植民者のムスリム女性の問題、とりわけ加速化するグローバル化のもとで周縁化された労働者階級の女性たちの問題について多くの論考を仏語で著してきた著者が、自ら英語で書いたものだ。メルニーシーの著作は仏語原書が出版されるそばから、直ちに英訳が刊行される。だとすれば、わざわざ著者自ら英語で著す必要もないと思われるが、何語で書くかは、著者が誰をその作品の読者として想定し、誰に宛てて作品を書いたかを意味する。フランスの植民地であったモロッコでは、仏語もアラビア語と同じように流通している。だが、英語は、モロッコの人々にとって完全な外国語である。著者があえて英語でこの作品を書いたのは、広く外の世界、端的に言えば「西洋」の読者に直接、読んでもらうためであったと言える。

「西洋」とは、非イスラーム世界であると同時に、植民地支配を行なった側であり、西洋中心的な思考やオリエンタリズムに根深くからめとられている世界である。東アジアに位置する日本は、西洋のオリエンタリズムの対象であると同時に、近現代におけるアジア諸国との関係においては「西洋」であり、自らが内面化したオリエンタリズム的視線によって中東やイスラーム世界をまなざしてもいる。したがって日本人読者は、英語原著の直接の読者ではないとしても、著者が本書の宛先として想定した西洋の読者の延長線上に位置づけられるだろう。

本書が直接、西洋の読者に向けて書かれたものであることは、本書で著者が駆使するさまざまな戦略にもうかがえる。たとえば本書がハーレムを物語の中心的モティーフに据えているのも、ひとつには禁じられた空間としてのハーレムなるものが歴史的に、オリエントに対する西洋人の欲望が集約される特権的なトポスであったからだ。本書は現実のハーレムやその女たちが、いかに西洋人のオリエンタリズム的妄想と隔たっているかを教えてくれるが、本書の随所に収められた写真は幻想的・想像的であり、想像上のハーレムとの隔たりを写し出す代わりに、むしろきわめてオリエンタリズム的である。

たとえばエキゾチックな伝統衣装に身を包み、レースのヴェールで顔を覆った女性の写真がある。透かし模様のヴェールの陰に隠れた彼女の顔は見えるようで見えない。あるいはモザイクタイルが敷き詰められた屋敷の中庭を歩く女たちの流し撮り。動きの流れのなかに女たちの輪郭は溶解し、その姿も見えるようで見えない。見るものを誘惑するようなイマージュの数々……。著者は、オリエンタリズムにからめとられた西洋の読者の欲望を熟知した上で、自らオリエンタリズムを戦略的に行使することで読者を誘惑し、自らの語りの世界へと導いていく。誘惑的な語り。そう、シェヘラザードのように。

著者自身、作中で述べているように、自らをシェヘラザードに模している。『ハーレムの少女ファティマ』とは、ファーティマ・メルニーシーによる、現代の千夜一夜物語なのだ。シェヘラザードが巧みな語りで王を誘惑し、ついには専横的な王の女性観を正して女たちを救うように、現代の千夜一夜物語である本書も、モロッコをはじめとするムスリム社会の女をめぐる西洋世界のステレオタイプや誤った認識の是正が企図されている。

本書が明らかにするのは、ハーレムなるものが、西洋の男が妄想するような官能的な空間でもなければ、西洋のフェミニストが考える、イスラームの家父長制によって抑圧されたムスリム女性の悲惨が集約的に顕現している場でもないという事実だ。本書に登場するハーレムの女たちは、唯々諾々と男たちの専横に従属しているわけではない。女性隔離が抑圧であることは間違いない。だが、彼女たちは決して、単なる無力な犠牲者ではない。メルニーシー家の女たちが互いに知恵をしぼりあい、時に男たちを出し抜き、彼らの鼻をあかしてみせるさまを著者はユーモア溢れる筆致で描く。女たちの微細な抵抗や異議申し立てがハーレムの日常を満たしている。隔離され、近代教育とは無縁にハーレムで生まれ育ったこれら女たちの抵抗の力を涵養しているのは、西洋伝来の人権思想でもフェミニズムでもなく、ハーレムの女たちの伝統や文化であることが示唆される。

ハーレムは、女性隔離という家父長制による女性差別的なジェンダー規範の産物であるが、同時に、逆説的にも、女たちの主体性や家父長制に対する抵抗や連帯を育む場でもあることを作品はさまざまなエピソードを通して描く。「伝統の囚人」「因習の犠牲者」というムスリム女性をめぐる西洋的なステレオタイプに対し本書では、ハーレムにおける女たちの伝統が、彼女たちの主体的抵抗を育むものとして肯定的に捉え直されている。

アラブ・イスラームの伝統府であるフェズが、対仏独立闘争の拠点であったように、彼女たちにとって伝統とは、女に対する抑圧として全否定されるものではなく、抑圧に抵抗する力を育むものとして本書では語られている。従来、伝統なるものが家父長主義的言説のなかで一方的に規定され、女たちに課せられてきた。そして、西洋におけるある種のフェミニズムの言説のなかには、イスラームの伝統を女性抑圧的なものとして全否定し、そこからの脱却こそが、ムスリムの女の解放の必要条件であるかのように語るものもある。家父長制は、ハーレムに代表される女性隔離をはじめ種々の女性差別的なジェンダー規範を女たちに強いるが、著者は、ハーレムで育まれ、脈々と受け継がれてきた女たちの文化・伝統が、こうした家父長制の抑圧に対する抵抗の力を涵養するものであることを描くことで、ムスリムの女の立場から——ムスリムの女であると同時にムスリムの女の立場から——家父長制が女性たちに課す伝統を否定すると同時に、西洋のフェミニズムによる伝統の全否定も否定し、ムスリムの女にとっての「伝統」の意味を書き直している。ムスリム女性作家によるこうした「伝統」の書き直しは、メルニーシーに限ったことではない。メルニーシーと同じく、長期の在米経験をもつモロッコの女性作家、ライラー・アブーゼイドの小説『象の年』(一九八三年)はアラビア語で書かれたものだが、夫に一方的に離婚された中年女性の自立を描いたこの作品で、離縁され、頼る者もなく故郷フェズに戻った女性主人公を精神的に支えるのはモスクの導師であり、そこにも、イスラーム的伝統を全否定する西洋フェミニズムの言説に対する異議申し立てが明確に書き込まれている。

本書のテーマは、*Dreams of Trespass*(越境への複数の夢)という英語原題に端的に現われている。ハーレムの女たちは、自分たちを外界から隔離するハーレムの扉を越えて、広い世界へと越境しゆくことを夢見る。同時に作品は、北部はスペインの、中央部はフランスの植民地となったモロッコで、中部のフェズに暮らすモロッコ人が北部の街に行くためには、スペイン当局の許可を得て、国を分断するフランス・スペイン国境を越えていかなければならない理不尽さについても語る。同書で語られる越境への複数の夢とは、家父長制が女たちに課す境界を越えること、すなわち家父長制的抑圧からの解放の夢であるとともに、植民地支配がモロッコ人に課す領土的境界を越えること、つまり植民地主義による民族的抑圧からの解放の夢のことでもある。少女ファティマがあこがれるのが、自由に馬を乗り回し山野を駆けめぐる、民族的抵抗運動の闘士でもあった、祖父の第二夫人タムーであることは、それを象徴しているだろう。この自由な民族運動の女闘士タムーの造形にも、アラブ・ムスリム女性のステレオタイプに対する二重の異議申し立てがもくろまれている。

歴史的に植民地化された社会における女たちのアイデンティティがどのようなものであるかについて、著者は、伝統をムスリム女性の立場から書き直し、越境への複数の夢を同心円状に語ることで、イスラーム社会であると同時に植民地化された社会でもあるモロッコで、女としてのアイデンティティ形成に、民族的抑圧からの自由と解放を求める被植民者としての歴史経験が不可分なものとして織り込まれていることを語っている。ところが、作品の随所で明示的・暗示的に語られているこれらの問題は、日本人読者の読みにおいて多くの場合、読み落とされる傾向がある。これまで私は複数の大学で女性学の授業を担当し、植民地主義の歴史との相関において女の問題を考えてきた。レポート課題は、「第三世界の女性」に関するテクストを読んで、それについて論じるというものだ。参考図書の一つとして本書を挙げていることもあって、提出されたレポートには毎回必ず、本書をとりあげたものが複数あった。

それらのレポートを読むうち、ある誤読が反復されていることに気がついた。最初それは、読者の個人的な読みの問題かと思われたが、何年にもまたがり同じ誤読が複数の大学で何人もの学生によって反復されるのを見て、そこには個人の読みに還元できない問題があるのではないかと考えるようになった。典型的な誤読とは次のようなものだ。前で述べたように、同書における主人公の主体形成には、イスラームの家父長制下でのジェンダー機制と同時に、植民地主義の歴史的機制もまた不可分に関与している。しかし、ほとんどのレポートにおいて、この作品は、イスラームの家父長制からの解放を求める女の物語としてのみ読み解かれる。植民地支配からの独立を求める民族解放の物語は後景に退き、独立闘争は、モロッコの女の、家父長制や伝統の桎梏からの解放という物語が生起する単なる時代状況に還元されてしまう。

植民地支配という民族的抑圧と、その抑圧からの解放を希求することも、家父長制的抑圧とそこからの解放の希求と同じように、主人公の主体化に関与していることは、原著の標題をはじめ作品の随所で明示的に語られている。にもかかわらず、ハーレムの女たちの、アラブ・イスラームの家父長制からの解放や自律性の獲得への希求は、ファティマが同一化し、それによって彼女のアイデンティティを形成していくものと見なされるのに、ハーレムの女たちが希求する、ある場合には、男たちよりもはるかにラディカルな民族の解放への希求は、語りの構造としては同じであるのに、主人公が同一化するアイデンティティとは見なされず、あくまでも物語の後景的エピソードとして読まれてしまうのだ。

さらに著者は、家父長制が女たちに課す伝統の抑圧的側面とともに、ハーレムの伝統が、女たちの連帯や抵抗を育むものでもあることを語っているが、レポートでは、伝統はあくまでも女たちがそれに従属するよう課せられた桎梏であり、女の解放のためには否定されるべきものとしてのみ言及されるのがつねである。著者があえて英語で、しかもさまざまな語りの戦術を駆使して読者に訴えようとしたことは、読者の解読格子からこぼれ落ち、同書は、モロッコの古都フェズで主人公が、イスラームの抑圧的伝統から解放されることを夢見る物語と解釈されてしまう。

語られているのに聴きとられない。書き込まれているのに読み落とされる。学生たちのこうした誤読は偶発的なものではなく、きわめて症候的なものに思われる。

一九七五年、メキシコで開かれた第一回世界女性会議に参加したボリビアの鉱山労働者の妻、ドミティーリャ・バリオス・デ・チュンガラは、世界じゅうから集った女たちを前に訴えた。自国で鉱山労働者が、使い捨ての労働力として肺から血を流すまで酷使され、彼らの基本的人権を求める組合運動は政府によって徹底的に弾圧されていること(彼女自身、投獄され拷問され、子どもを殺すと脅迫された)。鉱山資源の安価な供給を維持したい合州国政府が、ボリビアの鉱山労働者の搾取と人権抑圧政策を支えていること[2]。数日後、彼女の話は遮られた。「もう、お国のことはじゅうぶん話したでしょう。今日は、私たち女性の問題を話し合いましょう」と[3]。ボリビアで鉱山労働者の男たちがどのような悲惨な労働を強いられ、妻である女たちがどのような過酷な生活を余儀なくされているか、鉱山労働者とその家族の、蹂躙される人間としての尊厳の回復を求めて、鉱山労働者の妻たちがいかに闘い、その闘いがいかなる苛烈な弾圧を彼女たちの文字通りの《身体》に招いているか。だが、それらの問題は、「私たち女の」問題ではないとされたのだった。

その四〇年近く前、エジプト人フェミニスト活動家、ホダー・アル＝シャアラーウィーは、欧州各地で開催される国際フェミニスト会議に参加しては、帝国主義の侵略にさらされ、日々、熾烈な抵抗運動を展開していたパレスチナとの連帯を訴え続けた。ナチズムの脅威のもと、民主主義や自由、平和、民族の権利といった諸問題がフェミニズムの重要課題とされるなかで、帝国主義とシオニズムによって迫害されるパレスチナ人の問題がとりあげられることはなかった。西洋のフェミニストたちが自国の帝国主義を問題にしえないこと、西洋世界が主張する「人権」の普遍性は東洋世界には適用されないことをシャアラーウィーは実感する。一九三八年、シャアラーウィーはカイロで「パレスチナ防衛のための東洋女性会議」を開催し、パレスチナ人との連帯と支援を決議する。だが、その一〇年後、パレスチナの地にユダヤ人国家イスラエルが建国され、七〇万ものパレスチナ人が故郷を追われ、難民となる。イスラエル政府は一貫して彼ら彼女らの祖国帰還の権利を認めず、四〇〇万におよぶパレスチナ人が今日、難民生活を余儀なくされている。

一九八五年、ナイロビで開かれた世界女性会議で、エジプトのフェミニスト作家、ナワール・エル＝サアダーウィーは、アラブの女たちとデモを組織した。彼女は、アラブ・イスラーム世界の家父長制に対する仮借なき批判者として世界に知られ、アラブ世界で初めて、女性生殖器手術を公然と批判し、保健省の職を追われている。その彼女がナイロビ会議で行なったデモの光景を、私は偶然、テレビで見た。それは、女性生殖器手術の廃絶を求めるものでもなければ、イスラームの女性抑圧を糾弾するものでもなかった。半袖のTシャツ。豊かな銀髪を振り乱し、剥き出しの腕で指揮をとりながらデモを先導していた彼女は、アラビア語でシュプレヒコールを繰り返していた。フィラスティーン・アラビーヤ！フィラスティーン・アラビーヤ！（パレスチナはアラブだ）……と。同会議でベティ・フリーダンはサアダーウィーに次のように語ったという。「スピーチのなかでパレスチナのことはとりあげないでくださいね。これは女性会議であって、政治的な会議ではないのですから」。

その三年前の一九八二年、イスラエル軍がレバノンに侵攻し、ベイルートのパレスチナ難民キャンプを攻囲、同軍に支援されたレバノンの民兵組織によって、三〇〇〇名とも言われるパレスチナ難民が虐殺された。その大半が女、子ども、老人だった。それは、民族根絶を意図したまさにジェノサイドだった。サアダーウィーは著書『アラブ女性の素顔』(5)の英訳に際し、新たな序文を著わし、生殖器手術やムスリム女性のヴェールといった習慣にのみ目を奪われがちな西洋の読者に向けて、帝国主義や新植民地主義のもとで抑圧される、パレスチナをはじめとする第三世界の女たちの人権についても同じように真剣に考えて欲しいと訴えた。だが、合州国で出版された版では、その序文は削除された。

ボリビアの、パレスチナの、無数の女たち男たちの命が賭けられた、これら第三世界の女たちの訴えは、こうして幾度となく聴きとられずに棄ておかれてきた。学生たちの誤読を、こうした歴史的文脈に置くとき、それは、歴史的、今日的植民地主義の暴力を行使する社会に帰属する者たちによって反復される特徴的な態度であることが見えてくる。第三世界の女たちが被る抑圧は、彼女たちが属する社会や文化にその本質的な原因が求められる傾向がある。ムスリムの女の場合で言えば、イスラームという宗教が本来的に女性差別的であり、それが、彼女たちの被る抑圧の原因とされる。だが、イスラームを本来的に女性抑圧的で誤ったものと見なす考え方こそ、オリエンタリズムそのものである。

第三世界の女たちを彼女たちの文化の犠牲者と見なすこのような考え方は、かつて植民地主義者によって植民地支配を正当化するための根拠とされた。彼女たちが差別されているのは、その社会や文化が本来的に女性抑圧的なためであり、そのことが、彼女たちの社会の本質的な劣等性、後進性の証左とされ、植民地支配は、これら本質的に劣った社会を文明化するための、「文明国」に課せられた使命として正当化された。アフガニスタンの女が被る抑圧を、タリバーンに起因するものとして本質化し、アフガン空爆を女の救済として正当化する、二〇〇一年一一月のブッシュ米大統領夫人の全米向けラジオ演説は、帝国主義の論理が依然として過去のものではないことを示している。

だが、彼女たちが被る差別や抑圧とは決して、自社会の女性差別的な文化や宗教に起因するものだけではない。帝国主義や植民地主義による民族的抑圧もそのひとつである。ドミティーリャ・バリオスが鉱山労働者の妻として被る人権侵害はボリビア文化のせいではない。あらゆる国際法や国際条約を侵害して継続されるイスラエルの占領のもとで、パレスチナの女たちが検問所で通行を阻害され、路上で分娩を余儀なくされて赤ん坊を死産しているのは、イスラームの家父長制によるものではない。レバノンのパレスチナ難民キャンプで、パレスチナ難民の女が、レバノンの民兵によってレイプされ、胎児のいる腹を切り裂かれて殺されるのは、イスラームの伝統文化のせいではない。二〇〇一年一〇月、ブッシュ大統領夫人の演説に先立って発表された「戦争に反対するトランスフェミニズムの実践」は次のように言う。「アフガニスタンの女たちの多くが飢え、日常的に暴力や危害に直面しているのは、タリバーン政権のみに由来するのではなく、その大部分は、ヨーロッパの植民地主義と同地域の紛争という長い歴史によるものである(6)」。

独立戦争に勝利して民族的独立を勝ちとったからと言って、独立後の社会で女の解放が自動的に実現されるわけではない。しかし、パレスチナ人の現実が例証しているように、民族の解放が実現しないかぎり、パレスチナの女のまったき解放もまたあり得ない。

中産階級の女に、無産階級の女が被る差別と抑圧の問題がなかなか自覚されず、女の問題として共有されないように、民族的従属を強いられない支配民族の女、人間としての尊厳の回復のために民族的抑圧からの解放を自らの決定的に重要な問題として追求する必要のない植民者側の女もまた、被植民者の女が被る差別と抑圧の問題を見落としがちである。
　日本人読者が、テクストに書き込まれている伝統文化の積極的意義を読みとりそこない、主人公の主体形成における被植民者としての歴史経験を捉えそこなうのは、ひとつには非西洋世界の女を、彼女たちの文化や宗教の犠牲者と見なすオリエンタリズム的な価値観を内面化しているためであり、そのこと自体、日本が歴史的に植民地主義国家であったことと無縁ではない。そして、戦後もきわめて自民族中心的に構築され、植民地主義の支配と従属の関係が形だけ変えて存続しているこの日本社会で、支配民族に属する日本人の女の多くは、民族差別や民族的従属といった抑圧を被ることを免れ、それゆえ、民族的な解放という課題を自らの解放の課題とする必要がなかった。そうした植民地主義社会における植民者としての歴史経験が、『ハーレムの少女ファティマ』における主人公の主体形成に関する読者の解読格子を形成している。読者が自らを「植民者」として同定していないとしても、彼女のその無意識の読みに、植民者としてのアイデンティティが書き込まれているのである。ドミティーリャ・バリオスの訴えを、「男に操られている」として退けた北米のフェミニストや、シャアラーウィーの訴えを共有することなく、帝国主義と共犯してしまったヨーロッパのフェミニストたちと同じように。

　それにしてもメルニーシーはなぜ、さまざまな戦術を駆使して、読者を誘惑しなければならなかったのだろうか、シェヘラザードのように？　シェヘラザードがその語りで王を誘惑したのは、そうしなければ王が彼女の訴えを聴くことなどありえなかったからだ。彼女が王と対等であったなら、王を誘惑する必要などなかっただろう。誘惑的な語りとは、弱者が強者に何とか話を聴いてもらうための手段である。そして、そのためには弱者は、強者の言語で語らねばならない。著者が英語という他者の言語で誘惑的に語るのは、彼我のあいだに圧倒的な権力の差があるからにほかならない。それは彼女の主体的な選択である以上に、力の不均衡が、弱者である彼女に課しているものでもある。話を聴いてもらいたければ、我々にわかる言葉で、我々の気に入るように話せという命令。説明責任はつねに弱者の側にあるとされる。読者が誤読しようがしまいが、テクストは密かに、しかし明確に、読者が何者であるか、そのアイデンティティを告げているのである。

注

（1）ファティマ・メルニーシー『ハーレムの少女ファティマ——モロッコの古都フェズに生まれて』ラトクリフ川政祥子訳、平凡社、一九九八年。(Fatima Mernissi, *"Dreams of Trespass; Tales of a Harlem Girlhood"*, Perseus Publishing, 1995)

（2）ノーム・チョムスキーは、人権抑圧を行なう国家と合州国の投資先および合州国政府の開発援助先には相関関係があることを指摘している。『ノーム・チョムスキー』リトル・モア、二〇〇二年。

（3）ドミティーリャ・バリオス・デ・チュンガラ『私にも話させて』唐沢秀子訳、現代企画室、一九九六年。強調は引用者。

（4）Elia, Nada, 'The Burden of Representation; When Palestinians Speak Out', *The MIT Electronic Journal of Middle East Studies*, 2005, Spring.

（5）ナワル・エル・サーダウィ『イヴの隠れた顔』村上真弓訳、未來社、一九九四年〔新装版〕。

（6）http://www.action-tank.org/pfp/fem.html

3　文学の第三世界

知の地方主義《プロヴィンシャリズム》を越えて

新たなる普遍性に向けて

1　固有名について

特権的な固有名というものがある。ラスコーリニコフ、ジュリアン・ソレル、あるいはウェルテル……ほかにもまだあるだろう。思いつくままに今挙げたこれらの固有名はたんにロシア人の、フランス人の、ドイツ人の名、というだけではない。これらの名は『罪と罰』、『赤と黒』、『若きウェルテルの悩み』といった世界的名著とされる小説作品に登場するお馴染みの主人公の名前であるが、しかしまた、それを遥かに越えたものでもある。それらは、原作を読んだことがある者はもちろんのこと、読んでいない者たちにおいても、葛藤する人間存在のひとつの類型、人間が普遍的に抱え持つ問題を体現する人物の名として、これらの作品が書かれたロシアやフランス、ドイツといった社会の歴史的、文化的規定性を越え、ナショナルな境界をも越えて、「小説」というものが訳され読まれるこの世界のさまざまな社会で——たとえばこの日本で——、広く共有されている固有名である。ラスコーリニコフ（あるいはジュリアン・ソレルでもよい）とは、『罪と罰』（あるいは『赤と黒』）という作品が描こうとした人間の問題のすべてが凝縮した特権的な固有名なのである（日本において、たとえば丑末という名がそうであるように）。

スーダンの作家タイィブ・サーレフのアラビア語の小説『北へ遷りゆく季節』[1]（一九六六年）についてアラビア語で論じたある評論を読んで（私はアラビア語を学び、現代アラブ文学を専攻している）、私が考えたのは、文学におけるこの特権的固有名という問題だった。なぜなら、このスーダンの小説、なかんずく、そこにおいて描かれている一スーダン人青年の物語を論じるにあたって著者が引き合いに出すのは、コンラッドの『闇の奥』におけるクルツであり、スタンダールの『赤と黒』におけるジュリアン・ソレルであり、またエミリー・ブロンテの『嵐が丘』におけるヒースクリフなのである（ほかに、エジプトの作家タウフィーク・アル＝ハキームの小説『オリエントからの小鳥』[2]も参照されてはいる）。

スーダン、あるいはもっと敷衍すればアラブ世界と言ってもいいかもしれない、近現代の歴史における西洋中心主義的な世界観のなかで周縁化され、植民地支配を受けてきたこれら非西洋世界で、アラビア語という非西洋の、周縁的な言語によって小説が書かれるということ、そしてそれが西洋や、あるいは私たち非西洋世界の人間によって読まれるということ。それは、これまで西洋中心主義的に編みあげられてきた私たちの世界認識や「文学」という知の制度に対し、対抗的かつ批判的な知や認識を提供してくれるだろう。そのように考えるなら、スーダンのアラビア語小説を理解するために、コンラッドやスタンダールあるいはブロンテといった西洋の文学、しかもその文学史においてキャノンと位置づけられる作品を参照することは逆に、文学という知の制度における西洋中心主義、あるいは私たちの世界認識における西洋中心主義を再度、補完強化するものであり、アラブ文学が書かれ読まれるということがはらみもつ西洋中心主義の解体という可能性と矛盾する行為ではないか、という批判があるかもしれない。

しかし、ことはそう単純ではない。それについて詳しく論じる前に、文学における固有名、あるいはこの世界で普遍的な人間類型の名として流通する固有名というものについて今しばらく考えてみたい。

『北へ遷りゆく季節』という作品について論じた前述の評論はアラビア語で書かれている。そのことは、この評論がアラブ人読者に向けて書かれたということを意味する。その評論を読んでいて私が気がついたこと、それは、クルツ、ジュリアン・ソレル、そしてヒースクリフといった人物や、あるいは彼らが登場する文学作品が、ことさら詳細な説明を付されるでもなく、ごく自明なものとして参照されているという事実である。このことは、これらの固有名が特権的に意味しているものに対する理解が、その評論を読むアラブ人の読者一般に共有されている（あるいは共有されうることを前提に著者が議論を展開している）ということである。同時に、そこで論じられているこれら固有名の特権的象徴性は、この私、日本語のネイティヴであり日本社会で日本人として生きている私においてもまた十全に理解されている。

西洋の文学作品において創作されたクルツ、ジュリアン・ソレル、ヒースクリフといった特権性を帯びた人物たち、その固有名が意味するもの、言い換えれば、その固有名が象徴的に含意している彼らの経験や彼らが体現している問題が、西洋文化において西洋の読者に了解されるのと同じように、アラブ文化に生きる者たちによって了解され、また、日本文化に生きる私によっても了解されているという事態、これは考えてみると不思議なことではないだろうか。つまり、これらの固有名が特権的に体現している人間の経験や問題とは、西洋人、アラブ人、日本人といった文化的経験や民族的経験を越えて、人間にとって「普遍的」な経験であり問題であるということだ。あるいはこうも言えるかもしれない。これらの文学作品は、ロシアやドイツやフランスやイギリスを舞台に描かれているかもしれないけれども、そうした国や地域や文化や民族に限定されない普遍的な人間の経験や問題を描いている作品なのであると。

おそらくそれは事実であるだろう。そして、西洋の文学作品が、世界の散文文学のなかで中心的な位置を専有している理由のひとつは、それらの作品が、特殊な社会の特殊な状況を描いているのではなく、普遍的な「人間」の普遍的な問題を描いているのだという、西洋小説のこの「普遍性」にあると言ってよいだろう（ここでは詳述する余裕はないが、この西洋文学の「普遍性」とは、一五世紀以降、地球規模で展開されることになる西洋近代の拡張主義すなわち他の世界の侵略と植民地主義的支配という、特殊な歴史的経験によって生み出されたものである。近代小説という近代西洋固有の現実認識、知のありかたが、非西洋世界において受容され、これら世界において小説なるものが書かれ、読まれるということそれ自体が、この特異な歴史的経験の結果である。私たちが考えるべきは、西洋文学を「普遍」たらしめることとなったこの歴史的経験の内実である）。

さて、その一方で、たとえばムスタファー・サイードという固有名はどうだろうか？　ムスタファー・サイード、それは、サーレフの『北へ遷りゆく季節』に登場する主人公の名である。その名は、先に挙げた西洋の文学作品に登場する人物の固有名のように普遍的な人間類型の名、普遍的な人間の問題を体現した特権的な名として世界的に流通してはいない。したがって、ラスコーリニコフという名が、そしてまたウェルテルという名がそうであるような特別な含意をはらみもつもの、人間という存在が抱え持つ普遍的な問題を特権的に体現した名として、このムスタファー・サイードという固有名を聴き知る者は、（アラブ世界なら話は別だが）少なくともこの日本では絶無に近いと言ってよいにちがいない。だが、それはなぜなのだろうか？

それをなぜと問うこと自体、奇妙に感じる者もいるかもしれない。なぜなら答えはきわめて自明なもののように思われるからだ（でも、本当にそうなのだろうか？）。そもそもこの日本社会では、スーダンの小説などほとんど読まれはしないのだから。日本でスーダンの小説を読む者がもしいるとすれば、私のように現代アラブ文学を専門にしている者（果たして一〇人いるだろうか？）、もしくは職業柄あるいは個人的にスーダンやアラブ社会に対して特別な興味や関心を寄せているごくわずかな者（そして、およそ小説である限り、どこの国の作品であるかを問わず読むことを趣味にしている、さらに輪をかけて少数の小説愛好家たち）に過ぎないだろう。

だが、なぜ、そうなのだろう？　なぜ、スーダンやアラブ社会に特別な関心を抱いている者しか、スーダンの小説を読まないのだろう？　『罪と罰』を読むのは何もロシア文学者や一九世紀ロシア社会の研究者だけではないし、『ハムレット』を読むのはシェイクスピア学者に限らない。『嵐が丘』を読むのはイギリス社会に特に興味のある者ばかりではないはずだ。

いつだったか、日本の大学に留学し、日本文学を研究している韓国人とポーランド人の女子学生と話をする機会があった。話しているうちに私たちの三人ともが、中学生のときにヘルマン・ヘッセの『車輪の下』の翻訳を読んでいることが分かった。思春期の通過儀礼としてのヘッセ。それは、日本社会や文化に固有の特異な現象ではなかったのだ。ヘッセ作品に代表されるこの教養主義の伝統は、お隣の韓国でも、そしてポーランドでも、言ってみれば世界的に共有されたものであったことをそのとき私は知った（その伝統はおそらく、今日の日本ではもはや廃れてしまって、存在していないのかもしれないけれど）。

話をもとに戻そう。ムスタファー・サイードという固有名は、アラブ世界の外部では、たとえばこの日本では、私たちには馴染みのないアラブ人の名であるという以上のなにごとをも意味しはしない。これは言い換えれば、スーダンの小説あるいはアラブの小説が日本でもそれ以外の世界でもほとんどまったくと言ってよいほど読まれない、ということでもある。そしてもし、読まれるとすれば、その大半はスーダンやアラブ社会に対して特別な関心を持つ者によってであるということ。それは、これらの社会について知るためであり、ある地域について特殊専門的な知識を得、その社会についての理解を深めるためであって、人間存在の普遍的な経験や問題、それらの経験の分有者としての私たち自身、そして私たちが生きるこの世界を理解するために、というわけではない。

ジュリアン・ソレルというフランス人青年の生の経験は、フランスであれアラブであれ日本であれ（あるいは韓国であれポーランドであれ）、文化や民族の別なく、この近代社会に生きる青年たちの普遍的な経験として読み解かれ、共有される。他方、ムスタファー・サイードの経験とはあくまでも、私たちとは異なるアラブ・ムスリムであるスーダン人の経験であり、『北へ遷りゆく季節』とはアラブ・イスラームという特殊な文化や歴史に規定されたスーダン社会という特殊な社会を描いたものであると、そしてそれは、アラブの専門家が、専門的理解を深めるために読むものであり、専門家ではない一般の読者には与り知らぬこと、関係のないことだと、えてして考えられてはいないだろうか。

私たちがこのように考え、西洋文学と非西洋世界の文学とでは、それに対する私たちの読みの態度を変えるのは、西洋文学がそもそも普遍的な人間の問題を描いているのに対し、たとえばアラブ文学といった非西洋の文学が、アラブ・イスラームという文化的特殊性に規定された特殊な社会の特殊な人々の特殊な経験を描いているものであるから、なのだろうか。私たちはそのように思いがちだが、果たしてそうなのだろうか。事実はむしろ、その逆ではないだろうか。私たちが西洋文学を普遍的人間の経験を描いたものとして読み、アラブ文学をアラブ社会という特殊な社会の特殊な経験を描いたものとして読むから、その結果として、西洋の経験は普遍的な人間の経験であり、アラブの経験は特殊な世界の特殊な経験であるというような世界観が再生産されているのではないか、ということだ。

もし、アラブ文学、あるいはアラブ文学に限らず非西洋世界の文学を私たちが読み、そこにおいて描かれている問題や経験に私たちが触れ、それを知ることが、私たちの世界認識を今なお拘束し、今日の世界のありようを強固に規定している西洋中心主義を批判し、解体する可能性を秘めたものでありうるとするならば、右で仮定したようなアラブの小説作品に対する私たちの態度はそれとは逆に、非西洋の文学作品を読むという実践行為を通じて西洋中心主義を強化し、非西洋世界の経験を特殊化してその周縁化を助長するものにほかならない。私たちがアラブの小説を読むということがもつラディカルな意義と可能性は、そこでは読むという当の行為それ自体によって切り崩されてしまうことになる。だとすれば私たちはまず、アラブの小説に対する私たちの態度や「読み」に潜んでいる西洋中心主義を炙《あぶ》りだし、それと批判的に取り組まなくてはならないだろう。

2　知の二重基準《ダブル・スタンダード》

アメリカの大学でアフリカ文学について教鞭をとるオビオマ・ナエメカは、あるエッセーのなかで次のように語っている。

人は〔その文化に帰属しない〕アウトサイダーであっても〔その文化について〕教えることができるが、それには、知識に根ざした謙虚さが必要である。残念なことだが、アフリカやアフリカの女性たちについて教えるとなると、多くのアウトサイダーがすぐに専門家を自称してしまう。アフリカをほんの三週間ばかりあわただしくまわっただけでアフリカの専門家になることなどできないし、アフリカの小説を二、三冊読んだからと言って、アフリカ文学の専門家になれるわけではない。たいへん悲しむべきことだが、西洋の研究機関はこの手の専門性に対してなみなみならぬ制度的寛容さを示し、それを奨励している。学会は、アフリカやアフリカ女性についての専門家は自由にはびこらせるにまかせているのに、西洋の文化や文学を教えることに対しては厳しい条件を要求する。それらの領域では、専門家は、翻訳や学位、教授歴等によって、自らが専門家であることを証明しなければならない。他の文化を些末なものとして扱うこと〔つまり、アフリカやアフリカ女性に関する「専門家」に厳密な専門的知識が制度的に要求されないこと〕は、ひいては、それらの文化をとるに足らないものであるとするような誤った教育を促すことにもなる。(3)（強調——引用者）

ナエメカはここで、アメリカ社会あるいは西洋社会のアカデミズムが、対象とする文化の違い、つまり西洋文化かアフリカの文化かによって、その「知」のありかたが異なるということ、対象が西洋文化であれば厳密な専門性を要求し、アフリカの文化に対してはそれを要求せず、制度的に寛容であるという具合に異なるコードを使い分けていると指摘している。そして、そうしたコードの使い分けの結果として、アフリカの文化が西洋の文化と本質的に異なったもの、西洋の文化に比べて価値的に劣ったものであるかのような認識を社会的に生産することに繋がると論じている。言い換えれば、文化にまつわる「知」に二重基準があり、その二重基準が行使されることによって、それらの文化間に本質的な差異があるかのような認識を生産しているということである。

私もまたこの日本で、自分がアウトサイダーであるところのアラブ文化やアラブ文学について「専門家」として教えている。ナエメカのこの指摘を私は、そうした自分自身への警告として受けとめたい。なぜなら、対象とされる文化の違いによる、知のあり方のコードの使い分け、すなわち二重基準は、日本社会においても例外ではないからだ。

たとえば私は、英文学を専攻する友人たちと比べて自分が、ナエメカの言う「制度的寛容さ」の「恩恵」を随分と受けていると思う。人がこの社会で英文学の専門家となるためにクリアーしなければならないハードルがいくつもあることは、誰しも容易に想像がつくだろう。英文学の場合、それらのハードルは英文学という制度のなかにすでに「伝統」として組み込まれている。他方、アラブ文学においては、そのような制度的伝統はいまだ存在しないと言ってよい。英語の小説を二、三冊読んだからと言って英文学の専門家として通用するわけがないが、極端な話、ナエメカが言うように、アラビア語の小説を数冊読めば、アラブ文学の専門家として社会的に通用するのである。

権威主義的な伝統が必ずしも良いものとは限らない。そうした伝統に縛られている英文学者の友人たちの姿を見聞するにつけ、そんなものとは無縁なところで自由闊達にやってこれた自分を幸運であったとも思う。とはいえ、ナエメカの指摘にもあるように、ある種の文化に対する社会の「制度的寛容さ」が、その文化に対する蔑視を社会的に再生産するとなれば、それは別の問題だ。

たとえば八〇年代以降、日本語に翻訳されたアラブの小説の大半が、英語からの重訳である。西洋、特に英独仏といった言語の文学作品であれば、原語から直接、翻訳することが当然のこととして社会的に要求されるにちがいない。だが、アラブ文学に関しては必ずしもそうではない。

文学作品の翻訳という行為は不可避的に、原著の文学性の多くを犠牲にしなければ成り立たないものである。むしろ原著の文学性を翻訳において保持することが原理的に不可能であるからこそ逆説的に、小説や詩といった詩的言語の翻訳というものの文学性が追究されることになる。だが、重訳という行為は、この翻訳の文学性という問題を無効にしてしまう。英訳において、アラビア語原著の文学性は、英語という言語文化の要請にしたがって、英語の文学性に置き換えられており、日本語の翻訳者が参照するのは、原著の文学性ではなく、すでに置き換えられた英語のそれだからだ。したがって重訳されたアラブ小説の多くは、日本語に訳されたその時点ですでに、文学作品でありながら、その文学性は議論の埒外におかれ、私たちに論じることができるのはせいぜい、ストーリーや作者の主張、作品のテーマといったものに限定されてしまうことになる（だが、作品のテーマやメッセージとは、文学性と切り離されたところに別個に存在しているのではない）。この傾向は、アラビア語を知らない翻訳者がそもそもアラビア語原著の文学性に対して無関心であることによってますます助長される。

さらに、英文学の場合を考えてみればすぐ分かるとおり、英語を知っているからといって、誰でも英語の小説が翻訳できるわけではない。その社会の文化や歴史について十分な知識がなければ文学作品は正確には訳せない。ところが、英訳から日本語に重訳されたアラブの小説の大半を見るかぎり、地名や人名といった固有名詞の表記はおよそ正確さを欠き、アラブの社会やイスラームの文化について訳者に基礎的な知識がないことに起因する誤訳が散見することになる。英文学の翻訳であれば当然、必要とされるであろう、当該社会や文化についての専門的知識が、ことアラブ文学に関しては翻訳者に要求されてはいないということだ（それは、煎じ詰めれば、これらの社会や文化について知らない一般の読者が、作品で描かれている社会について正しく理解する、ということも要求されていない、ということでもある[4]）。

訳者が専門的知識を欠いている結果、読者が作品を理解するために必要とする適切な訳注や解説もなく、代わりに訳者の憶測や偏見に基づいた一方的な注や説明が付され、誤解を助長している場合もある。適切な解説がないことによって読者は作品を十分に理解することができず、その結果、小説を読むことによって逆に「やはりアラブ世界はよく分からない世界だ」という思いを深めてしまうかもしれない。知の二重基準が、こうしてアラブ＝特殊な社会という世界認識を生産するのである。

文学作品であれば日本語の文章力も要求されるはずだ。事実、英語の翻訳者たちはしのぎを削っている。だが、アラブ小説の翻訳に関してはどうだろうか。破壊的な日本語によって原著の文学性が著しく損なわれている作品もある。そんな稚拙な翻訳でアラブの小説を読んだ読者が、アラブ文学など所詮この程度のものか、やはり西洋の文学には敵わないと思ったとしても不思議はない。ただでさえアラブ社会や文化に対して偏見がもたれているこの社会で、そうした翻訳はアラブ文化に対する理解よりもむしろ誤解を深めることにこそ貢献するだろう。アラブ文学に対する社会のこの「寛容性」、つまり、英文学の翻訳についてだったら当然要求されるような厳密な専門性を、社会がアラブ文学の翻訳に対しては要求しないという態度は結果的に、アラブの文学や文化、ひいてはアラブ社会を西洋の文学や文化、社会よりも価値的に劣ったものとする認識を社会的に再生産することになるのである。

作品に何がどのように描かれているかという問題以前にそもそも、アラブ文学をめぐる日本社会の制度的、技術的な諸条件によって、アラブ文学が、そしてそこに描かれるアラブ社会や人間たちが、西洋の文学や西洋の社会とは本質的に異なったもの、特殊なもの、劣ったものとして生み出されていく。そして、その結果、私たちの認識のなかで、アラブ社会は西洋とは切り離された特殊な世界として形づくられていくことになる。

誤解していただきたくないのは、私は自分がアラビア語ができるという特権的な立場から、アラビア語ができない者がアラブの小説を重訳することそれ自体を批判しているのではない。アラブ文学を愛する者として、アラビア語のできる者が極端に少ない現状では、たとえ重訳であったとしても、アラブの小説が日本語に翻訳され、一般の読者がアラブ文学に触れる機会が増えることは喜ばしいことであると私は思う。しかし、そうであればこそ、アラビア語ができない者、アラブ社会について知らない者がアラブの小説を重訳することによって生じるさまざまな問題があることを翻訳者自ら批判的に認識しておくことの大切さ、ナエメカの表現を借りれば「知識に根ざした謙虚さ」の大切さを強調したいのである（その謙虚さは当然、この私自身にも問われている）。重訳に散見する誤訳の大半は、専門家が訳文をチェックすれば容易に避けられるものだ。さらに、訳者のあとがきだけで事足れりとするのではなく、当該社会についての専門家による解説をつけることによって作品に対する読者の理解は格段に深まるにちがいない。

ここで私が指摘したことは、英語やフランス語、ドイツ語の文学作品の大半においては、当該文学の専門家である訳者自身の手によってごく当然のこととしてなされていることであるだろう。それがアラブの小説に関しては、訳者も出版社も社会も要求しないとすれば、それはなぜなのか。その理由が何であれ、ここで問題なのは、そのような態度の差、知の二重基準が、アラブ文学およびアラブ世界は西洋の文学や世界とは異なっている、劣っているという認識を生み出し、知の西洋中心主義を強化しているということである。

この知の二重基準はいたるところに存在する。たとえばエドワード・サイードが以下の文章において批判しているのも、西洋社会においてイスラーム社会についての諸研究が立脚している、この知の二重基準についてである。

この本〔『イスラム報道』〕の私の論点は、これら〔西洋メディアにおけるイスラームに関する言説〕のほとんどが、無責任極まりない放言といった類の受け入れがたい一般化であり、他のどの宗教や文化、人間集団に対してであれ、決して用いることはできないものである、ということだ。西洋の諸社会に関する研究であれば、複雑な理論を応用し、そのさまざまな社会構造、歴史、文化の形成について実に多種多彩な分析がなされ、探求の言語もまた彫琢されている。そういった西洋社会に関する真摯な研究に私たちが期待するのと同じものを、私たちは西洋におけるイスラーム諸社会の研究や議論にも期待しなくてはならない。(5)

3 『北へ遷りゆく季節』

次に、文学における西洋中心主義に対する抵抗的実践として意図された読みにおいても、読み手の意図に反して西洋中心主義が補完されることがあることを、小説『北へ遷りゆく季節』の読みを通して見てみたい。物語のあらすじは以下のようなものだ。

イギリス植民地下のスーダン、卓越した頭脳と非凡な才能を見出されたひとりの少年が、教育を受けるためにカイロに送られ、善意のイギリス人夫婦の厚意によってさらにロンドンに留学することになる。経済学者として名をなし、ロンドンの大学で教鞭をとり、帝国のメトロポールで社会的成功を収めた青年は、イギリスのスーダン植民地経営について政策的提言さえ行うようになる。彼の名はムスタファー・サイード。だが、その一方、ムーア人の末裔であるこの褐色の肌の青年は、冷たい北の街で、自室にエキゾチックなオリエントの文物をあしらい、白い肌の女たちを次々に誘惑しては破滅へと追いやるのだった。やがて彼はジーン・モリスという名のひとりの白人女性と結婚する。ジーンは結婚後も彼を裏切り続け、ある日、ムスタファーは妻を刺殺する。だが、それこそまさに彼女が彼に願ったことでもあった。

裁判にかけられたムスタファーは、彼に理解と同情を示す英国人たち——だが、奇妙なことにその中には、彼によって娘を自殺に追いやられた父親たちもいた——の熱心な弁護によって、わずか七年の懲役ののちに釈放される。スーダンに戻った彼は、ナイル河畔の村に住みつき、土地の女を妻に貰い、二人の子をなし、口数の少ない温厚な農夫としてひっそりと暮らす。イギリスでの日々を過去に葬り去り、白い肌の女たちを死に追いやり妻を手にかけたあのムスタファー・サイードとは別人であるかのように。あるとき、ロンドンで学位をとり七年ぶりに故郷の村へ帰ってきた「私」はこのムスタファー・サイードと知り合い、ムスタファーは折りに触れて「私」のもとを訪れては、ロンドンにおける自らの過去を語り始める。しかし、ある日、氾濫したナイルの洪水が彼を飲み込む。それは事故なのか、それとも自殺なのか。いずれにせよ、あとにはジーン・モリスの死の顛末を記した「私」宛の手紙がナイル河畔の家の一隅を占めるムスタファーの書斎の鍵とともに遺される。

『北へ遷りゆく季節』は一九六六年、すなわちスーダンがイギリスの植民地支配から独立して一〇年後に書かれた作品である。物語の舞台となっているのも、それとほぼ同時期のスーダンの農村である。独立後間もないスーダンの国家建設に携わる、語り手の「私」。作品は、その「私」にムスタファー・サイードが植民地時代のロンドンでの出来事を物語るという入れ子構造をとっている。そして、ムスタファーが語るロンドンでの彼の物語の合間あいまに、冷たい北の国で展開する狂気の出来事とは対照的な、スーダン農村社会の猥雑な人間模様が「私」の目を通して活写される。

さて、この『北へ遷りゆく季節』という作品について、訳者の一人でもある黒田壽郎氏は次のように解説している。

「東」と「西」との対立、葛藤は、彼の作品をとりあげる批評家たちが、真先にとりあげる問題である。事実、彼の実質的な処女作と見なされる「北へ遷りゆく時」においては、この葛藤が作品成立上の主要なテーマの一つになっているのである。他の文学における と同様、アラブ現代文学においても、東西の葛藤、軋轢をテーマにした作品は数多い。例えばエジプトの作家タウフィーク・アル＝ハキームの「オリエントからの小鳥」、ヤフヤー・ハッキーの「ウンム・ハーシムの吊りランプ」、レバノンの作家、ソヘイル・イドリースの「カルティェ・ラタン」等は、現代アラブが直面しているこのような精神的状況を真向から取扱ったものとして、すでに文学史の中に定着した感のある作品群である。

黒田氏は続けて「ただしタイーブ《ママ》・サーレフの「北へ遷りゆく時」は、これらの作品群を一段と凌駕していると思われる……」と述べ、その理由として、ムスタファー・サイードによって演じられる東西（あるいは南北）の葛藤劇はあくまでも劇中劇であり、「舞台まわしの役割を果たしているのみであり、その背後ではさらに本質的な劇が進行している」からだと論じている。「ムスタファー・サイードの死を劇中劇と化する作中の「私」の視線は、すでに東西の葛藤といったドラマを越えたところで真実の劇を認めているのである。そして作品の随所に鏤められたナイル河畔の美しい田園風景と、生気溢れる農民の生活の描写が、すでに本来の劇の何たるかを証しているのであ」り、「要するにこの作品の真の主題は、しばしば思い誤られるような東西の葛藤につきるものではなく、さらに深部で進行している劇、自らさ迷い出た日常性に回帰する精神の着地作業にあるのである」として、さらに、「暗闇でおどろな内面の劇が進行しているまさにその時にも、豊沃なナイルの河ぞいでは燦々と照る陽光の下で、ものみなは母なるアフリカの胎内で慈み、育てられるかのごとくゆくりなく成長し、人間は大地の臍の緒から直接養分を吸収しているかのように、本来的な意味での「自然」を享受している」と結んでいる。

黒田氏の解釈によれば、『北へ遷りゆく季節』という作品において、ムスタファー・サイードによって体現される東西の葛藤劇は本質的なものではなく、むしろアフリカの眩い太陽の下で、慈愛に満ちたアフリカの大地の上で展開される、アフリカ人の精神の物語こそが真の主題だということになる。アフリカの太陽の眩しさゆえにアラブ人を意味もなく殺した植民者の男の物語、そして殺される側のアラブ人、アフリカ人の世界や経験をことごとく無視したその作品が、世界的な文学として記憶されていることをここで想起するならば、黒田氏によればアフリカの太陽の下でアフリカの大地の滋養を得て生きるアフリカ人の生の経験を描いたとされるこの作品は、文学なるものが世界規模で再生産している西洋中心主義に対する、アラブあるいはアフリカの側からの「文学」を通した異議申し立て、あるいは対抗的な物語ということになるだろう。黒田氏の読みは、文学の西洋中心主義に対する対抗的言説として、この作品をアフリカ人によるアフリカに生きるアフリカ人「固有の精神のドラマ」――その固有性を保証するのはアフリカの眩い太陽でありアフリカの大地である――と位置づける。

だが、その一方で、黒田氏のこのような解釈について私は多少の違和感を禁じ得ないでもいる。なぜなら、ムスタファー・サイードの物語、つまり黒田氏が言う「劇中劇」、を包み込むナイル河畔の農村の物語とは、必ずしも黒田氏が「稔り豊かな視線」「本来的な意味での「自然」を享受している」といった言葉で肯定的に示唆しているものばかりとは限らないからである。その端的な例として、ムスタファー・サイードの死によって寡婦となったムスタファーの妻フスナが、自らの意志に反して再婚させられた老人とのセックスを拒み続け、狂乱した老人に乳房を嚙みちぎられてついには、老人を刺し殺した挙げ句自死するという、なんとも凄絶な出来事がある。それは、黒田氏が言祝ぐ「暗闇でおどろな内面の劇が進行しているまさにその時にも、豊沃なナイルの河ぞいでは燦々と照る陽光の下で、ものみなは母なるアフリカの胎内で慈み、育てられるかのごとくゆくりなく成長し、人間は大地の臍の緒から直接養分を吸収しているかのように、本来的な意味での「自然」を享受している」といった様子とはまったく相容れない光景ではないだろうか。むしろ劇中劇の「おどろな内面」、ムスタファーの狂気や暴力あるいは死のイメージは、いつしか劇中劇の境界、北と南の境界を越えて滲み出て、外の世界を侵食し、二つの世界の境界自体を溶解させてしまったとは言えないだろうか。

たしかにロンドンにおけるムスタファー・サイードの物語と、ナイル河畔のスーダンの村の人々のありようは北国の凍てついた太陽とアフリカの太陽ほどにも対照的だ。だが、北へ渡った青年ムスタファー・サイードの存在が、白人の女たちの精神を蝕んでいったように、南へ還った彼は妻にもらった村娘の内面をいつしか変容させ、村に惨劇をもたらしたのだ。ムスタファー・サイードの物語は「舞台まわし」で、アフリカの陽光とアフリカの大地によって培われた村の人間たちの、本来的な「自然」を享受する生のありようこそがこの作品の真の主題であるとする見方では、村におけるこの暴力と狂気の伝播と反復を説明することはできない。壮絶な悲劇的結果をもたらす寡婦フスナと老人の結婚は、女の性を自分の好きなようにむさぼることができると考える老人の男性中心主義的な価値観が生み出したものであることを作品は明確に物語っており、そうであるとすれば、アフリカの眩い太陽のもとで育まれたものすべてを作者が必ずしも肯定しているわけではない。

あるいは、ムスタファーの死後、彼の書斎に足を踏み入れた「私」が、部屋を一目見るなりそれを焼き払ってしまおうとしたのはなぜなのか。一つだけ確かなことは、その部屋は「私」にとってそれほどまでにおぞましいものであったということだ。そして、「私」がそれをおぞましいものだと、それがそこにそのまま存在し続けることを耐え難いと感じたのは、それが「私」を、その存在の根底から不安に駆り立て脅かすものであったからにほかならない。それが「私」を脅かすのは、「私」がムスタファーの「おどろな内面」と無縁であったからではなく、むしろ「私」自身がその身のうちにムスタファーの狂気を分かち持っていることを、自らがムスタファーの分身であることを直観したからではないだろうか。人は自らと本質的に無縁なものを恐ろしがったりはしない。人が本質的な恐怖を覚えるのは、そこに、自らが否定し抑圧している己れ自身の姿を見出すからだ。だとすれば、「私」がいそしむ「おのれの精神の着地作業」とは、黒田氏が「稔り豊かな視線の存在」という言葉で示唆するような幸福なものであるよりは、何かもっと得体の知れない、暴力的なものに浸潤されたものであるのではないだろうか。

さらに、ロンドンで白人の女たちがムスタファーに魅惑されては、やがて精神を病んで死んでいったのはなぜなのか。娘を死に追いやられた父親たちが、ムスタファーを責める代わりに、躍起になって彼を免罪しようとした、言い換えれば、そうすることで彼らが必死になって覆い隠そうとしていたものとは何なのか。そう考えると、東西の葛藤劇とは、ムスタファーのみに還元されるものではなく、帝国の人間たちもその共犯者だということになる。反復される暴力。得体の知れない欲望。『北へ遷りゆく季節』という作品を理解するとは、この得体の知れない人間存在の闇を明らかにすることにこそあるのではないか。

この作品をアフリカの太陽や大地によって育まれたアフリカ人の「固有の精神のドラマ」として語ろうとする以上、ムスタファー・サイードによって体現された東西（あるいは南北）の葛藤劇を劇中劇に倭小化し、非本質化するのはなかば論理的必然であるだろう。なぜなら、北の国で悪魔的な存在へと変貌していくムスタファー・サイードの生の経験を主題と考える限り、アフリカの陽光や大地と結ばれたアフリカ人の精神のドラマとしてこの作品を読み解くことに無理が生じてくるからである。だが、そのような読みは、『北へ遷りゆく季節』というテクストそれ自体が本質的に喚起するものというよりも、この作品をアフリカ人固有の経験として読み解きたいという願望にこそむしろ基づいたものではないだろうか。東西の葛藤というこの作品のモチーフを理解するために黒田氏が挙げているのが、アラブ人作家の作品のみであることからも、それはうかがえる。そこには、アラブ人の経験はアラブ人の作品を参照することによって理解されるとする、文化本質主義があるとは言えないだろうか。

『北へ遷りゆく季節』という作品はたしかに、東西の葛藤というテーマを扱っているという点で、アル＝ハキームやハッキーの作品の系譜上に位置する。だが、『北へ遷りゆく季節』が描いているのは、たんに「東西の葛藤」に尽きるものではない。アル＝ハキームやハッキーが展開していないテーマがこの作品の核心にはたしかに、ある。それは、植民地支配という歴史的経験とその暴力である。いくら同じアラブ人の作品とはいえ、アル＝ハキームやハッキーの作品を参照しているかぎり、植民地主義の歴史が植民地の人間に対して根源的にふるった暴力というこの作品の中核をなすテーマを理解することはできない。その暴力性を理解するために私たちが参照すべきはむしろ、コンラッドの『闇の奥』――ムスタファー・サイードの北の世界への侵入とそこで彼が征服者として君臨しながら、自らの精神の内奥をデモーニッシュなものへと変容させていくという物語は、『闇の奥』におけるクルツの物語を反復している――であり、あるいは、ジーン・モリスとの愛の過剰さにおいて私たちはエミリー・ブロンテの

『嵐が丘』におけるキャサリンとヒースクリフの物語を参照すべきなのではないだろうか。さらに、ムスタファー・サイードが愛する者を死に追いやり、狂気と暴力を感染させていくことについては、ドラキュラとも重ね合わされよう。植民地宗主国に乗り込み、社会的上昇を果たしていく姿には――そして最後、殺人を犯して裁かれる点においても――、『赤と黒』のジュリアン・ソレルのイメージが重なる。ムスタファー・サイードとはタウフィーク・アル＝ハキームの『オリエントの小鳥』のモフシンの兄弟であると同時に、これら西洋文学において創造された人物造形が重層的に織り込まれた存在であり、彼が体現しているのは彼固有の特異な歴史的経験なのである。それは、植民地主義がもたらした暴力であり、それにともなう植民地知識人の不可逆的な精神変容である。

植民地支配の歴史的暴力を被った植民地の人間、とりわけ知識人は、国が独立したのちも、もはや植民地となる以前の「純粋」な存在などではあり得ない。植民地主義の歴史は、彼らを、決定的に異なる存在へと変容させてしまったのだ。『北へ遷りゆく季節』という作品を通じてスーダン社会、あるいは非西洋社会について私たちが理解すべきはむしろそのことではないだろうか。極言すれば、もはやピュアなアフリカ人などいない、植民地主義の暴力を拭い去り難く刻印された存在として、彼らは生き続けなければならないということである。いや、それは彼らだけではない。白い肌の女たちがムスタファー・サイードに惹かれ、彼と関係することによって精神を病んでいくのは、植民地主義の暴力の記憶が帝国の支配者たちによってもまた深く分有されているからである。だとすれば、それは、アフリカ人の固有のドラマであるどころか、この私たちの物語ではないのか。このとき、ムスタファー・サイードという固有名はにわかに、スーダンやアラブという民族的、文化的境界を遥かに越えて、植民地主義の歴史的暴力をその身に刻印されて生きざるをえないこの世界の人間のひとつの類型を普遍的に表す特権的な名となるだろう。

4　知の地方主義《プロヴィンシャリズム》

アラブ文学という、世界文学における「地方文学」が、アラブ・イスラーム社会という特殊な社会の特殊な経験を表したものとしてではなく、現代世界に生きる人間の普遍的な問題を描いたものとして読み解かれ、それによって文学の西洋中心主義が批判され揺さぶられる、そのような可能性をもった読みのあり方を前節で見てきた。アラブ文学を理解するにあたって西洋の文学作品を参照することは、それをもってにわかに文学における西洋中心主義を強化するものであると断定することはできない、ということになる。反対に、西洋中心主義に対抗するために、アラブ人の（あるいはアフリカ人の）生の固有性を本質主義的に論じることは、作品が描こうとしている問題の普遍性をアラブ社会の特殊性として理解することで、西洋＝普遍、アラブ＝特殊という従来の西洋中心主義の構図をそのまま反復、強化してしまうという点に注意したい。

かつて帝国主義の時代、非西洋世界の文化は価値的に劣ったものとされ、西洋中心主義の世界観のなかで周縁化されてきた。現代においては、過去の西洋中心主義に対する批判として、非西洋世界の文化の自己主張がさかんになされるようになった。とりわけグローバリゼーションが進行する今、世界の一元化に対する文化的抵抗として多文化主義が主張されている。どの地方にも、その地方固有の文化、固有の価値観がある、アラブにはアラブ独自のイスラーム文化によって培われた経験と価値観が、アフリカにはアフリカの太陽と母なる大地によって育まれた生と価値観がある、という主張。西洋中心的な私たちの世界認識が批判され、解体されるのは良い。しかし、ここで注意したいのは、こうした本質主義的な地方主義に根ざした多文化主義は、依然として西洋＝普遍、非西洋＝特殊という構図が強固に存在するこの世界では、西洋中心主義的な世界認識を解体するどころか、むしろ強化することになりはしないかということである。知の本質主義的地方主義に居直り、地方の文化的特殊性を強調する「原理主義」が、西洋＝普遍とする西洋中心主義と共犯関係を結んでいることはつとに指摘されているとおりである。

したがって、アラブ小説を、アラブ社会やアラブ人固有の経験に還元し、これを本質化したり特殊化したりするような読みは、帝国主義の時代とは違うやりかたでもって、しかし、帝国主義の時代と変わらぬ西洋中心主義的な世界観の再生産を行っていることになる（今日、「普遍的西洋」なるものの比重は大きく合州国の文化にシフトしているが）。そのような本質主義的な読みにおいては、人間存在の普遍的な問題や生の経験を体現している特権的固有名は、本質的な「アラブ人」や「アフリカ人」、あるいは「エジプト人」といった民族類型の後景に退き、決して普遍的に共有されることはないだろう。価値観の一元化や、西洋中心主義的に組織された世界観、歴史観に対する抵抗として、アラブ文学という非西洋世界の文学が何らかの積極的な役割を果たすことがもしも、できるとしたら、それは、たとえばムスタファー・サイードという固有名を、私たちが特権的な名として記憶すること、私たちが生きるこの社会で、私たちの傍らに、あるいは私自身のうちに、ムスタファー・サイードを見出すこと、私自身が解くべき問いとしてムスタファー・サイードと格闘することであるだろう。そして、知の地方主義を突き破って、たとえばヘッセの『車輪の下』がそうであったように、この『北へ遷りゆく季節』という作品を韓国の友と共有する知とすること、私たちの共通の経験とすること、その交通の回路を創り出すことであるにちがいない。

5　エピローグ・そしてナディヤの喪われた脚

過日、参加したあるシンポジウムで、パネリストの一人であった韓国の思想雑誌『当代批評』の編集長、文富軾《ムン・ブシク》さんの報告を聴いていた私は突然、彼の口から発せられたある名を耳にして驚愕した。彼はこう言ったのだ。ナディヤの喪われた脚とは光州《クワンジュ》である、と。

ナディヤ、それは、三〇年も前に暗殺されたパレスチナの作家ガッサーン・カナファーニーの短編「ガザからの手紙」（一九五八年）の語り手、貧困と敗北の匂いが立ちこめたガザを脱してアメリカに渡ろうとする難民の青年である「私」が、ガザを発つ前に見舞った入院中の姪の名前だ。砲撃を受け（一九五六年の第二次中東戦争を指している）、ナディヤは幼い兄弟をかばって、自らの脚を大腿部から根こそぎ喪ったのだった。

「私」は自問する。ナディヤは逃げようと思えばそうできたはずだ。脚を喪わずに済んだはずだ。だが、彼女はそうしなかった。なぜ？　病院を出た「私」の目に、ガザは何もかもが新しかった。「私」は、ひとつの瓦礫の山を目にする。その瓦礫の山には意味があったのだと、その意味を僕たちが解くようにと、ただそのためだけにそこにあったのだと「私」は悟る。サクラメントで「私」を待っている同じ難民の幼友達に宛てて、「私」は呼びかける。ムスタファーよ！　僕はサクラメントへは行かない。僕が経験した漠たる感情、きみはガザを離れはしたけれども、この感情はきみの胸中深くにあって目覚めねばならない、大きくならねばならない、そしてきみはそれを探さねばならないのだ、ナディヤの喪われた脚の意味を……、きみ自身を見出すために、ここ崩れた敗北の瓦礫の狭間で、と。(6)

「私」の言葉が私の脳裡に甦った。私はその言葉を反芻した。この作品はカナファーニーの一連の作品のなかでもことさら印象深く私の記憶に刻まれたものだった。なぜなら、二〇年前、学生だった私自身がそれをアラビア語から日本語に翻訳したのだから。喪われたナディヤの脚。私はそれを日本語に置き換えはしたけれども、しかし、それが何を意味するか分かっていたわけではない。その意味を探すのは、パレスチナ難民である「私」であると、あるいはそれはパレスチナ人の問題であると思っていた。これは、パレスチナの小説なのだから。パレスチナ人の問題を描いたものなのだから、と。

八〇年代、韓国で展開された民主化闘争に参加し、獄中にあった文富軾さんは、そこでこの作品の韓国語訳を読んだのだった。文さんは言う、「ナディヤの喪われた脚とは光州である」と。

ナディヤの喪われた脚としての光州、それは、文さんがそこにとどまり、その意味を探すべくつねに回帰していくもの、そのようなものとしてある。だとすれば、それはまた、私自身がそこにとどまり、その意味を探すべくつねにたちかえりゆくべきなにものかでもあるのではないか。

文富軾さんの口から発せられた特権的な固有名としてのナディヤ。私はそのとき初めてナディヤに出会った。二〇年前、文字の上ではすでに出会ってはいたけれども。そして、ナディヤという固有名に媒介されて私はもうひとつの固有名、光州《クワンジュ》に出会った。文字の上ではやはり二〇年前、連日のように新聞で大きく報道されていたそれを目にしてはいたけれども。

ムスタファー、僕らはこのガザでナディヤの喪われた脚の意味を探さねばならない。語り手の「私」

のその言葉は、同胞であるパレスチナ人への呼びかけであると同時に、文さんへの呼びかけであり、そして、この私への呼びかけでもあったのだ。パレスチナ人の生の経験が、韓国の文富軾さんと日本の私を媒介する。帝国主義の歴史と暴力を刻印されたこの世界を生きる者として、その歴史と暴力を分有する者として、私たちを繋ぎ、普遍的な問いへと、世界へと、新たなる普遍性へと開く、そのようなものとしてのパレスチナ文学。そのようなものとしてのアラブ文学。そのようなものとしてのナディヤという固有名、そして彼女の喪われた脚。

注

（1）アラビア語原題は *mausim al-hijra ila al-shimāl* 日本語訳は、河出書房新社刊「現代アラブ小説全集」の第八巻、サーレフ『北へ遷りゆく時／ゼーンの結婚』（黒田壽郎、高井清仁訳、一九七八年）に所収。ただし、アフビア語原題にある mausim は「季節」を意味し、作品において「鳥の渡り」というアレゴリーがもつ重要性に鑑み、拙論本文では日本語訳の題名を踏襲せず、「遷りゆく季節」とした。

（2）「アラブ」とはアラビア語を母語とし、アラビア語で歴史的に培われた文化を自らの文化として同定する者たちを意味する。アラブ諸国、アラブ世界とは、そうしたアラブ人が人口の大半を占める国、世界のことである。

（3）Nnaemeka, Obioma, 'Bringing African Woman into the Classroom: Rethinking Pedagogy and Epistemology', Higonnet, Margaret R., ed., "*Borderwork: Feminist Engagements with Comparative Literature*", Cornell, 1994, p.308.

（4）英文学のなかの「地方」文学に関しても同じことが言える。英語で小説作品が書かれるのは何も、イギリスやアメリカだけに限らない。たとえばアフリカの英語作品が当該社会の文学の専門的研究者ではない翻訳者によって訳されることによって、作者がテクストに巧妙に織り込んでいる歴史的、社会的ニュアンスが読みとられることなく、ブルドーザーによって地均しされたがごときの翻訳がなされることもある。
（5）　エドワード・サイード「ヴィンティッジ版への序文」岡真理訳、『イスラム報道　増補版』浅井信雄・佐藤成文共訳、みすず書房、二〇〇三年。
（6）　ガッサーン・カナファーニー「ガザからの手紙」岡真理訳、『季刊前夜』二〇〇四年一〇月。

ふたつのアラビア語、あるいは「祈り」としての文学

1

　現代アラブ文学とはいかなる文学か、という問いに答えるのは必ずしも容易なことではない。近代以前の文学ならことは比較的単純だ。アラブ文学とは基本的に、アラビア語で書かれた作品を意味するだろう。だが、現代アラブ文学、とりわけ小説に関して言えば、アラビア語で書かれた作品ばかりとは限らない。

　たとえば、一九七〇年代に日本語訳が刊行された『現代アラブ小説全集』全一〇巻のうち、アルジェリアのムハンマド・ディブの『アフリカの夏』とムールード・マムリの『阿片と鞭』はフランス語作品である。著者がアラブ人であれば、言語の如何に関係なく、アラブ小説であるということなのだろうか。だが、マムリはカビリー人、すなわちアラブ・イスラーム侵入以前の北アフリカ先住民であるベルベル人の出身であり、アラブ人ではない。著者がアラブ世界に居住し、アラブ社会の経験を描いていれば、アラブ人でなくても、アラビア語でなくてもアラブ小説なのだろうか。

それでは、アラブ系イスラエル人の作家アントン・シャンマースは小説『アラベスク』においてパレスチナ・アラブ人の歴史的経験をヘブライ語で著したが、これは「アラブ文学」なのだろうか。あるいは、エジプト出身でロンドンに在住しながら英語で作品を書くアフダーフ・スウェイフの場合はどうだろう。著者の出自を理由に、作品の内容如何にかかわりなくそれを「アラブ小説」と分類することは妥当なことだろうか。英国社会を舞台にしたカズオ・イシグロの一連の作品を「日本文学」と呼ぶことに私は抵抗を覚えるのだが、インド人ムスリムのポストコロニアルのアイデンティティを英語で描いたサルマン・ラシュディの『悪魔の詩』は英文学であると同時に、インド文学であるとも考えている。だとすれば、ある作品が「アラブ文学」であるためには、著者の出自だけでなく、作品が何らかの形でアラブ人やアラブ社会の現実と深く切り結んでいることが必要ということだろうか（ちなみにスウェイフの場合、作品はつねにエジプト社会とエジプト人が主要なテーマとして登場する）。

文学のアイデンティティをめぐるこれらの問いは、ことアラブ文学に限ったものではないだろう。歴史的な植民地主義と今日的なグローバル化という、それ自体越境的で暴力的な経験の数々が、現代世界に生きる人間個人のアイデンティティを複雑なものにしているのと同様に、「＊＊文学」という同一性の境界もまた曖昧で錯綜したものとなっている。だから今日この時代においては、現代アラブ文学をアラビア語で書かれた文学と本質規定することはできないのだが、とは言っても、現代アラブ小説の大半がアラビア語で書かれていることもまた、依然として事実である。

アラブ人の作家がアラビア語で書く、ということは、日本人の作家が日本語で書くことと同様、何の不思議もないように思える。フランスの植民地であったアルジェリアの作家がフランス語で書くとき、人々がアラビア語で生きている現実がフランス語という他者——侵略者——の言語に「翻訳」されて表象されるというその「矛盾」に、植民地支配という歴史的暴力の痕跡が刻まれることになるが、アラブの作家がアラビア語で小説を書くならば、作品は、フランス語でアラブ社会の現実を書くような矛盾とは無縁な自明性を生きているということになるのだろうか。

アラブ社会は、社会言語学でいう「ダイグロシア」社会である。ダイグロシアとは、言語の二変種がそれぞれ異なる社会的機能を担いながら補完的に併用されることを意味するが、アラビア語の場合、標準語である文語アラビア語のフスハーと、アーンミーヤと呼ばれる口語アラビア語が、日常生活のあい異なる領域で排他的かつ補完的に用いられている。文学的問題として捉えれば、それは、アーンミーヤによって生きられる人間たちの現実が、フスハーという、彼らの生の経験から乖離した言語で表現されるということを意味する。

ここから次のような一連の問いが生起するだろう。アーンミーヤ的生の経験はフスハーによっていかに語られうるのか。あるいは、アーンミーヤによって生きられる生の経験を、フスハーで表象するとはそもそもどういうことなのか。社会的権力資源であるフスハーから疎外された者たちの抵抗の経験を、そうした権力を領有する知識人がフスハーで表象するという行為にはらまれる矛盾はいかに脱構築されうるのか……これらの問いは必ずしも、文語と口語の乖離というダイグロシア状況を生きるアラブ世界の文学だけに固有のものではなく、文学そのものに内在する問いであるにちがいない。

アラブ世界の作家たちが自身の作品において、そこで用いる「言語」とどのような関係を切り結んでいるのか、いくつかの例について考えてみたい。

2

だが、その前にアラブ社会におけるダイグロシアについてもう少し説明しておこう。アラビア語におけるダイグロシアには、イスラームにおいてアラビア語が「神に選ばれた言葉」であることが深く関係している。

イスラームは普遍宗教（世界宗教）、つまり、その教えが特定の民族に限定されない、人類全般に対する普遍性をもった宗教である。預言者ムハンマドの口を通して語られた教えがイスラームの聖典クルアーン（コーラン）にまとめられたことはよく知られているが、それらの言葉はあくまでもムハンマドの口を通して語られたのであって、ムハンマド自身の言葉ではない。イスラームにおいて、それらは、神自身が語った言葉であるとされている。万物の創造主たるアッラーが、その人類普遍の教えを人間に語りかける言葉として選んだのは、ほかならぬアラビア語だった。

神自身の言葉をまとめたものがクルアーンであるとすれば、アラビア語以外の言語に翻訳されたクルアーンというものはありえない。クルアーンの翻訳は存在するが、それらはあくまでも「翻訳」に過ぎず、アラビア語でない以上、クルアーンそのものと同一ではない。キリスト教の聖書が何語に翻訳されようと、「聖書」であり続けることと実に対照的だ。世界のキリスト教徒たちがさまざまな言葉で神の教えを読むのに対して、イスラームにおいて神の教えは、神自身が語ったそのとおりに、アラビア語で世界じゅうの信徒に読まれることになる。

やがてイスラーム世界の伸張にともない、アラビア半島という一地方の言語であったアラビア語が聖典の言語として、西アジアを経てはるか北アフリカへと伝播してゆく。古代地中海世界においてギリシャ語が、そして中世ヨーロッパにおいてラテン語がそうであったように、アラビア語はイスラームの歴史を通じて、広大なイスラーム世界における知識人の共通語《リンガ・フランカ》となる。現在、アラビア語は、東はアラビア半島の東端オマーンから西は北アフリカの西端モロッコまで、インド洋から地中海を経て大西洋にいたる、数にして二〇に及ぶ国々の公用語であり、その使用範囲の広範さから国連の公用語のひとつとなっている。「アラブ世界」とは、これらアラビア語を公用語とする国々から成る世界のことであり、「アラブ人」とは、この広大なアラブ世界で、アラビア語によって歴史的に培われてきたこれら世界の文化的遺産を自らの文化的ルーツと同定する、アラビア語を歴史的、文化的紐帯として結ばれた者たちを意味する。

さて、神に選ばれた言葉であるクルアーンのアラビア語は、その絶対的な神聖さゆえにアラビア語の規範となる。これがいわゆる「フスハー」(al-lug͟ha al-ʻarabiyya al-fasiyḥa)、すなわち正則アラビア語である。このフスハーが、七世紀から今日まで歴史を一貫してアラビア語の規範言語となっている。だが、当然のことながら、今から一四〇〇年も前の語彙や文体で二一世紀の今日の事象を有効に表現することはできない。現代には現代の、高度に複雑化した社会のリアリティに即したアラビア語が必要とされる。そうした時代の要請に応え、現代のフスハーは、文体と語彙のレベルで大きな革新——近代化——を経験しているが、フスハーが広大なアラブ世界における共通の規範言語であるという事実は二一世紀になっても変わらない。

しかし、これはあくまでも規範文法の話だ。規範文法を固定することはできても、人間が話す言語を規範に縛りつけることはできない。人の話す言葉はつねに規範を逸脱し、変わってゆくだろう。それが自然言語のダイナミズムであり、アラビア語も例外ではない。人々によって話されるアラビア語は、一四〇〇年という長い歳月のあいだに、広大なアラブ世界のそれぞれの地域の社会的、歴史的諸情況を反映して独自の変貌、進化、発展を遂げ、国や地方ごとに多様なアラビア語が発達した。これが口語アラビア語、いわゆる「アーンミーヤ」、俗語である。

聖典の言語であり規範言語であるフスハーは文語であり、もっぱら公的領域における読み書きの言語として用いられる。文語、すなわち書き言葉である以上、フスハーは書くこと、つまり文字と結びついており、文字の修得が教育なくしてはありえないように、フスハーの修得もまた教育を必要とする。その意味で、フスハーは特権的な言語であり、権力性とも無縁ではない。アラブ人であっても、フスハーは外国語と同じように、学校教育を通して修得されるのであり(したがって、フスハーを「母語」とする者は存在しない)、学校教育から疎外されている者たちは、公的領域で流通する言語それ自体から排除されることになる。聖典の知を分有することが権力の分有と同義であった近代以前の時代には、社会的権力資源としてのフスハーの性格は今よりはるかに大きなものだっただろう。

一方、口語であるアーンミーヤは私的空間の言語である。それは、胸に抱いた赤ん坊に向かって母親が語りかける言葉、文字どおりの「母語」である。アーンミーヤは母の乳の温かさ、人間の体温を帯びた言葉であり、人間の生身の身体性と不可分の、民衆の言葉である。

公的空間と私的空間が人間生活において排他的かつ補完的であるように、公的空間で用いられる規範言語フスハーと、私的空間において用いられる俗語アーンミーヤも排他的かつ補完的な関係にある。アラブ世界における二言語併用が、バイリンガリズムと異なるのは、フスハーとアーンミーヤというこれら二つのアラビア語が用いられる領域が決して重ならないからである。公的領域でアーンミーヤを用いたり、逆に、私的領域でフスハーを用いることは「場違い」で滑稽な感じを与える。それだけでなく、「場違いな」言語では、表現しようとしている内容を十全に表すこともできない。たとえば、卑俗とされるアーンミーヤでは「絶対者の神聖さ」や「高踏芸術の格調高さ」を十二分に表すことはできないし、反対にフスハーで卑近な冗談を言っても、フスハーの格調高さそれ自体が冗句を冗句たらしめる卑近さを裏切ることになるからだ〔糟谷啓介「「口語」はいかにして発生するか」(日本記号学会編『記号学研究19 ナショナリズム／グローバリゼーション』一九九九年)参照〕。

文語であるフスハーは千数百年におよぶアラビア語文学の歴史のなかで洗練され、その文学性を彫琢されてきた。フスハーで書かれたものこそが文学であり、芸術の名に値するものだった。一方で、フスハーとも、また高踏芸術とも無縁な市井の人々は、アーンミーヤによるさまざまな口承文化とともに生きてきた。フスハーの文学的絶対性の陰で、アーンミーヤは俗語として貶められながら、しかし、人間が食い、まぐわい、はらみ、眠る、その生のリアリティを育んできたのである。

エジプト映画往年の名作に、『ダハブ』(一九五三年)という作品がある。庶民の娯楽として制作される劇映画の言語は基本的にアーンミーヤだが、エジプトのシャーリー・テンプルともうたわれた天才名子役ファイルーズの(日本社会に生きるある世代の者たちなら、シャーリー・テンプルというより美空ひばりを思い出すにちがいない)大人顔負けの演技と歌唱力が存分に楽しめるこのミュージカル作品に、アーンミーヤを生きるアラブ人庶民にとってフスハー的世界というものがいかなるものとして蝕知されているか、その一端を垣間見せてくれる場面がある。

名家に生まれながら、故あって通りに捨てられた赤ん坊が、貧しい舞台芸人に拾われて娘として育てられる。成長した娘ダハブ（ファイルーズ）は貧しいながらも強い親子の情愛で結ばれた育ての父親と二人、毎日、舞台に立ちながら、幸せな日々を送っていたが、ある日、ダハブを発見した実の家族が現れ、彼女を取り戻そうとして、娘を奪われまいと必死に抵抗する育ての父親は裁判にかけられてしまう（公権力によって引き裂かれる孤児と貧しい育ての親との情愛というこのあたりのストーリーは、チャプリンの『キッド』が下敷きになっていよう）。親権が実の家族にあると判決文を厳正に読み上げる裁判官。「あんたなんか何を言っているのか、さっぱり分からない!!」とアーンミーヤで裁判官に食ってかかり、父親に抱きついて泣き崩れるダハブ／ファイルーズ。全編、アーンミーヤで語られる映画のなかで、このとき、裁判官が話す言葉だけがフスハーなのだ。人間の情愛、人間が生きるということのリアリティを理解しない体制の暴力が、ダハブのアーンミーヤの叫びと裁判官の無情なフスハーという、一見ならぬ一聴して明らかな言語的対比を通して象徴的に描かれている。

3

アラブ文学において文学世界とは長らく、文学の言語たるフスハーによってのみ構築されるものだった。だが、アラブ世界が西洋の近代小説なるものを受容し、作家たちが、文学的主題として、「食い、まぐわい、はらみ、眠る」等身大の人間たちによって生きられる生の現実に向き合ったとき、それまで、文法的に不完全な言語として文学性を否定されてきた人間の肉体の言語としてのアーンミーヤが、文学的リアリティをもってにわかにたち現れることになった。

一九世紀後半からフランス、次いでイギリスの支配下におかれたエジプトで、イギリスによる占領に対するエジプト人の全人民的蜂起（一九一九年革命）から一九五二年のエジプト革命まで、反英独立闘争を闘い、独立を実現したのは、決して一部の革命家や英雄たちではなく、名もなき民衆たちの不断の抵抗の意志だった。だが、民衆とは、公的空間において自らを語る言葉を持たない者たち、すなわち、アーンミーヤで生きる人々だった。小説が文学作品である以上、文語であるフスハーで書かれねばならないとすれば、これらの人々によって生きられた現実は、作家という知識人によって、フスハーという他者の言語に翻訳されて表象されることになる。このとき、抵抗の主体である民衆の、アーンミーヤによって生きられた経験、なかんずくその行為体としての行為主体性《エージェンシー》は小説にどのように描かれうるのだろうか。エジプト革命の二年後、二七歳という若さでデビューしたユースフ・イドリース（一九二七〜九一）の作品は、そうした問いに対する実践的応答だったと言えるだろう。

自身、学生活動家として革命闘争に参画したイドリースは、革命を実現した民衆の抵抗の意志、彼ら彼女らの日常の生のなかに深く埋め込まれ、民衆自身によっては決して分節されないその意志を、小説言語によって形象化しようとした。このとき彼は、従来、非文学的であるとされ、かろうじて庶民の会話に関してはリアリズムの観点から許容されていたにすぎないアーンミーヤを、会話文のみならず地の文にさえ積極的に用いたのだった。俗語を地の文に用いるなど、当時の文学界では実にスキャンダラスなことだった。時の文豪や批評家たちは、イドリースの文学的才能を絶賛する一方で、彼がアーンミーヤを多用することについては挙って諫めている。

だが、香辛料のように混ぜ込まれたアーンミーヤがフスハーと渾然一体になったイドリースのアラビア語の文章からは、エジプト人民衆の息づかいがリアルに立ち上がってくる。そうすることでイドリースは、フスハーという知識人＝他者の言語では表象不能なエジプト人の生のリアリティを描き出し、エジプトの大地に秘められたエジプト人の真実、エジプト人性の本質を明らかにした作家と評価された。イドリースは、アーンミーヤによって生きるエジプト人民衆の生のリアリティこそが、歴史的な革命の成就を可能にした民衆の抵抗を涵養したものであることを、たとえばデビュー作となった短編集『いちばん安上がりの夜』（一九五四年）や長編小説『禁忌《ハラーム》』（一九五八年）、『ある愛の物語』（一九六二年）などの作品で見事に表現し、俗語として貶められてきたアーンミーヤに、フスハーには代替不能な文学性を付与したのだった。

アラブ世界に限らず第三世界は、いまだ非識字率も高く、その社会に生きる人々、とりわけ女性たちの圧倒的多数が、公的空間において自ら語るためのことばをもたない者たちであり、そのような社会にあって作家とは、特権的に、自らの声を不特定多数の他者に届ける言語を持った者たちである。そして、それゆえ、第三世界の文学はとくに、公的空間において語る言葉を持たない者たちの呟きの声を、他者に届けるという使命を負わざるを得ない。

しかし、そのままでは、他者に届く言語という特権的権力資源をもち、それを行使する作家と、そのような言語を持たないがゆえに作家によって一方的に表象される者というテクスト生産の関係性の中に、権力と服属者《サバルタン》という社会の抑圧構造が再生産されることになる。したがって作家は、作品で社会の抑圧性を批判するだけでは十分ではない。作家自身が抑圧的な権力機構の末端に連なる者であることを、そして社会的権力資源である言語を領有する自分とそうでない彼ら彼女らのその差異をテクストに書き込みながら、その対立が止揚される地平、両者の生が一つになる地平を指し示す実践的営為が、第三世界の作家たちによって模索されてきた。

イドリースは、民衆の言葉であるアーンミーヤを文学の言葉として用いただけでなく、フスハーには代替不能の文学性をアーンミーヤに付与し、アーンミーヤで生きる民衆の行為主体性を小説に書き込んだ。そのことに、革命世代の作家の旗手たる彼の、革命と呼応する文学的革命性を指摘することができるのだが、その一方で、ポストコロニアル批評の興隆によって広く共有されるようになった、右で述べたような問題意識から今、イドリース作品を読み返してみると、フスハーであれアーンミーヤであれ、民衆を特権的に表象する知識人と、表象される民衆という二項対立をいかに脱構築するかという問いはイドリースには希薄だったように思われる。イドリースがこれらの作品を主に執筆していたのが一九五〇年代から六〇年代にかけてであったことを考えれば、それは時代的制約の結果であったとも言えよう。だが、こうした問いに対する実践的応答の営みとして、たとえば南米では、ボリビアで一九六〇年代から一貫して先住民の映画を撮り続けてきたウカマウ集団の試みがあったという事実を想起するならば、イドリースにおけるこうした問いの欠如は、時代的制約という以上に、エジプトを代表する知識人となってノーベル文学賞受賞を渇望しながら死んでいった彼の個人的な性格や、エジプト社会の性格、また、映画が集団で制作するものであるのに対して個人で創作する小説というものの性格に由来しているように思われる。

4

庶民の娯楽作品として作られた映画『ダハブ』において、フスハーは庶民の生に対置される体制の象徴としていささか戯画的に単純化されて描かれていたが、離散パレスチナ人の映画監督ミシェル・クレイフィのドキュメンタリー映画『豊穣な記憶』（一九八二年）におけるフスハーとアーンミーヤの言語的対立ははるかに複雑で錯綜した様相を呈している。

占領下に暮らすパレスチナ人民衆一人ひとりが日常を生きる、その不断の営みのなかに、パレスチナの解放へといたる闘いと抵抗の意志がある。『豊穣な記憶』という作品が描くのはそのことだ。全編を通して、子守唄や民謡、小唄、流行歌などパレスチナの民衆、とりわけ女性たちによって歌い継がれてきた歌が作品に織り込まれているのだが、アーンミーヤによるこれら女たちの歌は、フスハーによる高踏文化の歴史からは排除されてきたものである。しかし、何十年、何百年にもわたって彼女らの生活と魂の一部であったこれらの歌を、パレスチナ人がパレスチナを奪われてもなお記憶しつづけ歌いつづけるかぎり、たとえ土地は奪われようと、パレスチナもパレスチナ人も生きつづけることを、そして、そうであればこそ、たとえ銃を担ったりデモでシュプレヒコールを叫んだりしなくても、それがまぎれもない民族的な抵抗であることをクレイフィは描いている（生活者たる女たちの歌にパレスチナ人の抵抗の意志を見出すというモチーフは古居みずえのドキュメンタリー映画『ガーダ　パレスチナの詩』（二〇〇五年）にも見出すことができる）。

『豊穣な記憶』では、イスラエルの軍事占領下にあるヨルダン川西岸の街に暮らす中年の女性作家サハル・ハリーフェと、イスラエルで工場労働者をしながら生きる初老の女性ルミヤという対照的な女性二人が主人公として配されることで、知識人による権力資源としての言語の領有と、そこから疎外され《サバル》る者たち《タン》の問題が、フスハーとアーンミーヤの言語的対立を通して可視化されている。主人公の一人である作家のサハルは、西岸を舞台にした彼女の小説作品『ひまわり』において、ジャーナリストの女性と工場労働者の寡婦という対比的な二人の女性を主人公に、占領下に生きる民衆、とりわけ女性たちの姿を通して、パレスチナ人が占領という困難な日常を生き続けることそれ自体が、不屈の抵抗にほかならないことを描いている。クレイフィの映画は、サハルのこの小説を下敷きにして、サハル自身に、彼女の小説の一方のキャラクターの役割を演じさせながら、サハルがその作品で二人の女性の対比的な生を通して描いているものを、サハルとルミヤの人生を通して描くという一種の「本歌取り」の構造になっている。と同時に、サハルは、他者を表象する特権をもった存在として、クレイフィ監督自身の分身という役割もまた担っており、クレイフィ監督はサハルの存在を通して、権力資源から疎外された者たちを特権的に表象しうる知識人としての自己の存在を作品に書き込んでもいることになる。

撮影カメラに向かってサハルが監督のインタビューに答えるとき、彼女は、監督に向かって答えると同時に、スクリーンの向こうで自分を見つめることになる、そこにいない不特定多数の人々に対して、占領、階級、民族と女性の解放について自分の意見を述べる。そう、「語る」のではなく、あくまでも「意見を述べる」のである。その言葉は完全なフスハーというわけではないが、公的空間の意見表明にふさわしい文体という意味で、限りなくフスハーに近いアーンミーヤである。さらに作中、サハルが自作『ひまわり』の一節を読み上げるシーンがある。それはまさに読み書きの言葉としてのフスハーである（だが、『ダハブ』の裁判官が読み上げる無情な判決文のフスハーとは違って、いかなる権力とも無縁にアーンミーヤ的生を生きる、夫に死に別れた工場労働者の女性の内面を語るその言葉は、フスハーでありながら、夫と離縁し独り生きるサハルの体温を帯びた肉声を通して、彼女自身の女としての生の思いを分有しながら語られてもいる）。

一方のルミヤは、女として、パレスチナ人として、サハルと同じ困難を生きながら、しかし、自らの生の体験を知識人であるサハルのように分析的に言語化することはできない。サハルがカメラに向かって、そこにはいない観客の存在を想定しながら、いとも自然に自分の人生を要約してみせるのに対して、人生を語るべくカメラの前に立たされたルミヤは、いかにも不器用だ。私的領域の言葉しかもたない彼女はただ、今、目の前にいる親密な誰か――娘、息子、妹、孫――に向かって愚痴をこぼし、嘆き、非難し、皮肉を呟き、ことわざや歌といった既存の言葉に自らの想いを重ね、そして、沈黙するしかない。サハルの沈黙が、問題を思考し言語化するための、フスハーによる思考に満たされた沈黙であるのに対して、ルミヤのそれは、彼女自身によっては言語に分節することのできない不定形な思いに満たされた沈黙である。知識人サハルを並んで配することで、監督は、ルミヤのその深い沈黙を際立たせ、その沈黙のなかに、フスハーによる表象からはこぼれ落ちる無数のパレスチナ人、とりわけ女性たちのリアリティがあることを示し、黙々と日常を反復する彼女の生に人間の抵抗の根源を示唆している。

5

アーンミーヤとフスハーの言語的乖離が大きいとはいえ、それでも、フスハーが程度の差こそあれ日常的生の不可分な一部として、知識人、民衆の別なく生きられているマシュリク（東アラブ）地方とは違って、フランスによる植民地支配の結果、フランス語が社会に深く植えつけられたマグリブ（西アラブ）地方では、表象における言語的対立はフスハーとアーンミーヤというより、アラビア語とフランス語という対立となって現れている。

たとえば、モロッコの知識人は、ゴンクール賞を受賞したターハル・ベンジェッルーンをはじめフランス語で執筆する作家もいまだ数多い。フランス語のバイリンガルが多いモロッコ社会では、フランス語で執筆するからといって即、著者がフランスをはじめとするヨーロッパのフランス語圏の人々を第一義的な読者に想定して書いていることを意味するわけではない。ベンジェッルーンは、そのオリエンタリズム的な主題が西洋の読者の受けを狙ったものだとモロッコ人から批判されたりしているが、フランス語で執筆することの理由として、自分にとってフスハーは外国語も同然だと語っている。アラビア語で書くということは、アーンミーヤによって生きられる経験をフスハーという言語に翻訳することである。フランス語で書いたとしても、アラビア語（アーンミーヤ）によって生きられた経験を別の言語に翻訳していることに変わりはないのだが、言文一致のフランス語の文学作品に直接、親しんでいる作家たちには、生のリアリティとは乖離した文語フスハーは、人間によって生きられた現実を描く小説の言語として十分な適切さに欠けるように感じられるのかもしれない。

一方で、ライラー・アブーゼイドのように、アラビア語で書くことを自ら選択する作家もいる。アブーゼイドは、独立闘争に参加した一女性のモロッコ人としての、そして女としての闘いをアラビア語で小説に描いているが（『象の年』一九八三年）、植民地時代、父親が植民地政府によって投獄された経験をもつ自分には、植民者の言語であるフランス語でこの作品を書くことなど考えられなかったと語っている。アラブ人の作家がアラビア語で書くことに何の不思議もないはずだが、マシュリクと異なりマグリブでは、作家がフランス語でなくアラビア語を選び取った理由を説明することが求められる。コロニアリズムの遺産である。アーンミーヤとの対比においては体制に連なる権力資源としてある種の抑圧性を帯びるフスハーだが、脱植民地主義というコンテクストでは、宗主国の言語との連関において、被植民者の言語として解放的性格を担うことになる。

現代パレスチナ文学を代表する作家であり、自身、一九四八年のイスラエル建国によって一二歳で故郷を追われ、難民となったガッサーン・カナファーニー（一九三六～七二）もまた、アラビア語で書くことを選びとった作家である。

フランスの植民地主義がフランス語をその文化のなかに根深く植えつけたマグリブとは違って、パレスチナの作家がアラビア語で執筆すること自体はむしろ自然なことだ。だが、富裕な弁護士の家庭に生まれたカナファーニーは、幼児期よりフランスのミッション・スクールでフランス語による教育を受けたのだった。そのため、難民となった彼が後年、ペンによって、同じく故郷を追放され異邦の難民キャンプで故国喪失の生を強いられる無数の同胞たちの苦難の証人となることを選んだとき、フスハーを修得するために、外国語を学ぶような努力を強いられたという。百万人とも言われる、祖国を追われたパレスチナ・アラブ人の経験、アラビア語で生きられたその経験は、カナファーニーにとって、なんとしてもアラビア語で表現されなければならないものだったと言える。

誰の母語でもないフスハーがそもそも、学校で、外国語を修得するように学ばれなければならないものだとしても、幼児期からフランス語で教育を受けていたカナファーニーにとって、ある程度の年齢になってから新たに学ぶフスハーは、文字通り外国語にほかならなかっただろう。しかもそれは、難民となって学ばれたものであった。学習すること自体が容易ならざるものであったにちがいない。

カナファーニー自身はダマスカスで苦学したのち、キャンプを離れ、クウェイトを経てベイルートにわたりジャーナリストとなるのだが（同時にPFLP（パレスチナ人民解放戦線）のスポークスパースンとなり、一九七二年、イスラエルのロッド空港におけるPFLPと日本赤軍の共同作戦に対する報復として同年、殺害された）、彼がその短い人生において生涯、書き続けたのは、難民キャンプに生きる難民たちの生であり、その多くが、パレスチナの土地に深く根ざして生きてきた――そして、イスラエル建国によってその大地から引き剝がされ、その根を無慚に断ち切られた――農民たちだった。

先述のサハル・ハリーフェがその作品で、占領下に生きる女たちの会話にアーンミーヤ的表現を用いることで、アーンミーヤによって生きられるパレスチナの女たちの日常的生のリアリティを醸し出したり、エジプトの作家ユースフ・イドリースが、すでに述べたように会話文や地の文にアーンミーヤの語彙や表現を効果的に織り込むことでエジプトの農村に生きる人々の生のリアリティを表出したりしているのとは対照的に、カナファーニーは一貫してフスハーで書き続けた。エジプトの土着性をこってりと色濃く滲ませたイドリースのアラビア語と比べると、会話も含めて全編、端正なフスハーで綴られるカナファーニーのアラビア語は、たとえば丹精こめて慈しみ育てたオレンジが実る大地から引き剝がされたパレスチナ人の経験を語る作品であってさえ（「悲しいオレンジの実る土地」一九五八年）、イドリース作品にみられる泥臭さ、人間臭さとは無縁である。

イドリースやハリーフェがエジプト農村やイスラエル占領下のパレスチナに生きる人々の多様な肉声をアーンミーヤを使って書き分けることで、彼らによって生きられている現実それ自体をリアルに浮き彫りにしようとしているのに対して、カナファーニーは、難民となったパレスチナ人の経験そのものを小説に必ずしもリアルに再現するのではなく、むしろ出来事のエッセンスを抽出して描くことによって、その向こうに、パレスチナ人がその経験からすくいとるべき思想的意味を見出そうとしていたように思われる。彼の少なからぬ短編作品が、三人称で出来事を直接語るのではなく、一人称の回顧形式で語られているのも、作品が単に当事者による「証言」という体裁をとるためではなく、パレスチナ人が経験した出来事そのものと、それを回顧的に語る語りのあいだにあえて距離を置くことで、反芻される出来事の向こうに、パレスチナ人一人ひとりが見出すべき思想的意味を探ろうとしたからではないだろうか。そのように考えるならば、思惟の言葉としてのフスハーがカナファーニー文学の言語として選び取られたのはある種の文学的必然であったように思われる。

人が難民となって、難民として生きるということの意味を、殺されるまで問い続けたカナファーニーの作品は、教育とは無縁でフスハー的世界から疎外された難民たちや生きることに追われて小説を読むなどという贅沢は許されない難民たち自身に、決して読まれることはなかったにちがいない。エジプト農村の、目に一丁字もない農民たちの生のリアリティをアーンミーヤを駆使してリアルに描いたイドリースの作品が、それらの農民自身によって読まれることはないように。だが、カナファーニーとイドリースに大きな違いがあるとすれば、イドリースにおいては、アーンミーヤによって生きられるエジプト人の経験を描いた作品が、そのサバルタン的生のリアリティ溢れる表象に「エジプト人の隠された真実」を読み取ることのできる者たちに差し向けられていたと思われるのに対して、カナファーニーにおいては、アーンミーヤ的生の経験とは隔たったフスハーによるパレスチナ人の経験の文学化という営みは、現実問題として難民たちには手の届かない、難民的生の彼岸にあるように見えながら、現実に難民たちに読まれるか否かにかかわりなく、その営みにおいてこれら難民たちこそまぎれもなく、カナファーニー作品の宛先であったのではないかということだ。

難民たちの生の経験を、それが生きられているまさに同時代にカナファーニーが、思惟の言語たるフスハーに翻訳し続けたのは、その経験の意味を思想化し、それを難民たち自身に返すためではなかっただろうか。そうすることで、自分たちの生の経験をさらなる抵抗と解放の力へと転化するために。彼が宛先とした難民たち自身はそれを読めないとしても。その意味でカナファーニーの作品は祈りに似ている。あるいは、未来への投企としての文学。半世紀が過ぎても、カナファーニー作品が古びないのは、単に彼が作品で描く脱植民地主義の問題が今日的に共有されているからというだけでなく、彼の作品が普遍へと開かれる未来への投企としてあり続けるからではないだろうか。

アリーファ・リファアト、女の生／性の闇を描く

アラブ文学の存在などほとんど知られていなかった日本で、現代アラブ小説全集全一〇巻が刊行されたのは一九七〇年代半ばのことだった。エジプトの文豪ターハー・フサインやのちにノーベル文学賞を受賞することになるナギーブ・マフフーズ、あるいはスーダンやパレスチナの、いずれもアラブ文学史上に名を残す名作がいちどきに紹介されたことの意義は実に大きい。だが、それから三〇年がたって、作品のラインアップを見直してみると、それらがいずれも男性作家の作品であることに「時代」を感じる。

当時、女性作家がいなかったわけではない。だが、七〇年代半ばに出版されたとはいえ、近代アラブ小説の誕生以降に書かれた作品の中から名作を選び出すとなると、たしかに、フサインやマフフーズらの小説と拮抗するような強度を持った女性作家の作品は、まだ、ほとんどない時代だった。

二〇世紀初頭、西欧に留学した男性エリートたちは、近代西洋社会とその文学との遭遇により獲得した近代的自我の視点をもって、自らの社会の現実を小説という新たな形式で表現し始めた。だが、初等・中等教育を受ける女子さえ一部階層の家庭に限られていた時代に、女性たちが小説に自己表現を託

して登場するようになるのは――メイ・ズィヤーダなど数少ない例外を除いて――エジプトではようやく革命後（一九五二年）のことである。

エジプトの女性作家アリーファ・リファアト（一九三〇～一九九三）が本格的なデビューを飾るのは、八〇年代になってからだ。このときリファアトはすでに五〇歳を迎えていた。彼女の作家としての特異性は、同じエジプトの、彼女と同世代の女性作家たち、たとえばラティーファ・アル＝ザイヤート（一九二五～）やナワール・エル＝サアダーウィー（一九三一～）らと比較するとさらによく分かる。女性たちの圧倒的多数が教育とは無縁で、文字の読み書きを知らなかった彼女たちの時代――事実、リファアトは中等教育しか受けていない――、小説を書く女性たちとは、例外的に高等教育を受ける僥倖に恵まれた特権的なエリートだった。ザイヤートもサアダーウィーも大学教育を受け、サアダーウィーは医師となり、ザイヤートは英文学で博士号を取得し大学で教鞭をとるキャリアウーマンだった。この時代、中産階級の女性たちがキャリアを築くこと自体はもはや珍しいことではなくなっていたが、しかし、社会全般として見れば彼女たちがきわめて例外的な、特権的な女性たちであったことは間違いない。

近代教育の洗礼を受けたこれら先駆的女性たちが自我に目覚めれば目覚めるほど、彼女たらをとりまく世界は、その因習的、抑圧的性格をあらわにし、彼女たちは、内に抱える、自由を渇望する思いと、自らが生きる世界の相克に、文字どおり心とからだを引き裂かれることになった。彼女たちが自我に突き動かされてペンを握ったとき、旧態依然たる世界からの解放と自己実現が、その作品の第一義的なテーマとなったのは当然の帰結であり、多くの場合、ヒロインは作者自身の分身であっただろう。母の世代が異議を唱えるなど思いも寄らずに受け入れているように見えるその世界は、娘にとってにわかに自己の存在を圧殺し、自由な飛翔を妨げる桎梏と化し、娘は母を否定し、この抑圧的世界からの解放を目指すことになる。

たとえばザイヤートの小説『開かれた扉』（一九六〇年）は、一九四六年から五六年までの、革命（一九五二年）を経てスエズ動乱（一九五六年）にいたる激動するエジプト社会の一〇年を背景に、カイロの中産階級の娘である女子学生ライラーが、伝統に縛られた受動的存在から、徐々に、独立した個我に目覚めて、主体的な存在へと自己解放を遂げる過程を、エジプトの脱植民地主義の闘いに重ねて描いた作品である。第三世界の女性の自己解放が、家父長制からの解放と同時に、植民地主義からの民族的解放と不可分なものとしてあることをライラーの人間的成長に重ね合わせて描いた、ポストコロニアル小説の記念碑的な作品となっている。

だが、家父長制的な価値観を墨守し、民族の解放よりも娘のセクシュアリティを気にする父親が、ライラーの自己解放にとって批判され乗り越えられるべき存在として、彼女の人間的成長と切り結ぶ形で作品に書き込まれているのに対して、母親は、家父長制の補完者として登場するだけで、同じく家父長制の犠牲者であったはずの母の内面、母もまた母なりにその生を生きようとしていたのではないかということは語られない。近代的個我に目覚めた娘にとって、家父長制的価値感を分有し、娘の抑圧に加担する母親は、家父長制の共犯者として全否定されるべき存在だった。だが、アリーファ・リファアトが描くのは、こうした特権的女性作家たちの作品からはこぼれ落ちてきた、近代的個我や自己解放とは無縁に、自我に目覚めた娘の目には家父長制の伝統に唯々諾々と従っているかに見える女たちの内面世界である。

博士号をもつ作家も稀ではない高学歴の女性作家が多いなかで、リファアトは、女に高等教育は必要ないという父の考えから初等教育を受けただけという、この時代の女性作家としては異色の経歴をもつ。意にそわない結婚をさせられたリファアトは、夫を拒み続けて八ヶ月後に念願の離婚を勝ちとる。その後、恋文に詩を書き寄こした警察官と、今度は自分の意志で結婚する。恋文に詩を書くくらいだから文学に理解があると期待してのことだったが、夫は、小説——それは、既婚女性の無意識な性的欲望を描いた作品だった——を発表した彼女に憤慨し、家から叩き出す。訪れた実家でも父親に追い返された彼女は、夫に絶筆を誓い、一九七九年に夫が亡くなるまで主婦業、母親業に専念する。リファアトが作家として本格的な執筆活動を始めるのは、ようやく五〇を過ぎてのことだった。サアダーウィーが二七歳で最初の小説『ある女医の手記』を、ザイヤートが三五歳で『開かれた扉』を発表したとき、サアダーウィーはすでに医師としてのキャリアを確立し、ザイヤートは大学で教鞭をとっていたことを考えれば、学歴もキャリアもたず、主婦業に専念し、五〇歳を過ぎてから作家としての活動を始めたリファアトの経歴がいかに異色か分かるだろう。

リファアトの短編作品はいずれも五頁にも満たない短いものが多いが、都市、農村の別なく、家父長制のもとで生きる女の生の内実、とりわけ彼女たちの実存的孤独が鮮やかに描かれている。それはまた、特権的な女性作家たちの、「娘」の物語においては語られることのなかった母の物語でもある。母は娘に語りかけると同時に、さらに自らの母の記憶を手繰り寄せることによって、自分の女としての人生が、女たちの生の系譜に連なるもの、女たちの共有する生として描かれる。

女のセクシュアリティを大胆かつ率直に描いている点でもリファアトは特異である。リファアトは、世界的に著名となる前にエジプトを離れたのはただ一度、メッカへの巡礼のときだけという敬虔なイスラーム教徒だが、イスラームは妻に愛情面でも性的な面でも十分に満たされる権利を認めているという彼女の固い宗教的信念が、女のエロスに対する大胆なまでの直截さを彼女に与えている。「遠景のミナレット」、「長い冬の夜」、「空想」等の作品では、満たされない妻の孤独な生／性と、男の身勝手なセクシュアリティが描かれている。

結婚以来、夜中に寝床を抜け出しては、年端もいかない女中に対する性的搾取を繰り返す夫（「長い冬の夜」）。非難する若い妻に向かって夫は言い放つ、実家に行って、お前の父親がどうだったか母さんに聞いてみるんだな。信じられない思いで問いただす彼女に、母親は言う「父さんだって、男だもの」。歳月が過ぎても夫の性癖はなおらない。冬のある晩、女中のもとから戻ってきた夫が寝入ったあと妻は、奉公にやって来たばかりのその女中のもとへ行き、湯浴みの用意をさせる。貧しいゆえに女中奉公に出され、主人にセックスを強要されても出て行くことのできない幼い女中。夫の性癖を男の性として受け入れて生きるしかない、愛が冷めてもほかに行き場のない妻。夫の性的搾取の対象である幼い女中に背中を流させながら、身分も境遇も違う二人の裸の女がそのとき湯槽で共有しているのは、女の生の不幸そのものであることが鮮やかに描かれる。

あるいは娘に淡々と人生を物語る年老いた母のモノローグからなる「バヒーヤの瞳」で、母は語る——「わたしが泣いているのは、神さまがわたしを女にお造りになったことに飽いたからでも、それを悔やんでいるからでもない。ただ女として生まれながら、人生や若さを本当に生きるってことがどんなことだか知らないまま、わたしの人生も若さも過ぎ去ってしまったことが哀しいの」。

いずれの作品にも、家父長制社会における女性の自己実現を自分自身にも、また主人公にも課してきた特権的な女性作家たちの作品では注目されることのなかった、近代的個我を持たない女たちが生きる生の孤独が透徹したまなざしでとらえられている。

男性作家の作品では、規範を侵犯した娘たちは社会によって無残に制裁される。たとえばユースフ・イドリースの「名誉にまつわる出来事」では、純潔を疑われた村娘が共同体の手によってその処女性を強引に確認される。その暴力的な出来事のあと、彼女は生来の純真さを失って、ふてぶてしさを身につけ別人のようになる。かつての純真だった彼女の精神的な死を衝撃的に描くことで、家父長制的規範を強いる社会の欺瞞が告発されているのだが、このとき、そうした規範の犠牲となった娘がこの世界でなんとか生き抜こうと、社会の欺瞞を共有し、偽善的な人間たちと対等に渡り合っていこうとする努力は、むしろ純真さの喪失、精神的堕落として否定されている。しかし、リファアトが描くのは、はからずも婚前に規範が禁忌とする一線を越えてしまった娘と、彼女をめぐる女たちの生に対するたくましい努力である。

たとえば「ゴバシュ家の出来事」。出稼ぎに行った父親の留守中、子を孕んでしまった未婚の娘。さきゆきを心配する母親に娘は無関心に言う、「朝、水を汲みに行って、足でも滑らせれば一件落着よ」。彼女はたしかに、性的禁忌を犯した娘は家の名誉を汚した廉で殺されなければならないという家父長制的規範の犠牲者なのだが、彼女のその、投げやりとも諦めとも明らかに違う、他人事のような冷静な言葉は、自分をことさらに因習の犠牲者視する見方に対する抵抗のようにも聞こえる。彼女がいつ、誰と、どのような理由でそのようなことになったのか、作中ではいっさい説明はないが、どうであれ、彼女は、それが自分の行為である以上、自分の意志で結果を引き受けようとしている。一線を越え家の名誉のために殺される女性たちは、これまでいくつもの作品で描かれてきたが、従来の作品が彼女たちを因習の犠牲者としてしか描かなかったのに対して――彼女たちはたしかに犠牲者ではあるのだが――、リファアトは、犠牲者としてのみ描かれることで否定されてきた彼女たちの行為主体性《エージェンシー》を作品に書き込んだのだと言える。この娘は、近代的な個我とは無縁かもしれない。だが、彼女が生きている農村社会の現実のなかで彼女自身の生を生きているのであり、彼女の言葉は彼女が生きる、その生のリアリティから発せられるものだ。それは、娘の母親も同じだ。

ある朝、母親は意を決すると娘に金子を与える。「カイロへ行きなさい。大都会だから、あそこなら、神さまがお前を助けてくださる。赤ん坊が生まれたら、その子を連れて、夜の闇に紛れて帰っておいで」。「父さんには何て言うの？」そう訊ねる娘に、母は服の裾をたくしあげると、自分の腹に着物を幾重にも巻きつけながら言う、「父さんだって家に帰ってきて、娘が禁忌を犯して生んだ子がいるより、自分の子が生まれていたほうがいいに決まっているだろう」。

「名誉」では、青年の甘言を愛と錯覚し、一線を越えて捨てられた娘の結婚初夜の模様が、妹の目を通して語られる。婚前に性関係があったことが露見すれば殺される。妹に励まされ、床入りの介添え女の手を借りて初夜の務めを無事に終えた姉を妹は祝福して言う、「花嫁さん、おめでとう」。姉妹は介添え女にお金を渡し、床入りの介添えの際、花嫁が出血するよう計らってもらったのだった。

単に若者の甘言にたぶらかされた軽率の極みで一線を越えてしまった姉がしたことは、ゴバシュ家の母親がそうしたように、生き延びるために知恵をしぼることであり、そして、こんな場合みながしているように、こうしたことを闇の商売として引き受ける女を雇って周囲を欺くことだった。それは、イドリースの「名誉にまつわる出来事」の村娘が、生き延びるために、純真さを捨て去り、狡猾さを身につけるのと同じことではないだろうか。イドリース作品では主人公の変容は精神の純潔の喪失、人間的堕落として否定されるのだが、リファアトの作品では、むしろ女たちの連帯の証として寿がれている。

これらの作品で描かれているのは、社会の犠牲者として一方的に殺されていく無力な女ではなく、したたかに生き抜いていく女たちの姿であり、母と娘、姉と妹という女たちの連帯の力である。未婚の子を宿す村娘も婚前に一線を越えた娘も、家父長制のもとでたしかに抑圧を被っているのだが、だが、彼女たちは決して受動的な犠牲者というわけではなく、特権的な女性たちの自己解放的なフェミニズムとは無縁に見えるこれらの女たちも、彼女たちなりのやり方で、自分たちが生きている現実のなかでそれに抵抗し、生き抜こうとしているのである。

第三世界における女性と解放

フェミニズム、脱植民地主義、ナショナリズム

1 「帝国の女性」と脱植民地主義

第一次世界大戦が終結を迎えた明くる年の一九一九年三月、一組の日本人夫婦がエジプトを旅している。作家徳富蘆花と愛子の夫妻である。パレスチナ巡礼の途次にあったクリスチャンの夫妻は、三月一三日、エジプトのポート・サイドに上陸し、一七日、滞在先のカイロのホテルでエジプト人民衆の一大示威行動に遭遇することになる。

エジプトは一九世紀半ばより、英仏によって国家財政を管理され、政治的自立性を奪われていたが、そうした植民地主義的状況に抗議し、エジプトの独立を求めてオラービー大佐が決起した一八八二年の革命がイギリス軍によってあえなく鎮圧され、それ以降、イギリスのさらなる強権的な植民地支配のもとにおかれていた。一九一九年三月、イギリスがエジプトの政治指導者サアド・ザグルールらを国外追放に処したことを契機に、イギリスに対しエジプトの独立を求める全人民的蜂起が全国的規模で展開した。いわゆる一九一九年革命である。この蜂起には、あらゆる階層のエジプト人女性たちが、公然と参

加した。

> 農民女性は、男性に劣らぬ行動力で、鉄道線路を破壊し、電線を切断し、地方全土にわたって略奪や放火を行った。女子学生は示威行動を行い、首相に抗議の電報を送りつけた……。一九一九年三月一五日、エンバーバのエル＝ショウム村やファイユームで反乱の鎮圧にあたったイギリス兵が発砲し、男性だけでなく女性たちも銃撃され殺された。続く数週間、これら地方やカイロでさらに多くの者が殺された。
>
> （Ahmed, 1992, p.173）

一九二二年、イギリスはエジプトの名目的な独立を承認するが、エジプトの反英闘争は、以後、一九五二年の革命によって王制が廃止され、イギリス軍がエジプトから撤退し、エジプトが実質的な独立を勝ちとるまでつづくことになる。蘆花と愛子がはからずもホテルのバルコニーから目撃したのは、その後三〇年以上に及ぶ、エジプトの脱植民地闘争の幕開けを告げる民衆たちの姿だった。

翌一九二〇年に出版された蘆花の『日本から日本へ』所収「埃及《エジプト》」（ルビ——筆者、以下同）には、蘆花の旅日記にまじって愛子の歌と文章がところどころ織りこまれている。そのなかに、「埃及の女」と題されたつぎのような文章がある。

> 埃及女の黒い覆面も、マホメット信仰以来の風習とすれば、千四百年近くも過ごして居る。生活

の必要から、眼のみは出して、小鼻の上を、黄や赤の横縞に塗った止木で、覆面の上下をつないで、辻などに蹲《うずくま》りながらトマトなど売ったり、旧劇に出る裲襠《うちかけ》姿のように、素足で黒被の裾を地にひきずりながら、小走りに走りよって、道ゆく人に、煙草やマッチをすすむる所謂下層の婦人達から、型は同じでも、艶々した黒絹の被《おおい》をきりりと着流し、顔は黒い紗や、ハイカラな雪白のレエスで掩うて、踵の高いゴム靴をはいて、欧羅巴《ヨーロッパ》人そこのけに馬車など乗りまわす所謂上流物持の婦人達、欧米の教育をうけ、外国に出て洋装凛々しく文筆などとって居る新婦人すらあるということだが、一般に見る外からの埃及女は、背がすらりと高く、特に眼が大きい。

黒布につつまれながらも、出ずには止まぬ生命が、千年余を過ごす間に、次第次第に集注したのではあるまいか？……。

けれども、日陰の花は、生命が萎《しぼ》む。偏狭な保護は埃及女を弱くし、弱い埃及女は、埃及の男を弱くした。面のみを日光にむき出して働く下層の婦人には、現にわたくしが、大示威運動の日に見たように、空籃振り廻して、愛国の運動に烈しい共鳴をして居たあんな婦人が居る。

私は思う、埃及の男が、其女の面から全然黒い被を取り去る程に埃及女を信愛し、埃及の女達が、あの黒い被をはねのけて、瑞々しい太陽の下に、自由に新しい空気を吸うて、生々とした生命を全身に漲らす時に、はじめて埃及の日がまた瑞々しくのぼるであろうと。

（徳富――一九七九年、一八二頁）

愛子が知らなかったことがひとつある。彼女が夫とホテルのバルコニーからカイロ市民の示威運動を目撃した前日の一六日、当時、エジプトの女性運動の指導者であったホダー・アル＝シャアラーウィーを中心に、女たちによる一大対英抗議デモが組織されていたのだった。デモには、三〇〇キロ離れたアレクサンドリアやその他の街からも女性たちが駆けつけ、黒い被いに身を包んだ上流階級の女性たち三五〇名あまりが、カイロの街を行進したという。「愛国の運動に烈しい共鳴をしていた」のは、けっして、愛子がいうように、面をむき出しにした下層の女たちだけではなかったのである。

ホダー・アル＝シャアラーウィーはそれから四年後の一九二三年、ローマで開かれた国際女性連合の会議に参加する。会議を終えエジプトに戻ったホダーは、カイロ駅に着き列車を降り立つや、その面から公然とヴェールを脱ぎ捨てたのだった。ヴェールを脱ぎ捨てること、愛子の言葉を借りるなら「黒い被をはねのけ」ることは、ホダーにとって、女性としての自己解放の実践に不可欠なものとしてあったことがわかる。「埃及の女達が、あの黒い被をはねのけて、瑞々しい太陽の下に、自由に新しい空気を吸うて、生々とした生命を全身に漲らす時に、はじめて埃及の日がまた瑞々しくのぼるであろう」という愛子の言葉は、ホダーの言葉であったとしてもなんら不思議ではない。

愛子がカイロの貧しい物売りの女のなかに、狂おしい愛国の叫びを聴きとってから二〇年後の一九三八年、作家、野上弥生子は、夫、豊一郎の欧州行きに同行し、その途中でエジプトに立ち寄っている。弥生子もまた、後年、出版された旅行記『欧米の旅』のなかで、エジプト女性について言及している。カイロに着いて早々、動物園を訪ねた弥生子は、動物園に隣接する大学（現カイロ大学）から出てきた一群のエジプト人学生たちとすれ違う。「エジプト」と題された文章に、弥生子はそのときの様子をつぎのように記している。

動物園の隣りは大学である。丁度昼御飯の頃で、男女の学生が革紐で書物をぶら下げたり、自転車を押したりしながら、鮭いろの美しい校舎からぞろぞろ前の並樹路に出て来た。男学生は背広にトルコ帽、女学生は西洋風のワンピースに高踵《ハイヒール》で、颯爽として男たちと肩を並べて歩いて行くのが私の目をひきつけた。成長すべきものはこうして成長しつつあるのかと思い、正式には女は大学の入学さえ許されない日本を顧みると、回教の厳しい教義で縛りつけられ、一方にはまだヴェイルで蔽われた女たちの住む国にもまして、私たちにのしかかっている過酷な特殊な封建制が今更にうち驚かれるのであった。

（野上――一九七九年、二五二頁）

当たり前のように男性と肩を並べて颯爽と歩くエジプト人女子大生を弥生子は羨望のまなざしで見送っているが、ホダー・アル＝シャアラーウィーらエジプト女性連合の圧力によってエジプトの大学が女性の入学を認めるようになったのは、一九二〇年代後半、わずか一〇年前のことだった。だが、女性の高等教育の権利を獲得するためにエジプト人女性たちが闘ったのは、弥生子が想像するように「回教の厳しい教義」や封建制だけではない。

女性の大学入学が可能になった背景には、先述のとおり、一九二二年に名目的とはいえエジプトが独立したことが大きく関与している。新政府がまっさきに掲げたのは、国民教育の拡充だった。男女にかかわらず国民は教育を切望していたにもかかわらず、二二年の独立以前には、被植民者が教育を受けることは民族主義を助長すると考えるイギリス当局の政策によって、エジプト人の教育は大きく阻害されていたのだった。一九一九年革命が名目的とは言え二二年の独立をもたらしたならば、弥生子が見た洋装の女子大生を準備したのは、二〇年前愛子が目撃した、空籃振り回す物売りの女でもあったといえる。

第二次世界大戦後から五二年の革命まで、エジプトは騒乱の時代を迎えるが、そのとき、これら高等教育を受けた女性たちもまた果敢に反帝国主義闘争の主体を担うだろう。たとえば、一九四五年、二一歳のインゲ・アフラートーンは、パリで開かれた世界女性会議に出席し、エジプトの女子学生連盟を代表してスピーチを行っている（インゲはのちにアーティストとして知られ、また、その政治活動によって投獄もされている）。スピーチのなかでインゲは、女性の抑圧の問題とイギリスによるエジプトの占領および帝国主義の問題を結びつけ、民族の解放と女性の解放の二つを力強く訴えている（Ahmed, 1992, p.196）。

植民地主義の時代——ちょうど愛子や弥生子がエジプトを旅した時代がそれに当たる——、帝国の女性たちは、植民地主義的な価値観を内面化させ、帝国の植民地主義的侵略に積極的に加担した。帝国の女性たちが銃後でいかに帝国主義を支えたか、フェミニズム歴史学による批判的な掘り起こし作業が現在、積極的に進められているが、ここに引用した愛子や弥生子の文章を私がおもしろいと思うのは、彼女たちが日本という植民地宗主国の女であるにもかかわらず、その目線が植民地エジプトの女性たちと対等なところにあることだ。たとえば、愛子がエジプト人女性を語る「旧劇に出る襴襠姿のように」「艶々した黒絹の被をきりりと着流し」「欧羅巴人そこのけに馬車など乗りまわす所謂上流物持の婦人達」「洋装凜々しく文筆などとって居る新婦人」「一般に見る外からの埃及女は、背がすらりと高く」といった生きいきした表現は、支配者である西洋人の視点に同一化して被植民者の文化を蔑視するようなまなざしとは無縁である。また、弥生子は、女性たちが被《かぶ》るヴェールを「回教の厳しい教義」によって女性たちに課せられる桎梏であると考えつつも、それをもってにわかにエジプト社会が日本よりも後進的であるとは判断しない。むしろ、女性の高等教育という観点から、日本社会のほうがある意味ではエジプト社会よりも封建的であると考えていることは、植民地主義の自民族中心的な価値観に対して彼女が距離をもっていたことを示している。しかし、それにもかかわらず、私は、弥生子もまた、自民族中心的な価値観の内部にいたと思うのだ。彼女もまたまぎれもない「帝国の女」であった、と。

弥生子は、エジプト女性と日本女性を比較して、「私たち」すなわち日本の女にのしかかる日本社会の「過酷な特殊な封建制」を嘆いているが、彼女のその嘆きが意味する「特権性」には気がついていない。大学入学の権利を勝ちとるために日本の女が「封建制」と闘いさえすればよいのに対し、先に述べたようにエジプトの女性たちは、エジプト社会の男性中心的な価値観だけでなく、イギリスによるエジプトの植民地支配とも闘わなくてはならなかったのである。脱植民地化の運動なくしては、エジプト女性たちの高等教育の権利獲得はなかった。しかし、弥生子の嘆きからは、そうした事実がすっぽりと抜け落ちてしまっている。なぜなら、帝国の女性たちの権利獲得運動は、弥生子のいう「封建制」、すなわち女性を差別する男性中心的な制度や価値観からの解放を絶対的な課題とはしても、脱植民地化の運動は必要なかったからである（むしろ植民地主義が帝国女性の「解放」をうながした面もある）。エジプトの女性たちの解放に、脱植民地化という課題を見ない弥生子のまなざしは、帝国の女としての経験を自明のものとしていることを物語っている。エジプト社会に対する人種的蔑視や植民地主義的なイデオロギーとは無縁であるにもかかわらず、エジプトの女性たちが脱植民地主義の課題を女性の解放と不可分のものとして抱えざるをえないという事実を関心の埒外におくことによって、弥生子の文章には、彼女もまた日本の植民地主義とけっして無縁ではないことが書きこまれているのである。

私たちが第三世界の女性たちの問題を考えるうえで、このことは貴重な教訓であると思う。私たちがたとえ植民地主義を積極的に肯定していなかったとしても、また、第三世界の社会や文化が本質的に自分たちの社会や文化よりも遅れているとか劣っているとか思っていなかったとしても、彼女たちが課題としている脱植民地主義の問題をもし私たちが忘却しうるなら、私たちはなお、植民地主義に骨がらみにされているのだということを、弥生子の例は教えてくれる。

そのことはまた、愛子の文章を読む私たちの態度についてもいえる。「埃及の女達が、あの黒い被をはねのけて、瑞々しい太陽の下に、自由に新しい空気を吸うて、生々とした生命を全身に漲らす時に、はじめて埃及の日がまた瑞々しくのぼるであろう」という愛子の言葉は感動的だ。だが、日本の女がこの言葉に共感するとしたら、そのとき、かならず思い出さなければならないことがある。貧しいカイロの物売りの女が「空籃振り廻して、愛国の運動に烈しい共鳴をして」いたまさにその頃、日本の植民地支配のもとにあった朝鮮では、京城（現ソウル）で発せられた独立万歳の叫びが燎原の火のように朝鮮全土に広まり、日本の植民地支配からの独立を求める運動はやがて日本帝国主義による過酷な弾圧と同化政策を招来したという事実である。朝鮮民族の女性がいま、愛子の文章を読むとしたら、朝鮮の脱植民地主義の闘いの歴史をきっと想起するだろう。「愛国の運動に烈しく共鳴」する黒衣のエジプト女性に対する朝鮮の女性たちの共感は、朝鮮独立万歳を叫んだであろう多くのチマチョゴリの女性たちの記憶によって支えられているにちがいない。日本は植民地宗主国の側から朝鮮の植民地支配の歴史を分有しているが、いま、もし日本の女が、朝鮮の三一独立運動を想起することなく愛子の言葉に共感できるとすれば、それは彼女たちが依然、植民地主義宗主国のナショナルな、自民族中心的な経験の内部で、「帝国の女」の特権を無自覚に生きているからではないだろうか。

2　女性の解放と脱植民地主義

ホダー・アル＝シャアラーウィーにとって、公衆の面前でヴェールを脱ぎ捨てるという行為は、フェミニズムの示威行動にほかならなかったが、それはかならずしも自明なことではない。たとえば、ホダーと同時代を生き、エジプト女性の解放について深く思考しつづけたマラク・ヒフニー・ナーセフにとって、ヴェールの廃棄はにわかにフェミニズムの実践を意味するものではなかった。カーシム・アミーンが、その著書『女性の解放』（一八九九年）のなかでエジプト女性のヴェール着用の習慣を烈しく攻撃し、その廃止を主張したとき、ホダーはアミーンを「女性の守護者」として賛美したが、マラクは、アミーンをはじめとする近代エリート男性たちのヴェール着用廃止の主張のなかに、エジプトが西洋なみの近代国家であるという認知を西洋からとりつけたいという欲望を看破し、そうした男性の欲望にもとづいてヴェールの廃棄を男性が女性に命じる構図に、依然として男性中心主義があることを警告している。

第一次世界大戦後、オスマン帝国の崩壊によって共和国として独立したトルコも、また、シャー時代のイランも、西洋的な近代化を志向する国家は、女性のヴェール着用の習慣を強制的に廃止して、伝統的価値観からの女性の「解放」を積極的に推進したが、近代化プロジェクトの一環として近代エリート男性たちによって唱道される「女性の解放」なるものもまた、その根底には男性中心主義があり、近代国家のナショナリズムが、表面的には女性の社会進出をうながしたり、ジェンダーの平等を推進するように見えても、女性の真の解放とは本質的に対立するものであることを、マラクは、早くもこの時期にすでに見抜いていたのだった。マラクの慧眼には驚かされるが、残念なことに彼女は、当時、世界的な流行をみたスペイン風邪のため一九一七年に三二歳の若さで亡くなっている。

アミーンなど近代主義者のエリート男性たちが、ヴェールをエジプト社会の後進性の証と見なす西洋的な価値観を内面化していたのと同じように、ホダーがヴェールの廃棄こそ女性解放のための不可欠の一歩であると考え、それを実践したことは、ムスリム女性のヴェールをイスラーム社会の女性抑圧の象徴としてとらえる、当時の西洋人フェミニストたちの価値観を彼女自身も内面化していたことを示唆している。ヴェールに、イスラーム社会における女性差別を見出し、女性の社会的劣位という事実をもってイスラーム社会全般の後進性の証とする議論は、当時、イギリスが自らの植民地支配を正当化するために用いた論理だった。

ホダーのフェミニズムはたしかに、西洋の植民地主義の論理のいくぶんかを共有していたが、だからといって彼女が、イギリスのエジプト支配を肯定していたわけではない。前節で述べたように、ホダーは、フェミニズムの指導者であるだけでなく、女性たちの反英抗議デモの中心でもあった。また、一九三八年には、アラブ七カ国から女性代表を招き、三六年以降独立闘争を激化させていたパレスチナの人びとと連帯するために「東洋フェミニスト会議」をカイロで開催し、パレスチナ支援を決議している。ホダーにとって、そして、アラブの女性たちにとって、フェミニストがパレスチナの脱植民地主義の闘いと連帯することは自明のことであった。

　エジプトに限らず、植民地化された歴史をもついわゆる第三世界の女性たちにおいて女性の解放の問題とは、植民地主義からの解放と不可分のものであったことが、彼女たちのフェミニズムの歴史のなかにはっきりと書きこまれている。そして、ホダーが、伝統に抑圧されるパレスチナ人女性ではなく、帝国主義の侵略と闘うパレスチナの人びと——女性だけでなく男性も——を支援しようとしたように、第三世界のフェミニズムは、脱植民地主義の運動の分有を不可避の課題としている。

　脱植民地主義の課題は、国が独立すれば自動的に解消するというものではなかった。第三世界の女性たちは、植民地宗主国との長い熾烈な闘争の果てに祖国が悲願の独立を達成したのちも、長きにわたる植民地主義の遺制と闘わねばならなかった。そうだとすれば、戦争が終わるとは、いったい誰にとって終わることなのだろうか。国家が平和条約を結び、国家間の賠償が実行されれば、戦争が終わったことになるのだろうか。たとえば、元「慰安婦」の女性たちが日本国家による公式の謝罪と補償を要求し、また元朝鮮人軍属が戦後補償を求めて裁判闘争をつづけている現在、彼ら彼女らにとって植民地主義との闘いがいまもって終わっていないことは明らかだ。一九四五年八月をもって戦争が終わった者たちとは、国家が語る物語を自らの物語となしうる者たちのことである。旧植民地宗主国である「北側」の国々のフェミニズムが、脱植民地主義を不可欠の課題にしなくてもよいということ、あたかも第三世界のフェミニズムにおける脱植民地主義の課題が、フェミニズムのオプションであるかのように見なしてしまえるということ、それは、日本人にだけ特権的に支給される軍人の遺族年金のように、かつて植民地支配をする側であったという自国のナショナルな歴史によって特権的に可能になっているものである。

植民地主義国家としてのナショナルな経験が可能にする特権を無自覚に享受しながら、国境を越えた女の連帯など語ることはできないだろう。フェミニズムが、民族や国家という枠組みを超えた女性の連帯を実現しようとするなら、旧植民地宗主国である北側先進工業世界の女性たちによる脱植民地主義の課題の分有が決定的に必要であるにちがいない。

3 独立・解放の現実と女性

被植民者の女性の生において、女性の解放と植民地主義からの解放がいかなる関係をきり結んでいるか、そして、祖国が植民地解放闘争に勝利し、独立を達成したことは、女性のその後にどのような影響を与えたか、エジプトとモロッコの二人の女性作家の作品に即して考えてみたい。

一九二三年生まれのラティーファ・アル＝ザイヤートがカイロ大学に入学したのは、おそらく四〇年代の前半であろうから、弥生子がカイロの女子大生たちとすれ違ったほんの数年後のことである。ラティーファもまた、弥生子が羨望のまなざしで眺めた、男性と肩を並べ颯爽と歩く女子大生のひとりであったにちがいない。ラティーファはインゲと同じように共産党系組織に属し、在学時代は民族主義闘争を担っていた労働者・大学生全国委員会の総書記の一人に選出されてもいる。

一九六〇年、ラティーファが三七歳のときに出版された小説『開かれた扉』（al-Zayyat, 1960）は、四七年から五六年までの反英闘争に揺れるカイロを舞台に、主人公ライラーが家父長制的な価値観の桎梏から解放され、一個の人間として自立するまでを、祖国の独立に重ね合わせて描いた作品である。主人公ライラーの人物造形は、作者とは対照的である。共産主義に対する傾倒と男性を凌駕する卓抜した行動力ゆえに、イスラーム主義者から「売女《ばいた》」と誹謗され、一人涙しながらも屈せずに闘いつづけたラティーファとは違ってライラーは、父が、女であることを理由に反英デモへの参加を禁じると、その不条理に反発しつつもそれに従う「良家の子女」として描かれる。脱植民地主義闘争に対する積極的な参加が父親の家父長制的な価値観によってあらかじめ禁じられることで、ライラーの脱植民地主義闘争への参与は、植民地支配への抵抗と同時に、家父長制への抵抗というベクトルをもつことになる。

物語はライラーが一七歳のときから始まる。ライラーの従兄イサームは、幼なじみでもあり、従兄妹同士の結婚を歓迎するエジプト社会の価値観も手伝い、ふたりは互いに好意を寄せ合っていたが、ある日、イサームが衝動的にライラーを抱こうとし、彼女はこれを拒む。後日、イサームが「問題の解決」として、若い女中を性的欲求の捌け口にしたことを知ったライラーは、以後、イサームと疎遠になる。

大学生になったライラーは、大学教授から求婚されるままに婚約するが、彼が自分に求めているのは、人生の対等な伴侶ではなく、たんに従順な妻でしかないことを悟り、婚約を破棄する。一個の独立した人格としての価値を否定された女性とはまた、独立国家とは名ばかりで実際はイギリスの傀儡《かいらい》国家にすぎないエジプトを想起させるだろう。

大学を卒業し教師となったライラーは、兄の友人フセインが、自分を「女」という性的な存在としてでも、また、従順な妻としてでもなく、一個の対等な人間として見ていることを知る。一九五二年、王政が打倒され、英軍はエジプトから撤退、エジプトは完全独立を果たす。五六年、スエズ運河の国有化を宣言したエジプトに対し、イギリスは、フランス、イスラエルとともにスエズ運河地帯を砲撃する。その砲煙のなかで、反英闘争の闘士となったフセインと再会したライラーは愛を確認しあい、物語は、家父長制的な価値観と絶縁したフセインとの対等なパートナーシップによって実現されるであろうライラーの自由な未来と、植民地主義の軛《くびき》から解放されるエジプトの未来を祝福して終わる。

ライラーの女性としての解放は、フセインという理想の男性と結ばれることで成就するが、脱植民地闘争の闘士であるフセインと人生を分かちあうということは、ライラーもまた脱植民地主義の闘いを自己の不可避の課題とするということを意味する。『開かれた扉』は主人公ライラーの成長物語であるが、エジプトの脱植民地主義闘争は、物語の劇的効果を盛り上げるだけのたんなる時代背景ではなく、その闘いに女性も積極的に参与することが、女性の人間的自立にとって決定的に必要なものとして描かれている。

この小説は革命の八年後に出版されたが、革命のその後は描かれていない。作品はただ、明るい未来への希望だけを示唆して感動のうちに終わっている。だが、植民地支配からの解放が、けっして女性の全面的な解放を意味しなかったことは、作者ラティーファがその後、二度も投獄されていることを見てもわかる。国が独立しても、女性たちの闘いが終わったわけではないのだ。

一九八三年にラバトで出版されたライラー・アブーゼイドの小説『象の年』(Abuzeid, 1983)は、ラティーファが書かなかった「扉の向こう側」の世界を描いた作品である。

アルジェリアが六年にわたってフランスの過酷な弾圧に抵抗をつづけながら独立を勝ちとったことは有名だが、一九一二年にフランスの保護国となったモロッコもまた、第二次世界大戦後、やはり烈しい対仏独立闘争を経て五六年、独立を達成している。モロッコ独立二年前の五四年にカサブランカを訪れたジャーナリストの大宅壮一は、カサブランカをテロの世界的本場と呼び、独立闘争に揺れるモロッコの騒乱ぶりを伝えている（大宅——一九七九年、三七八頁）。大宅によれば、同年一月から五月までのわずか五カ月間に暗殺された者が五八名、負傷者が一一七名、放火事件が八七件、爆弾事件が四一件あったという。また、大宅のカサブランカ滞在中にも、対仏協力者のアラブ人商人が殺され、マラケシュ・カサブランカ間で鉄道線路が切断されたり、アラブ人の曹長やフランス人官吏が殺されるなど、破壊工作や暗殺は日常茶飯事であった。

『象の年』は、主人公である中年のモロッコ人女性ザフラの淡々としたモノローグによって構成される。物語は、独立から数年がたったある日、ザフラが夫に離縁されるところから始まる。新生国家でエリートコースを歩む夫から渡された一枚の通知によって無情にも離婚されたザフラは、無一文のまま故郷のフェズの街に戻ってくるが、すでに両親はなく帰るところもない。遠縁の者から一室を借り、離縁の痛手を癒す間もなく職探しに奔走するが、それまで何不自由ない主婦の生活をしてきた、手にこれといった職もない中年の女にそうそう簡単に仕事が見つかるわけではない。フェズでの離婚後の困難な生活のなかで、ザフラはかつてこの街で過ごした独立闘争の時代を回想する。それは、困難な時代ではあったが、しかし、彼女にとって人生でもっとも輝かしい時代でもあった。

八世紀に建設されたフェズは、モロッコでもっとも古い都市である。世界最古の大学といわれるカラウィーン大学を擁し、モロッコにおけるアラブ・イスラームの伝統の中心であり、その長い歴史と伝統ゆえに、独立闘争の時代には民族主義運動の拠点となった。

独立闘争は一介の主婦の人生を大きく変えた。それまでは、夫に養われ、裕福な主婦の生活を満喫していたザフラも、民族意識の高揚のなかで脱植民地主義の意識に目覚めて、闘争資金づくりのために自慢の宝石や服を売り払い、夫とともに闘争に積極的に参加する。フェズの街では、女性の同志とともに買い物客を装い、身体を包みこむ伝統的な被いのなかに隠しもった爆弾で対仏協力者の店を焼き払う。フランス人兵士に追われる二人が身を潜めるのは、女たちだけの居住空間、すなわちハーレムである。女たちを隔離し抑圧してきたアラブ・イスラームの伝統空間が、脱植民地主義闘争を支えるのである。また、あるときは、フランス当局によって指名手配されている活動家の男性をスペイン領モロッコへ逃がすため、夫婦を装って旅をしたこともある。それはたしかに、男性主導の闘争であったかもしれない。しかし、女たちの参与は、けっして命令されたものではなく、主体的なものであり、そして、なによりも、脱植民地主義闘争のなかで女性たちは、伝統的に課せられていたジェンダーの境界を「合法的に」越境することで、自らに秘められた可能性に目覚めていくのである。

闘いは成就し、悲願の独立が達成される。そこには、まったく新しい社会が待っているはずだった。支配や従属や差別と訣別した、平等な人間関係によって築かれる新たな社会が。しかし、現実は違った。植民地支配はなくなった。けれども今度は、権力を握ったモロッコ人が、同じモロッコ人を、独立のために同じように闘ったかつての仲間を支配し、差別するようになったのだった。自分たちが命を賭けて勝ちとった独立が、一部の者たちの個人的な利益に還元されてしまうことにザフラは納得できなかった。たとえそこから利益を得るのが自分の夫であったとしても。

夫との溝はそれだけではなかった。新政府にポストを得たエリートの夫は、妻が独立前と同じように伝統的な生活をするのを嫌った。女中と親しげに会話したり、フォークやナイフを使わずに相変わらず手で食事したりするザフラは、夫にとってにわかに恥ずべき存在になった。新たな社会にふさわしい新たな生活、近代的な生活、そして近代的な妻を夫は求めたが、ザフラは慣れ親しんだ伝統的な生活のどこが悪いのかわからなかった。そして、ある日、彼女は一方的に夫に離縁される。

傷心のザフラを支えたのは、フェズの街のモスクの老師だった。ようやくのことで、ザフラは、カサブランカで仕事に就くことに成功するが、それは皮肉にも、フランスの文化センターの掃除婦の職だった。かつて自分たちの国から一掃することを誓って、ザフラが命を賭けて闘った当の敵であるフランス人に救われる結果となったのである。物語はここで終わる。

『象の年』という小説は、第三世界の女性たちが生きている一筋縄では解けない錯綜した現実をよく表している作品である。まず、小説が描くのは、被植民者の女性にとっての脱植民地主義闘争の意味である。独立は結果的に女性の解放をもたらしはしなかった。それを象徴するのが、作品の冒頭でザフラの身にふりかかる離縁である。女性が相変わらず社会のなかで男性中心的な価値観に従属する、その構造は植民地支配がなくなっても変わっていない。しかし、そうだとしても、独立は必要だった。植民地支配と闘うこと、それは当時の女性たちに絶対に必要であり、それなくしては女性の解放もありえないというのが、作者の主張である。

国が独立しても、女性は相変わらず家父長制によって抑圧されているではないか、脱植民地闘争は女性を解放しないといった議論が、家父長制による抑圧こそ女性の唯一最大の敵であると考える北側先進工業世界のとくにラディカル・フェミニズムのなかで実際に主張されている。作者がそうした主張に対する反論の気持ちをこめてこの作品を書いていることは、なによりも作品の構成にあらわれている。反仏闘争時代の物語は、主人公の回想というかたちで作品の中盤におかれているが、もし、これが出来事の発生順に時系列にそって主人公の離婚という出来事の前におかれていたならば、作品は、脱植民地主義の闘いが主人公に解放をもたらさなかったという事実を強調し、被植民者の女性解放における脱植民地闘争の意義を軽減する結果になっていただろう。しかし、作者は、離縁で傷つき経済的にも困窮し、生きあぐねる主人公に独立闘争の時代を回想させることで、かつて来たるべき新たな社会を夢見て祖国解放のために人民が一体となって闘った輝かしい記憶が、いまの彼女を支えていることを示唆する。フェズにいわば「追放」された主人公が、幾度も反芻するのは、フランスによって国外追放されたスルタン・ベンユーセフ（のちのムハンマド五世、名君の誉れ高い）の記憶であり、モロッコに凱旋帰国したスルタンが歓びに沸き立つ国民に向かって行ったスピーチの一言一句である。

作者が、北側先進工業世界におけるフェミニズムに対する反論として、この作品を意図しているところはほかにもある。たとえば、北側世界のフェミニズムの議論では、第三世界の宗教や伝統を女性にとって抑圧的なものとして論じがちな傾向があるが、この作品で主人公の話に静かに耳を傾け、主人公を正しい道へと導くのは、イスラームの老師《シェイフ》であり、作者はそれによって、イスラームが本質的に女性を抑圧するものではないことを訴えている。

また、使用人を家族の一員として遇するのはモロッコ社会の伝統だが、フランス的な価値観に同化している夫は妻に、フランス人が使用人を扱うように主人らしく振る舞えと命じ、そうできない妻を蔑《さげす》む。作者はここで、モロッコ社会の伝統のほうが、フランス的価値観よりも人間的である場合もあることを示唆している。伝統がかならずしも女性を抑圧するわけではない。むしろ、そうした伝統を、伝統であるというだけで遅れたもの、否定されるべきものと見なすような価値観、西洋的な価値観をつねに正しいものとして押しつけるような態度のほうがじつは抑圧的であるということがエゴイスティックな夫の姿をとおして描かれるが、そこで批判されているのは、第三世界の伝統をつねに女性の解放と対立的にとらえるような北側先進工業世界のフェミニズムの価値観である。

主人公がフランス文化センターに職を得るという物語のラストにもいくつかの含意を読みとることができる。まず、政治的には独立を達成したが、独立後も旧植民地は依然として、旧宗主国の圧倒的な経済的、文化的ヘゲモニーに服しているという事実。ザフラは、フランスなくしては経済的に自立できないモロッコの戯画でもある。同時に彼女は、北側先進工業世界によってその労働を搾取される無数の〈南〉の女たちを象徴していよう。搾取されようと、主人公はとにかく生きていくために、仕事を選ぶことなどできない。ザフラの経済的自立は、彼女にとって解放であるどころか、彼女は新たな搾取と闘わねばならないのである。女性の解放という問題以前に、生きていくことを優先させなければならない状況に主人公をおくことによって、作者は、女性の家父長制からの解放だけを専一的な課題とできる北側先進工業世界のフェミニズムの特権性をさりげなく批判している。

ライラー・アブーゼイドの『象の年』が描くのは、「家父長制」対「女性」、「伝統」対「女性」などという単純な図式に還元することのできない、第三世界の女性たちが生きるポストコロニアルの複雑な現実である。植民地主義、男性中心主義による女性差別的な制度や価値観、西洋的価値観の無条件の内面化による精神の被植民地化、独立後もつづく旧宗主国の文化的、経済的支配、フランス語といった近代的な資源へのアクセスから疎外された女性たちの経済的な周縁化……そういった問題のすべてが、第三世界の女性たちの解放と解きほぐしがたくからまり合っている。私たちに求められているのは、そのからまりあった糸を一つひとつていねいに解きほぐしていく繊細な思考にほかならない。

4 ドリアの闘いと沈黙

ポストコロニアルを生きる女性の一筋縄では解けない錯綜する現実を余すところなく描いたかに見える『象の年』だが、作品が言及していない問題がある。ムハンマド五世の死後、王位を継承したハサン二世の独裁による政治的、社会的抑圧の問題である。それは対外的には、一九七六年、モロッコによる旧スペイン領西サハラの占領という事態に体現されている。この占領によって、西サハラの住民であるサハラウィーたちは、ある者は被占領下の西サハラで政治的に抑圧されながら、またある者はアルジェリアの砂漠地帯で難民となりながら、以後、今日まで西サハラの独立を求めてモロッコの支配と闘っている。かつてフランスに植民地支配されたモロッコが、今度は植民地支配をする側になってしまったのである。第三世界のフェミニズムが脱植民地主義の課題を不可避に分有するとすれば、モロッコのフェミニストは、モロッコの拡張主義的政策の犠牲となっている西サハラの人びととの連帯を訴えなくてはならないはずだ。しかし、『象の年』には、西サハラに関する言及はひとつもない。それは、作者が自国のナショナリズムを無批判に肯定しているせいなのだろうか。そうだとすれば、ザフラが闘った反仏独立闘争は結局のところ、拡張主義的な大モロッコ主義と本質的に変わらないことになってしまうだろう。

同じことはラティーファ・アル＝ザイヤートの『開かれた扉』についてもいえる。革命から八年後の一九六〇年にこの作品を書いたとき、作者は、扉の向こう側でライラーを待ち受けているものがけっして薔薇色の未来ではないことを知っていたはずだ。にもかかわらず、それについて、作者はなにも示唆してはいない。物語は、エジプトの独立とライラーの愛の成就を祝して終わる。作者のナショナリズムが、革命後のエジプト社会の抑圧的な現実を批判することを許さなかったのだろうか。これら第三世界のフェミニストたちが、自国に対する植民地主義は批判しえても、自国政府の抑圧的政策については沈黙しているという事態は、彼女たちが自国のナショナリズムを無批判に内面化しているということなのだろうか。もし、そうだとすれば、彼女たちが主張する脱植民地主義の価値もずいぶん切り下げられてしまうことになる。

エジプト人フェミニスト、ドリア・シャフィックの妥協を知らない生涯は、第三世界のフェミニストの沈黙という問題についてひとつの答えを与えてくれるだろう。ホダー・アル＝シャアラーウィーを師と仰ぎ崇敬するドリアは、一九二八年、二〇歳のときにエジプト政府の奨学金を得てフランスに留学する。女性は家政学など「女性にふさわしい」学問をという政府の命令に抵抗し、ドリアは哲学を専攻する。四〇年、ソルボンヌ大学で哲学の博士号を取得し、帰国したドリアは、「ナイルの娘連合」を設立、女性の権利獲得のために精力的に活動する。内省的な女性であり、繊細なフランス語詩人としても高く評価されているドリアの行動は反面、驚くほど大胆かつラディカルで、ある意味ではナイーブでもあった。五一年、ドリアは国会にデモをかけるよう女性たちに呼びかける。

私たち女性の代表が排除されているかぎり、彼らの議会は違法です。女性が認められるまで、エジプト国会は、全国民が真に反映されているとは言えません。行って、私たちの権利を要求するのです！　さあ、国会へ！

（Nelson, 1996, p.170）

ドリアに先導された女性たちは国会に突入し、議事堂においてエジプトの歴史上はじめて女性の権利が主張される。彼女たちが要求したのは、民族闘争と政治に女性の参加を認めること、個人身分法を見直し一夫多妻制と離婚に制限を設けること、男女の同一賃金だった。ドリアは逮捕されるが、裁判で無罪になる。翌一九五二年、反英闘争の激化のなかで、ドリアは「ナイルの娘連合」の同志たちとともに、バークレイ銀行を包囲し、イギリスの植民地主義に対する抗議を表明する。

ドリアは革命の成就を熱烈に歓迎するが、彼女の明敏な知性はすぐに軍人たちからなる革命政権によって議会制民主主義の根幹が掘り崩されるのではないかという心配を抱くようになる。一九五四年三月、憲法制定委員会に一人も女性がいないことに危機感を覚えたドリアは、ガンジーの非暴力の思想にならって、八人の女性同志たちとともにハンガーストライキを打ち、女性の完全な権利を要求する。政府は確約を避けるが、ドリアは妥協を拒みつづけ、ドリアを支持する何百人もの女性たちが閣僚評議会の建物を包囲して大統領に面会を要求するにいたった。八日後、ドリアはナギーブ大統領の使者から、新憲法は女性に完全な権利を与えるという言質をとることに成功する。

一九五六年、新憲法が公布され、女性にも参政権が認められる。ドリアが待ち望んだ女性の政治参加が実現したのだ。しかし、その一方で、すべての政党は活動を禁止され、ドリアの「ナイルの娘連合」も活動を制限される。ドリアが危惧していた独裁制による自由の抑圧が現実のものとなりつつあった。

翌五七年二月、ドリアはたった一人で再びハンガーストライキを決行する。

エジプトが今、直面している困難に鑑み、私は、自らの外的および内的な自由を獲得するため、断固たる決意をもって、死に至るまでハンガーストライキを実行することを決心しました。エジプト人として、そしてアラブ人として、私は国際的諸権威がイスラエル軍をエジプト領から即時撤退させるよう、そしてアラブの難民問題に対し公正かつ最終的な解決をもたらすよう要求します。第二に、エジプト当局が男女を問わずエジプト人に対し全面的な自由を再び与え、私たちの国を破滅と混沌へと導く独裁支配に終止符を打つことを要求します。

（Nelson, 1996, p.238）

ドリアは逮捕こそされなかったものの、革命政権によって以後、十数年にわたって自宅に軟禁され、彼女の名は公的なメディアから抹消される。一九七五年、ドリアは、彼女が終生愛したナイル河を見下ろすアパートのバルコニーから身を投げ、六八歳の人生を終えている。

妥協を排し、根源的かつ徹底的に思考するがゆえに、ドリアの行動はつねにラディカルなものにならざるをえなかった。国会にデモをかけたドリアが、女性の民族闘争参加の権利と参政権を要求していることは、ドリアにとってもまた、女性の全面的自由の獲得において脱植民地主義の闘いと女性の解放が不可分のものであったことを物語っている。そして、女性の全面的自由を徹底的に求めれば、植民地主義との対決が不可避であったように、革命後、日々、抑圧を増していくナセルの独裁制のもとでは、それを「独裁」と名指しで批判することは、ドリアにとって論理的な帰結だったにちがいない。しかし、独裁者を批判することは、当時、自殺行為に等しかった。ドリアは「死に至るまで」ハンガーストライキを行うことを決意しているが、実際、彼女の行動は、彼女に社会からの追放という社会的死をもたらしたのだった。

独裁者に反逆したドリアは「ナイルの娘連合」の盟友たちにも見放され、亡くなるまでの二〇年近くを孤独のうちに過ごすことになる。一九六〇年に書かれたドリアの手記の最後の頁には、つぎのような自作の詩が刻まれている。

ああ自由よ
わたしはあなたに
わたしの全身全霊を捧げましょう
あなたなくして
わたしの人生に
何の意味があるでしょう

(Nelson, 1996, p.258)

自由な言論が抑圧された社会で、すべての者が我とわが身を守るために沈黙したとき、ドリアだけが「自由」を守るために語ったのだった。それなくしては女性の解放などありえない、その自由を守るために。そして、その代償を自らの人生をもって支払ったのだった。軟禁が事実上解けたのちも、ドリアは社会に対して沈黙を貫く。それは、人びとが保身のためにその時代、好むと好まざるとにかかわらず選びとらざるをえなかった沈黙とは決定的に異なるものだった。ドリアの社会的沈黙は、独裁社会に与することを拒絶する彼女の明確な意志表示にほかならなかった。

半世紀前にマラク・ヒフニー・ナーセフがその深い洞察によって予感したように、内なる独裁制というかたちで近代国家のナショナリズムの抑圧は、反帝国主義・脱植民地主義の身ぶりによって外なる帝国主義にその正統性を充塡されて、植民地独立以降の被植民者の女性たちの自由を切り崩していった。ラティーファやライラーの沈黙の答えがここにある。政治的自由、言論の自由が抑圧され、その禁を犯した者は投獄、拷問、そして死——肉体的な死であれ社会的な死であれ——が待っている（シャー時代、そしてイスラーム革命後のイラン、モロッコ、あるいはサウジアラビア、これら独裁国家における人権抑圧は、東西冷戦構造のなかで、あるいは石油の安定供給のために、北側先進工業諸国によって積極的に支持されたことを私たちは忘れてはなるまい）。

ラティーファがナセリズムの抑圧について沈黙していたのは、それを忘却していたからではない。ライラーが、モロッコ女性の反植民地主義の思いを語りながら、西サハラの女性たちの解放について語らなかったのは、西洋の植民地主義は悪いが第三世界のナショナリズムはよいのだというような自民族中心主義からではない。第三世界の女性たちが自国のナショナリズムの抑圧性を正面切って批判しないのは、ナショナリズムを無批判に内面化してしまっているからではなく、それを批判することがただちに自分の身に対する直接的な脅威となって跳ね返ってくる現状があるのだということを私たちは忘れてはならないだろう。彼女たちは少なくとも、そのような状況のなかで書いているのである。

ラティーファが『開かれた扉』を発表した一九六〇年当時、ナセル独裁の闇はすでに色濃くエジプト社会を覆っていた。革命政権の抑圧性は誰の目にも明らかだったはずだ。とすれば、そのような時代に独立の成就を言祝《ことほ》いで終わる作品とは、一見、革命政権に対する追従にも見える。しかし、希望がすべて潰え去った時代に、革命に対して自分たちがかつて夢見たものを、扉の向こうにそれがあると信じて、それをめざして闘った、希望に満ちた社会の姿を読む者にあらためて想起させることで、その期待を裏切った革命政権の姿が陰画のように読者の心に炙《あぶ》りだされるとすれば、それもまた、痛烈な批判であるといえるだろう。

革命から半世紀が過ぎた現在、イスラーム主義勢力の台頭するエジプトでは、「左翼知識人」対「独裁的政府」という従来の対立の構図にさらに、両者と敵対する「宗教的過激派」が加わり、「左翼知識人」対「宗教的過激派」対「政府」という三つ巴の様相を呈している。左翼知識人の暗殺があいつぎ、ノーベル文学賞を受賞したナギーブ・マフフーズが、イスラームの預言者をフィクションの登場人物として描いたことで「背教者」とされ、過激派に切りつけられるという事件が起こるなかで、アラブ・イスラーム社会の家父長制をラディカルに批判する女性作家ナワール・エル＝サアダーウィー(一九三一〜)も、宗教的過激派の暗殺の標的とされ、北米への一時的亡命を余儀なくされている。即刻暗殺という宗教的過激派のテロルによって多くの左翼知識人がこれまでにも増して、沈黙を強いられている。サーダート時代には政府批判のかどで投獄された経験もあり、また、北側先進工業世界の歴史的、今日的な植民地主義を告発するナワールが、宗教的過激派のテロルによって、自らが批判してやまないエジプトの国家権力や北米社会によって命を守られなければならないという皮肉な事態も現在、生じている。

また、宗教勢力と軍にバックアップされた政府のあいだの対立によって出口の見えない内戦状態にあるアルジェリアを隣国にもつモロッコでは、国内のイスラーム主義勢力は徹底的に弾圧され、「国内」の「平和」と「民主主義」は守られている。だが、西サハラ占領はすでに三〇年以上に及び、西サハラの帰趨を決する住民投票が延び延びになるなか、モロッコによる入植、開発はどんどん進み、サハラウィー住民に対する抑圧はつづいている。「アッラー、祖国、国王」の三位一体を聖なる国是とするモロッコで、預言者の血統に連なる国王に対する批判は事実上、禁じられており、「信者の統率者」(amīr al-mu'minīn 歴史的に預言者の代理人であるカリフの別称である)を名乗る国王に依拠することによって、なにごとも正統性が付与されるモロッコ社会において、社会学者のファーティマ・メルニーシー(一九四〇〜)をはじめフェミニスト知識人たちは、社会的、経済的に周縁化された女性たちの権利獲得のため、権力との微妙な政治的駆け引き——それは、ドリアが終生ついぞ身につけえなかったものだ——を日々、行っている。第三世界のフェミニストたちがおかれている状況は、ますます錯綜を極めている。

そうだとすれば、日本のフェミニストが今日、日本ナショナリズムを公然と批判しうるということもまた、旧植民地主義国、北側先進工業国としての日本のナショナルな経験に規定された特権であることになる。被植民者の女性たちの、植民地主義によって踏みにじられた民族の尊厳を回復したいという思いは、しばしば、ナショナリスティックな言辞によって表現されるが、北側先進工業世界のフェミニストに要求されるのは、そこにこめられた脱植民地主義の思いを分有することであって、それが一見ナショナリズムと見紛う言葉であらわされているからといって、それを自民族中心的なナショナリズムと混同し、一刀両断に批判し去ることは、自国のナショナルな経験によって可能になっているものに対する無自覚さのあらわれであり、それ自体が自民族中心的な振る舞いである。いまにつづく植民地主義の歴史が、第三世界の抑圧的なナショナリズムに正統性を与えているとすればなおさらである。独裁というかたちで内に向けられたナショナリズムの抑圧を日々生き、これと闘っているのは彼女たち自身であり、そうしたナショナリズムと女性の真の解放が両立しないことを身をもって知っているのもまた、彼女たちであるのだから。

参考文献

Abuzeid, Laila, 1983, "'ām al-fīl", Rabat.
Ahmed, Leila, 1992, "*Women and Gender in Islam*", Yale University Press, New Haven and London.（レイラ・アフメド『イスラームにおける女性とジェンダー』林政雄ほか訳、法政大学出版）
Nelson, Cynthia, 1996, "*Doria Shafik, Egyptian Feminist; a Woman Apart*", University Press of Florida, Gainsville.
野上弥生子「エジプト」、志賀直哉ほか編『世界紀行文学全集16』ほるぷ出版、一九七九年。
大宅壮一「物情騒然たる北アフリカ」、志賀直哉ほか編『世界紀行文学全集16』ほるぷ出版、一九七九年。
徳富蘆花、愛子「埃及」、志賀直哉ほか編『世界紀行文学全集16』ほるぷ出版、一九七九年。
Al-Zayyat, Latifa, 1960, "*al-bāb al-maftūḥ*", maktabat al-anglu al-misriya, Cairo.
—— 1996, "*The Search: Personal Papers*", Quarter Books, London.

4 暴力と抵抗を証言する

クロニクル1997〜2006

■一九九七年五月一六日　**声にならない叫び**

〔一九九六年一二月一七日　ペルーでトゥパク・アマル一革命運動のゲリラ兵士一四名が、天皇誕生日の祝賀レセプションを開いていたリマの日本大使公邸を占拠、招待客ら六〇〇名を人質に。〕

〔一九九七年四月二二日　ペルー特殊部隊、日本大使公邸に突入、ゲリラ一四名全員を殺害、人質を解放。〕

一九四七年の国連パレスチナ分割決議から今年で五〇年がたつ。六百万とも言われるヨーロッパ・ユダヤ人の虐殺というナチズムの犯罪の代償を一方的に押しつけられる形で、パレスチナは分割され、パレスチナ人は故郷を追われ離散した。自らが被った不条理を他者に訴える術を持たず、世界から見捨てられたパレスチナ人の存在に私たちがようやく気づかされるのは、彼らが銃を持ち、それを「私たち」に向けたときだった。以来、彼らは「テロリスト」と呼ばれることになる。

自ら語る術を持たないこれら難民たちの声を、小説に託して私たちに届けてくれたのは、自身難民であったガッサーン・カナファーニーだった。たとえばクウェイトに密入国をもくろみ、空の給水タンクに身を潜めた男たちの運命を描いた小説「太陽の男たち」(『太陽の男たち／ハイファに戻って』河出書房新社、現代アラブ小説全集第七巻)。砂漠に放置されたタンクの焦熱地獄の中で、救いを求める声すら上げられぬまま窒息死してゆく彼らの姿は、声さえ奪われて難民キャンプに生きるパレスチナ難民の現実でもあった。やがてカナファーニーは、遺作となった「ハイファに戻って」において、祖国解放のために自ら銃をとる青年たちに未来を託すことになる。一九七二年、車に仕掛けられた爆弾によって、カナファーニーは三六歳の若さで爆死する。

九七年四月、ペルーの首都リマの日本大使公邸人質事件は、ペルー国軍の突入によって「解決」した。人質は解放され、「テロリスト」は全員殺された（「テロリスト」のリーダーは、舌を断ち切られたという）。公邸占拠という暴力的な形でしか語る術を持たなかった者たちの声は永遠に封殺された。日本の国会では、沖縄の強制土地収用に関する特別措置法が圧倒的多数で可決された。太陽の男たちの声にならない叫びが、時空を貫いて今、残響のように私たちの日常を満たしている。

■一九九七年八月一五日　**性愛を通して描く信仰**

〔一九九六年一月　エジプトの女性作家アリーファ・リファアト死去（六五歳）。〕

アリーファ・リファアトの訃報を遅まきながら知った。異色の作家だった。エジプトの女性作家としてはナワール・エル＝サアダーウィーが日本でも有名だが、伝統的に高学歴の女性が多い中で（たとえばナワールは精神科医だ）、アリーファは、女に教育は不要という父親の考えで中等教育しか受けていない。結婚後は夫から執筆を禁じられ、本格的に執筆を始めたのは夫の死後のことだ。

女の生と性を抑圧するアラブ・イスラーム社会の家父長制を弾劾するナワールに対し、アリーファは、自分を敬虔なイスラーム教徒と考える。だが、彼女の描く女の性は、ナワール以上に大胆である。むしろ、エロスの喜びが直截的に描かれるわけではない。むしろ、「長い冬の夜」、「遠景のミナレット」などの短編作品では、エロス不在の性愛に対する女の寂寥感が寒々しいまでにリアルに描かれているのである。イスラームの信仰と女の性を率直に描くことは矛盾するように思われるが、男が女の性を搾取するのは、女にも夫婦間の性愛を堪能する権利を認めたイスラームの教えに反するという彼女の信念に基づいている。

一昨年、翻訳許可を得るためカイロでアリーファに会った。私の質問には耳を貸さず、彼女の一方的なおしゃべりに終始した。けれども、あなたのセックス描写は大胆ですねと言ったときは、「私はセックスなんて描いていません。神が許された男女のコミュニケーションの素晴らしさを描いているんです」と言下に否定したのが印象的だった。私が生きているうちに翻訳を出してね、別れ際の彼女の言葉が今も耳に残っている。約束を果たせなかったことが悔やまれる。

■一九九七年一一月二一日　**イスラエルと自由主義史観**

〔一九九六～一九九七年　歴史認識をめぐって自由主義史観論争が起こる。〕

西洋によるオリエント表象が「西洋」という主体形成のメカニズムであることを喝破したエドワード・サイードの『オリエンタリズム』（平凡社ライブラリー）は、もはや現代の「古典」の域にあるが、そのサイードにデイヴィッド・バーサミアンが、第一次インティファーダ（イスラエルの占領支配に対するパレスチナ民衆の一斉蜂起）の始まる直前から和平合意まで七年間にわたって断続的にインタビューした記録の待望の日本語訳『ペンと剣』〔現在は筑摩学芸文庫〕が、中野真紀子氏の達意の翻訳によって間もなく刊行される。もともと話されたものであるため文章は平易だが、その言葉が私たちに突きつけるものの意味は重く、深い。

たとえばサイードは一貫して、パレスチナをめぐる「歴史」の語りの専有に抗して、パレスチナ人の経験が語られねばならないことを強調する。さらに、パレスチナ人との共存を主張する和平派リベラリスト知識人として邦訳も多いイスラエルのアモス・オズが苦渋に満ちた様子で占領を批判するのは、イスラエルによる占領支配が自分たちユダヤ人の魂を毒しているからであって、それは結局のところ、殴打され虐待され、日々殺されゆくパレスチナ人の問題ではないと、オズの自民族中心主義を批判する。

サイードのその言葉が、「歴史」の語りを横領しようとする「自由主義史観」なる言説が跋扈するこの日本の社会で読まれるなら、ここで問われているのは私たち自身の自民族中心主義にほかならないだろう。

■一九九八年二月二七日　**言葉が殺意を煽るとき詩人たちはどこに**

〔一九九一年　アルジェリアの総選挙でイスラーム主義政党イスラーム救国戦線が勝利。〕

〔一九九二年一月　軍のクーデタで選挙は無効に。以来、イスラーム主義勢力と軍部政権とのあいだで内戦状態に。〕

最近、インターネットでアラビア語の新聞を渉猟しているが、あらためて感じるのがアラブにおける「詩」のステイタスだ。たとえば汎アラブの新聞アル＝ハヤート紙の一月十五日付文化欄トップは、レバノンの詩人の作品についての長大な評論である。頁の下の方には「今日の詩」というコラムがあり、連日、複数の詩が紹介されている。シリアの著名な詩人ニザール・カッバーニーはスタジアムで朗読会を開き、何万人もの聴衆が詰めかけるという。パレスチナ人の民族的抵抗を歌うマフムード・ダルウィーシュの詩は若者たちに愛唱されている。

そういえば以前、カイロのカフェで出会った青年たちの多くが「詩人」と名のっていた。詩集を所望すると「活字にはまだなってないけど」と言って、恥じらいながら最近創った詩を口頭で披露してくれた。傍らの聞き手はその詩を口の中で反芻する。自分の舌で言葉を転がしたりしながら、ワインを吟味するソムリエのように、詩をまさに味わっているのだ。濃厚なトルコ・コーヒーと同じように、詩は歓待の証としてテーブルに供され、客人たちに堪能される。アラブ世界で飲酒が禁じられることを嘆く日本人は多いが、芳醇な言葉の香りが人を酔わせるのなら、酒など必要ないのかもしれない。

一ヶ月ほど前、断食月の最初の晩にアルジェ近郊の村で四百名もの住民が宗教勢力に虐殺された。宗教的過激勢力と政府軍の間で内戦状態にあるアルジェリアではこの五年間に六万人もの市民が殺されているが、真っ先に過激派の暗殺対象とされたのが、ジャーナリストや作家など言葉に携わる者たちだった。そして今、理性を酩酊させる言葉が人々を暴力へと駆り立てている。詩人たちはどうしているだろうか。

■一九九八年五月二九日　**フェミニストが描くハーレムの女の真実**

北アフリカの西の端の国、モロッコ。その中部にフェズという街がある。モロッコ最初のアラブ・イスラーム王朝の都で、千年以上の歴史を誇り、今もモロッコの伝統文化や学問の中心となっている。そのフェズの名家の出身である社会学者ファーティマ・メルニーシーが、フェズの屋敷で過ごした少女時代を回想した物語『ハーレムの少女ファティマ　モロッコの古都フェズに生まれて』(ラトクリフ川政祥子訳、未來社)が近く刊行される。

メルニーシーといえば、アラブ・イスラーム世界のみならず第三世界を代表するフェミニストの論客だが、彼女の著作は残念ながら、これまで日本に紹介されてこなかった。本書はそのメルニーシーの、初の待望の翻訳である。

「ハーレム」という言葉に、女だけの空間に隔離され、家父長制に虐げられたムスリム女性たちの姿を連想する読者も多いだろう。だが、本書は私たちがアラブ女性に対して抱きがちな、そうした紋切り型のイメージを小気味よく裏切ってくれる。幼い少女の目に映るハーレムの女たちはみな、圧倒されるほど個性豊かで、その機知と巧みな弁舌で、時に男たちを翻弄しその裏をかきながら、ハーレムの日常をパワフルに生きていることが分かる。自身、フェズの旧市街でモロッコの女性たちと生活を共にしたラトクリフ氏なればこそ、その日本語訳は、フェズの女たちの息遣い、体温まで生き生きと伝えてくれる。フェミニスト・ファーティマが抑圧されたアラブ・ムスリム女性の逸脱、例外的存在なのではなく、実はこうしたフェズのパワフルな女たちの「伝統」の産物以外のなにものでもないことを読者は実感するに違いない。

■一九九八年八月二八日　「私」という共和国

［一九九八年三月　インドでヒンズー至上主義のインド人民党が政権獲得。］

［一九九八年五月　インド、二四年ぶりの核実験（一一日、一四日）、国際的非難のなか、パキスタンも二八日と三〇日に六回の核実験を行う。］

インド映画が今、東京で大ヒットしている。週末、観に出かけた。評判の『ムトゥ・踊るマハラジャ』は三時間待ちと聞いて、公開中のもう一本『ボンベイ』を観た。インド独立五〇周年を記念して作られたこの作品は、全国的暴動に発展したヒンズーとイスラームの対立を描いたものだが、シリアスながらもそこはインド映画、絢爛豪華な歌と踊りに彩られた一大娯楽作品でもあった。

暴徒に破壊されたボンベイの街で傷ついた人々が「ヒンズーもイスラームも関係ない、私たちは同じインド人だ」と言って手を繋ぎあい、大きな人の輪をつくるラストはさすがに感動的だ。ヒンズーかイスラームかという排他的なコミュナリズム（共同体主義）は否定され、多民族から成る世俗国家インドというナショナリズムが国民統合の理念として掲げられるわけだが、しかし、インドとパキスタンが競うように核実験を行っているという事態を思い出すなら、そうそう単純に感動もしていられない。世俗国家であろうと「原理主義」国家であろうと、核実験を正当化するようなナショナリズム自体は、いかにして解体されうるのか。印パの核実験という最近の出来事は、作品を創る者にも観る者にも、そのような視点を要求する。その視点がなければ、作品は核実験と同じ、インド・ナショナリズムのマニフェストに堕してしまうだろう。『小さきものたちの神』(一九九八年、DHC)で英国のブッカー賞を受賞したインド人女性作家アルンダティ・ロイの次のような言葉(朝日新聞八月一〇日付東京夕刊)は、この問いに対する一つの答えである。

「反核の思いを抱くことが反ヒンズーで反国家になるのなら、私はヒンズーであることも国民であることもやめる。私自身が独立したひとつの共和国になろう。私は領土も国旗も持たない地球市民であり、一人の女性である」。

■一九九八年一二月四日　エロスと抵抗

先日、「イスラーム世界と映像文化〜映像、ジェンダー、異文化接触〜」と題するシンポジウムが開かれ、パレスチナ映画について報告する機会があった。中東の映画というと日本ではイラン映画の知名度が高いが、十年ほど前に公開されて話題を呼んだパレスチナの映画監督ミシェル・クレイフィの作品『ガリレアの婚礼』(一九八八年)がビデオ化されていることはあまり知られていないかもしれない。

「男たちが外で民族解放を叫びながら、家で妻や妹を殴るのはおかしい。身近な女性を殴らないことが民族解放の第一歩だ」という言葉どおり、クレイフィ作品ではつねに、民族の問題が、ジェンダーの問題と交差する形で描かれている。女性たちが家父長制のもとで抑圧されながら、しかし、必ずしも男性に従属しているわけではないこと、その多様な抵抗の姿を描くことで、クレイフィは占領下に生きるパレスチナ人の民族的抵抗をも示唆する。

『ガリレアの婚礼』で特筆に値するのは、女性たちの空間に横溢する濃密なホモエロティシズムである。女性の空間、すなわちハーレムを官能的な空間として連想する態度は従来、オリエンタリズムとして批判されてきた。

だが、クレイフィによる女性空間のエロティックな描き方が、従来的なオリエンタリズムと一線を画するように思われるのは、支配と従属の関係によって支配された男女間のエロスの不在と対比される形で描かれる女たちのホモエロティックな欲望の交換に、憎しみや暴力に媒介されない、民族同士の関係の積極的な可能性が賭けられているという点にある。クレイフィの最新作が、南アフリカのアパルトヘイトにも擬せられるイスラエルの民族分断社会における、ユダヤ人とアラブ人の通婚を描いたものであることは、この場合、示唆的である。

■一九九九年二月二六日　**自由を求める魂**

シンシア・ネルソン著『エジプト人フェミニスト、ドリア・シャフィク』(一九九六年)を読んだ。

一九二八年、二〇歳のドリアはパリへ留学。女は家政学など女に「ふさわしい」学問を、という政府の要請に抵抗し、哲学を専攻、博士号を得て帰国後は「ナイルの娘連合」を結成、女性の権利獲得のため活動する。反英闘争のさなかの五一年には女性たちのデモを組織し国会に突入し、民族闘争と国政への女性参加の権利を要求。英国の植民地支配からの解放が実現した五二年革命後は、新憲法が女性に完全な権利を与えることを求めて八日間のハンガーストライキを打つ。

その大胆な行動とは裏腹に、ドリアは繊細な詩人でもあった。フランス語で詩集も出版しており、その内省的な詩はフランスでも高く評価されている。「自由」という理想を追求し、妥協を排し、徹底的に突き詰めて行動するがゆえに彼女の行動はつねにラディカルであらざるを得なかったのだった。

五七年、ドリアはナセルの独裁政権が国民の自由を圧殺するのに抗議して、再びハンストを決行する。その結果、以後、十数年にわたり自宅に軟禁され、彼女の名は社会から抹殺される。その時代、独裁者に反逆することは自殺行為であり、ドリアは同志からも見放され、社会的に殺されたのだった。七五年、ドリアはナイル川を見下ろす自宅バルコニーから身を投げ、六七歳の波乱の人生に終止符を打っている。

人間の絶対的な自由と理想を求め、それを抑圧するもののすべてに果敢に抵抗したドリア。もし、日本の女性がドリアの闘いに共感するなら、彼女を殺した独裁制は、反帝国主義と脱植民地主義の身ぶりによって、正統性を充塡されていることを忘れてはならないだろう。今に続く植民地主義は、第三世界の独裁制の「正統性」を支えているのだ。第三世界の女性たちの反帝国主義、反独裁制の闘いを日本の私たちはいかに分有するのか、ドリアの生と死は問いかけている。

■一九九九年四月三〇日　**空爆下を生きる人々の「固有の生」**

〔一九九九年三月　コソボ紛争。コソボのアルバニア人を迫害するセルビアは和平案を拒絶、北大西洋条約機構軍が武力介入、ユーゴ連邦共和国を空爆。〕

NATO軍によるユーゴ空爆が続いている。サルトルに倣って問うならば、爆撃で市民が殺されているとき、文学に何ができるのか。ユーゴのミロシェヴィッチ大統領が詩人であることを考えれば、こう問うべきかもしれない。扇動的な言葉で民族主義を煽り、他民族に対する憎悪を掻き立てる以外に、文学には何ができるのか、と。

死と隣り合わせの日常の中で、人々がいかに生きているのか、テレビが伝える断片的でありながら、特定のイメージ形成へと世論を導くよう意図的に取捨選択された「市民の声」とは別の、さまざまな現実がありうることを描けるのは小説だ。だが、詩が、空爆下でさえ書かれ、インターネットで瞬時に世界に伝えられるのとは違い、小説は、錯綜する現実の全体像を見通せる地点に作家が立ち、作品が構想され、執筆され、活字になり、さらに翻訳されて私たちの手元に届くためには膨大な時間がかかる。

レバノンの女性作家ハナーン・アル＝シェイフのアラビア語小説『ベイルート便り』（一九九二年）は、内戦下のベイルートにとどまった女性の書簡という形をとりつつ、分断された街に生きる女の実存を描いた作品である。砲撃のさなかも敢えてシェルターに避難せず部屋にとどまる彼女の姿に、内戦という暴力に対する抵抗と同時に、内戦の犠牲者という受動的なイメージを書き換えようとする作者の抵抗を読み取ることができる。

同書は、レバノン内戦を女はどう生きたか、だけでなく、ボスニアやユーゴやバグダードの空爆下で、人々はいかに生きているのか、彼らの生が「セルビア人」とか「イラク人」という単一の形象だけでなく、その人固有のさまざまなドラマで満たされているのだという事実を思い起こさせてくれる。

空爆という暴力に抵抗しようとするとき、何よりも肝心なのがこのことである。地上戦の可能性が論議されている今だからこそ私たちは、その現実を生きている者たち一人ひとりの固有の生に出会うために、小説を読まなければならないのだ。

■一九九九年八月一三日　「国民」ならざる者たちに対する国家の暴力

〔一九九九年八月　日の丸・君が代を国旗・国歌とする法律、国旗国歌法が、九日、参議院本会議で可決、一三日、公布された。〕

離散パレスチナ人の女性作家リヤーナ・バドルの長編小説『鏡の目』（一九九一年）を読んだ。

少数の経済的有力者が覇権を握るレバノンで、首都ベイルートの郊外にあるパレスチナ難民キャンプ、タッル・エル＝ザァタルはレバノン人貧困層の支持を得て、革命の拠点になっていた。一九七六年、キャンプはレバノン右派勢力によって封鎖、砲撃され、半年間の攻囲の末、最終的には一万数千人いた住民のうち四千人とも言われるパレスチナ人が虐殺された。虐殺を生き延びた者たちに七年間にわたる取材を行い、彼らの証言に基づいてタッル・エル＝ザァタル事件を小説に再構成したのが本書である。食糧も医薬品も底を尽き、外部と遮断されたキャンプで人々はいかに闘ったか、著者バドルの細やかなディテールと圧倒的な迫力でもって描かれている。

虐殺事件は、難民はレバノン国家の恩恵によって住まわせてもらっているのであり、レバノン国家のあり方に文句があるなら出て行けというレバノン人支配者たちの意思表示である。平等で民主的な社会を求めるパレスチナ人、レバノン人たちの声は、砲弾によって暴力的に沈黙させられた。それから二三年後の今、日本では、日の丸・君が代が国旗・国歌として法制化された。この国に生まれながら、日の丸・君が代が象徴するものに自己同一性を持ちえない「国民」ならざる者たち、日の丸・君が代が喚起する暴力の記憶にいまだ癒しがたい傷を負っている者たち、その者たちの痛みを自分たちの痛みとして分有したいと願う多くの国民たちの、声や痛みは平然と踏みにじられた。あたかも、ここは日本だ、嫌なら出て行け、と言わんばかりに。

日の丸・君が代が国旗・国歌として法制化される日本社会は、パレスチナ難民という「国民」ならざる者たちに対してレバノン国家が行使した暴力とまさに同質の暴力で満たされた社会である。パレスチナ人とは私たちの隣人に他ならない。

■一九九九年一二月一七日　**アンダルシアの夢**

一〇月初頭のパリはすでに冬の気配だった。ふと立ち寄ったレコード屋で、モロッコのアミーナ・アラウィが歌うアンダルシア音楽のCDを見つけた。

スペインのアンダルシア地方は、中世の八百年間にわたり、アラブ・イスラーム世界だった。イスラームというと排他的で非寛容的な宗教という印象が強いが、実際は違う。アンダルシアはその好例だ。ユダヤ教徒もキリスト教徒もアラブ文化を担い、アラブ・イスラーム文化の黄金時代を謳歌した。だが、ヨーロッパ人キリスト教徒による再征服《レコンキスタ》で、ムスリムやユダヤ教徒は故郷アンダルシアを追放された（この辺りの事情はアミーン・マアルーフ『レオ・アフリカヌスの生涯』〔リブロポート、一九八九年〕に詳しい）。

彼らによってもたらされたアンダルシア音楽は五百年を経た今、モロッコの国民的音楽となり、アラブ人やベルベル人の別なく親しまれ、モロッコ人の文化的アイデンティティの一部となっている。イスラーム世界では先週からラマダーン（断食月）が始まったが、モロッコで断食明けの夕べを彩るのは、アンダルシア音楽の演奏だ。

CDを聴いて新鮮な驚きだったのは、アミーナの魅惑的な歌声によって歌われるのが、アラビア語の歌だけでなく、聖マリアを讃えるロマンス系言語の歌や、ヘブライ語の歌まであったことだ。さまざまな言語、異なる信仰が、アラブの伝統音楽ウードの旋律を自分たちの調べとして共有している。異なる信仰が共生するアンダルシアとは、この音楽のような社会であったのだということに、アミーナの歌を聴いて気づかされた。CDのタイトルは「アル＝カンタラ」。アラビア語で「架け橋」の意。

■二〇〇〇年三月三日　**知識人サイードの原点**

〔一九九九年九月　エドワード・サイードの自伝、*Out of Place*、アメリカで刊行。〕

昨夏刊行された、『オリエンタリズム』の著者エドワード・サイードの自伝 *Out of Place* を読んでいて、いくつか発見があった。

イスラエルが建国され、パレスチナ人が祖国を奪われ難民になったのは一九四八年、サイード一三才のときのことだ。従来、サイードもそうした難民の一人と思われていたが、自伝によれば、実業家であった父の仕事の都合で、サイード一家の生活の中心はカイロにあり、故郷エルサレムへは夏休みに帰省するという暮らしだった。だから、イスラエル建国によってたしかに故郷へ戻ることができなくなったとはいえ、サイードは家も財産も失うことなく、従来どおり裕福な生活を続けることができた。さらに、父親が第一次世界大戦で合州国兵士として参戦し、アメリカの市民権を持っていたため、サイードもまた、生まれた時からアメリカのパスポートを持っていた。

故郷の大地から引き剝がされたパレスチナ人の多くが、自分の身以外何ももたない難民とならざるを得なかったなかで、サイードのこの境遇は実に特権的だ。だが、自伝に先立って出版されたエッセー「パレスチナを去って」(『みすず』二〇〇〇年一月号所収)では、サイード少年がカイロで、すべてを剝奪された同胞の悲惨な生の目撃者となることによって、パレスチナ人というアイデンティティを痛みをもって自分のものにしていく様子が抑制された筆致で語られている。「自分が属する民族の集団的苦難を表象し、その苦難の証言者となり、いまもなお残る試練の傷痕をたえず喚起し、記憶を更新する」こと、『知識人とは何か』(平凡社)でサイードが知識人の責務として語ったものの原点を、同胞を見つめる少年のまなざしに見出すことができる〔サイード自伝は、『遠い場所の記憶』というタイトルで二〇〇〇年に刊行。中野真紀子訳、みすず書房〕。

■二〇〇〇年七月二五日　過去の悲劇と現在進行形の暴力のはざまで

〔一九九三年九月　PLOとイスラエル相互承認(オスロ合意)、ヨルダン川西岸およびガザ地区でパレスチナ自治政府による暫定自治開始。〕

六月初旬のエルサレムでパレスチナ人女性作家リヤーナ・バドルに会った。一九七六年、ベイルート郊外のパレスチナ人難民キャンプ、タッル・エル＝ザァタルで起きた悲劇（レバノン人右派民兵による八ヵ月にわたる包囲・砲撃の末、最終的に住民四千人が虐殺された事件）を描いた彼女の小説『鏡の目』を読んで、ぜひ翻訳したいと思ったからだ。パレスチナ自治政府の文化省スタッフとしての仕事の合間を縫って、ヨルダン川西岸のラーマッラーにあるリヤーナの自宅で、手料理をご馳走になりながら話を聞いた。

六七年の戦争で高校生だったリヤーナはアンマンに避難したが、それが、以後四半世紀にわたる難民生活の始まりになろうとは、当時は知る由もなかった。以後、アラブ諸国を転々とし、九三年の和平合意によってようやく、祖国パレスチナに戻ることができたという。だが、彼女の生家がある生まれ故郷エルサレムへの帰還・定住は、イスラエル政府によって依然として禁じられている。

「パレスチナ人の経験はあまりにも不条理すぎて、現実をそのまま描いたのでは、だれも本当のことだと信じてくれません。だから、作品にするときは、現実を割り引いて書かざるを得ないのです」と彼女は語る。

タッル・エル＝ザァタルの虐殺をからくも生き残った難民たちはその六年後、今度はイスラエルのレバノン侵攻によってさらなる虐殺に遭遇することになる。作家である自分には『鏡の目』の第二部としてその証言を書き残す義務があるのだが、ここパレスチナで、パレスチナ人の土地と生活に対するイスラエル政府の暴力が現在進行形で生起しており、その問題が今の自分にはあまりに重すぎて、過去の出来事に集中することができないのだという彼女の言葉が脳裏から去らない。

■二〇〇〇年一一月二一日　ワルシャワからパレスチナへ　回帰する歴史

〔二〇〇〇年九月　第二次インティファーダ勃発、イスラエル軍、パレスチナ自治区に再侵攻。〕

パレスチナを訪れたのはつい半年前のことだ。自治政府のあるラーマッラーにも行った。イスラエル軍の占領で故郷を追われ、四半世紀の間、難民生活を強いられたパレスチナ人が九三年の和平合意で陸続と帰還し、国づくりの努力を営々と積み重ねていた。今、そのパレスチナ自治区に、イスラエルのミサイルが撃ち込まれている。パレスチナ人を根絶やしにするかのように、かつてなかったほどの憎悪を剝き出しにして。

自治区は封鎖され、電力や消費財の供給は絶たれ、パレスチナ人に偽装したイスラエル兵が潜入し、パレスチナの旗を振っていた者を密告し射殺しているともいう。旗を持っているだけでイスラエル兵に殴られた占領時代に回帰したかのような、いや、当時でさえ、これほどまでに無差別に殺されたりはしなかった。爆撃とテロルの下、子供たちは怯えきっている。この事態を生き延びても、幼い心に残された傷の深さはどれほどか。

かつてレバノンのパレスチナ人難民キャンプ、タッル・エル＝ザァタルがレバノン人右派民兵によって封鎖され、すさまじい砲撃を受け、最後には数千人もの住民が虐殺されてゆくようすを、自身も難民であった女性作家リヤーナ・バドルは小説『鏡の目』で克明に描いていた。今、彼女が三〇年ぶりに帰還した祖国で、その悪夢が繰り返されている。

パレスチナ問題とは巷間言われるような、旧約聖書に遡る民族間の憎悪、などでは決してない。虐げられた者たちが、支配者の暴力に屈服することなく、人間としての尊厳の回復と自由を求め、自分たちの意志で生き延びようとする、それこそが支配者の底なしの憎悪を掻き立てるのだ。

今、パレスチナで起きていること、それは半世紀も前、ナチス占領下ポーランドのワルシャワのユダヤ人ゲットーで、ナチスに抵抗して蜂起したユダヤ人の身に起きたことでもある。

■二〇〇一年二月二七日　**娘が母と和解するとき**

東京で今月初旬、チュニジアのムフィーダ・トゥラートリ監督の映画『ある歌い女《め》の思い出』（一九九四年）が公開された。日本でチュニジア映画が一般公開されるのは初めてだという。

アリヤーという名の歌手がいる。王宮で生まれ育った彼女は、自分をかわいがってくれた皇太子の死を知らされ、十数年ぶりに王宮を再訪する。彼女はそこで、自ら断ち切ったはずの過去、すなわち王宮の使用人であり、また皇太子の愛人でもあった母の思い出を回想する。

閉ざされた館で生きることを運命として引き受け、娘に対してその出生の秘密についてかたくなに沈黙を守って死んでいった母。アリヤーが王宮を出たのは、そうした母の、女の業そのもののような人生を否定したからだった。そのような人生を自分は歩むまいと思ったからだ。だが、気がつけば、いつしか自分も母と同じように、女の業を背負って、堕胎を繰り返しながら生きている。女として母の生を理解したアリヤーは、おなかの赤ん坊を生む決意をする。そして、生まれてくる娘には母の名をつけようと決める。

アラブの王宮、館の外へ出ることを禁じられた女たちといった物語は、一見するとエキゾチックで、私たちの世界とはかけ離れた特殊な世界の物語のようにも見える。だが、作品が描いているのは、娘にとって母という存在がもつ意味である。女が自分自身の人生を生きていくために、母をいったんは否定しながらも、しかし、自らのなかに、否定したはずのその「母」を見出すことで、再び母を受け入れるということ、母と和解するということ、それはアラブ世界に限らない、女性の普遍的な問題だと思う。

『ある歌い女の思い出』は、アラブの文化に彩られながら、実は女の生における母と娘の関係性というフェミニズムの普遍的な問題を、静かに、深く、そして、力強く問いかけた作品である。

■二〇〇一年六月五日　**奪い得ない夢見る権利**

〔二〇〇一年六月　イスラエル軍のパレスチナ侵攻続く。〕

イスラエル軍によるパレスチナ自治区への苛烈な攻撃が依然、続いている。ガザでは過日、四ヶ月の乳児が砲撃の犠牲となった。

昨年九月末以来続く砲撃が子どもたちに与える影響はいかばかりか。精神科医による報告によれば、子どもたちは今、未来に対する一片の希望も持てずに、自棄的になっているという。この事態を生きながらえたとしても、彼らを待っているのが、彼らの親がそうであるように、イスラエル人から蔑まれ、人間以下の扱いを受けることに過ぎないなら、未来にどんな希望があるだろうか。

その意味で、第一次インティファーダが続くガザを舞台に、難民キャンプの少年を主人公にした、パレスチナ人の監督ミシェル・クレイフィの映画『三つの宝石の物語』(一九九五年)は実に予見的な作品だったと言える。

ガザの現実が少年に用意している未来とは、兄のように抵抗運動に加わり、イスラエルの秘密警察に射殺され短い人生を終えることか、あるいは父のように投獄され、拷問の末に気がふれることである。未来を夢見ることなどできない。だから、少年はおとぎ話のような冒険物語を夢想する。愛する美少女と結ばれるために、少女の首飾りの、なくなった三つの宝石を南米に探しに行くことを夢見る。だが、夢から覚めた少年を待っているのは、イスラエル兵の銃弾である。

パレスチナの子どもたちから暴力的に奪われているのは、この、夢見る権利だ。未来を夢見ることができなくなったら、今日とは違う明日を夢見ることができなくなったら、人は、今日のこの暴力をいかに生き延びることができるだろうか。

作品のラスト、死んだはずの少年は再び起ちあがり、駆け出していく。たとえ幾度殺されようと、子どもたちは夢を見続けるだろう。パレスチナ人はパレスチナの夢を見続けるだろう、それはだれにも止められない、そうあってほしい。クレイフィ監督が作品に込めた痛切な思いが、今、パレスチナの現実を前に、あらためて伝わってくる。

■二〇〇一年八月二一日　自民族中心のナショナリズムが捏造する歴史

〔二〇〇一年八月「自由主義史観」に基づく歴史教科書が文部科学省の検定合格（三月）、公立校で初めて東京都立養護学校が採択を決定。〕

パレスチナ自治区に対するイスラエル軍の攻撃と、パレスチナ人による「自爆テロ」の応酬で、パレスチナ情勢は泥沼化の一途を辿っている。イスラエル政府とパレスチナ自治政府のあいだで停戦合意が結ばれたのはついこの間のことなのに。

とどまることを知らない両民族間のこの憎悪の連鎖。しかし、それを、有史以来の宗教的、民族的対立が原因などと解釈してはならない。なぜなら、エルサレム、そしてパレスチナでは千年以上も、ユダヤ教徒、キリスト教徒、イスラーム教徒が、同じ文化と言語を共有し、平和共存の歴史を刻んできたのだから。民族対立なるもの、それはすぐれて現代的で政治的な現象なのだ。民族浄化の嵐が吹き荒れた旧ユーゴや、民族間の虐殺が起きたルワンダにおいても同じである。

民族対立を煽る者たちは、宿命的な対立があたかも数千年の歴史を貫いて存在していたかのように語る。そうすることで歴史を捏造し、人々の心に排他的なナショナリズムを作り出していく。私たちがもし、ほんとうに平和を希求するなら、今、私たちに必要なのは、人々が信仰や民族に関係なく、同じ文化を共有し、隣人として生きていた歴史の記憶を思い起こすことだ。

『ブコバルに手紙は届かない』や『ビフォア・ザ・レイン』といった旧ユーゴの民族紛争をテーマに撮られたいくつかの映画は、排他的な民族主義が私たちの記憶から葬り去ろうとする多民族共存の歴史を教えてくれる。これらの作品が問題を提起するのはユーゴやパレスチナに関してだけではない。それは、自民族中心的な歴史教科書が作られる社会に生きる、この私たちの現実とも実は、深く、切り結んでいるのである。

■二〇〇一年一一月一日　**石仏が崩れ落ちるとき**

〔二〇〇一年一〇月八日　米軍、「テロリスト撲滅」を掲げて、アフガニスタンに対し空爆開始。〕

アフガン空爆が始まって以来、メディアに頻繁に登場する「ペシャーワル」という地名を私は痛みをともなわずに聞くことができない。インドの作家クリシャン・チャンダルの小説『ペシャーワル急行』（めこん、一九八六年）をかつて読んだことがあるからだ。

一九四七年、パキスタンの分離独立時、インド側ではイスラーム教徒が虐殺され、パキスタン側ではその報復にヒンズー教徒が虐殺された。ペシャーワル地方を走る一台の列車が、その死体を載せて国境を往復する。その途上で汽車が目撃するのは、憎しみに駆られて殺しあう人間たちの姿である。最後に汽車は涙を流してつぶやく。私はもう二度と、このような旅はしたくない、と。

鋼鉄の塊ですら、人間の暴力を前にして、その痛みに耐えかねて慟哭するのだ。そこには「擬人化」という文学的手法を越えた思想があるように思われた。

タリバーンによって破壊されたバーミヤンの石仏について、イランの映画監督モフセン・マフマルバフは書く、「私は、あの仏像は誰が破壊したのでもないという結論に達した。仏像は恥のために倒れたのだ。アフガニスタンに対する世界の無知の恥からだ。仏像の偉大さなど何の足しにもならないと知って倒れたのだ」。『アフガニスタンの仏像は破壊されたのではない　恥辱のあまり崩れ落ちたのだ』現代企画室、二〇〇一年)。

　鉄が痛みに泣き、石が恥ゆえに自ら崩れ落ちるときに、ただ人間だけが、恥を知ることなく生きている。

　アウシュヴィッツを生き延びたユダヤ系イタリア人の作家プリーモ・レーヴィに、あるドイツ人が「ドイツ人であることが恥ずかしい」と言ったとき、レーヴィは「私は人間であることが恥ずかしい」と答えた。鉄や石の嘆きは、レーヴィのこの言葉を想起させる。

■二〇〇二年二月一二日　**絨毯に宿る物語**

　先日、東京でイランのモフセン・マフマルバフ監督の映画『ギャベ』を観た。ギャベとは、イランの遊牧民の女たちが手ずから織り上げた、厚手の羊毛の絨毯のことだ。老夫婦が河でギャベを洗っていると、ギャベという名の美しい少女が現れ、絨毯に織り込まれた自らの、禁じられた恋の物語の顚末を語って聴かせるという作品である。

　イランといえばペルシャ絨毯が有名だが、シルク特有の光沢を放ち緻密な文様に彩られたペルシャ絨毯の洗練されためくるめく華麗さとは対照的に、ギャベは絨毯の一隅に少女やヤギとおぼしき姿を織り込んだだけの、実に素朴なものだ。にもかかわらず、ギャベには人を惹きつけてやまない魅力があるのはなぜだろう。

　それから間もなく、私が暮らす京都の街にペルシャ絨毯の店がオープンした。日曜が来るのを待ちわびる思いで、私はつれあいと店に出かけ、ギャベを買った。ひとつは、橙色のグラデーションを背景に、ギャベには珍しく全体に複数の少女とヤギの姿を織り込んだもの。もう一枚は、幾重にも横じまが走るカフェオレ色を背景に、右下の隅に可憐な黄色の花が、左隅にヤギの姿があしらわれている。眺めていると、草原に渡る風の音さえ聴こえてくるような一枚だ。

　ギャベには物語がある。小さな一枚の絨毯のなかに、太陽のぬくもりや鳥のさえずりが、恋する娘の切ない思いが織り込まれている。じっと見つめていると、絨毯の精ギャベが、そこに織り込まれた草原の物語を語りかけてくる。マフマルバフもギャベに触れて、絨毯の精がささやきかける物語を聴いたにちがいない。

　いったい、イランのどのような娘が、何を祈りながら、このギャベを織ったのだろう。彼女の恋はかなったのだろうか。

■二〇〇二年五月一四日　**もう一つのグラウンド・ゼロ**

〔二〇〇二年四月二日　イスラエル軍、ジェニーンに侵攻、二週間にわたって難民キャンプを攻撃、破壊する。〕

ヨルダン川西岸の街ジェニーン。先月、イスラエル軍の侵攻に見舞われた。封鎖が解除された直後の街を訪れた。隣接する難民キャンプ中央部は、空から陸から集中砲火を浴び、瓦礫の山と化していた。

破壊のただ中に身をおきながら、だが、不思議と何の感情も湧かなかった。眼の前にあるのはただ、粉々に砕けたブロックと折れ曲がった何本もの鉄筋。そこにかつて家があり、人々の暮らしがあったことを、その荒漠とした光景から想像することがどうしてもできない。徹底的な破壊ゆえに、何が破壊されたのかさえ分からないほどに破壊し尽くされ、人間的な想像力を喚起する一切のものが破壊され、破壊という出来事それ自体の痕跡さえ消し去られた光景。ここに、もう一つのグラウンド・ゼロがあった。

一九八二年、レバノン。イスラエル軍が侵攻し、包囲封鎖されたベイルートのパレスチナ難民キャンプで虐殺が起きた。事件直後、そのシャティーラ難民キャンプに入ったフランス人の作家ジャン・ジュネは四時間にわたってキャンプを歩く。のちに「シャティーラの四時間」としてまとめられたルポルタージュは、彼がそこで出会った生き残った者たちの証言録ではない。作家は、そこここに無残に転がる死体と沈黙の対話を交わしながら、死体それ自身に、彼らの身に起こった出来事を語らしめたのだった。

ジュネでない私は、ジェニーンの廃墟を四時間半さまよい歩き、難民の少年に、ファラーフェル（ひよこ豆のコロッケ）のサンドイッチをご馳走になり、痕跡さえ残さずに全壊した家の傍らでシーツを即席の天幕にして、その下に無言で座していた数名の難民の男性たちから、彼らが腹の足しにと買ってきたに違いないなけなしの菓子をふるまわれた。

「今度はもっと良い情況のもとでお前に会いたい」。別れ際、男性がふと漏らした言葉が胸に残っている。

■二〇〇二年七月三〇日　**ユダヤ人には子供はいないの？**

今春、訪れたパレスチナで作家のリヤーナ・バドルさんから、彼女が監督したドキュメンタリー映画『緑の鳥』のテープをもらった。二年前の九月に始まるインティファーダ（パレスチナ人住民の対イスラエル軍民衆蜂起）と、それに対するイスラエル軍の攻撃のもとで生きるヨルダン川西岸の子供たちの生を、子供たち自身の声で綴ったものだ。

イスラエル軍の占領下で生きるパレスチナ人の子供たちにとって死は日常だ。額に生々しい縫合の傷を残した少年は、友人の死を淡々と証言する。それでも、話が殺された愛犬に及んだとき、唇を噛みしめて必死に涙をこらえる。作品は、子供たちのあいだに厳然と存在する階級間格差についてもさりげなく言及する。パレスチナ人の交通を妨害するためにイスラエル軍が設けた検問所。毎日、炎天下で何時間も待たされる労働者や学生たち。これら検問を待つ人々にコーヒーを売って家計を助ける難民の少年。あるいは瀟洒な家々をまわって、自分と同じ年代の子供がいる家庭に学用品を売る少年……。

いまだ世界が善なることを信じている子供たちの言葉はナイーヴであり、ナイーヴであるがゆえに、時に、出来事の核心を直截に穿つ。夜間の砲撃。居間で肌を寄せ合う家族。ある少女は言う。私はもう大きいから平気。でも、こんなことしたら、小さい子が怖がるということが彼らには分からないの？　ユダヤ人には幼い子供がいないの？　また、ある少女はヘブライ語を習いたいと言う。私たちの家から出て行って。あなたたちには自分の家がないの？　とイスラエル兵に言うために。

今年に入り、イスラエル軍の侵攻・攻撃はさらに激しさを増し、西岸諸都市の住民は恒常的な外出禁止状態に置かれている。

■二〇〇二年一〇月二二日　**眼前の祖国**

二〇〇〇年五月、二十年以上にわたり南部レバノンを占領していたイスラエル軍が撤退し、国境地帯が解放された。レバノン全土からパレスチナ人が国境を訪れた。有刺鉄線のすぐ向こうに故郷があった。ある者は数十年ぶりに自らが生まれ育った故郷を、ある者は生まれて初めて、母や父、祖父母から語り聴かされた故郷をその目で見たのだった。

今夏、レバノンを訪れた。レバノンに暮らすパレスチナ難民の生の現実に触れるためだ。

初めて故郷を見てどうでしたか？　そう訊ねると、みな一瞬、言葉を失う。涙がこみ上げ、声を詰まらせながら、ある女性は言った——祖国が、私たちの祖国が、すぐそこ、目の前にあるのに、帰ることも、手に触れることもできないのです……。

帰国後、メイ・マスリー監督のドキュメンタリー映画『夢と恐怖のはざまで』（二〇〇一年）をあらためて見直した。故郷パレスチナの記憶を抵抗の力に転化させ、未来に希望をもって今を生き抜こうとするパレスチナ難民の生とその闘いを、レバノンの難民キャンプと、ヨルダン川西岸の難民キャンプにそれぞれ暮らす二人の少女の交流を通して描いた作品だ。その中に、この国境訪問の場面が出てくる。

有刺鉄線をはさんで、分断された民族、肉親が数十年ぶりに再会を果たす。鉄線越しに相手の頭をかき抱いて頬にキスする者、鉄線のあいだから伸ばした両手で初めて見る孫を抱き寄せる祖父母。鉄線の隙間から小さな身を乗り出して、故郷の土に必死に触れようとする少年……。映像の中の人々の姿にかつてないほど胸をふさがれ、私は涙をこらえることができなかった。

先述の女性は最後にこうも言った。

生まれて初めて故郷を見て思いました、私たちはきっと帰ると。私がだめでも、私たちの子供たちが必ず帰るのだと。

■二〇〇三年一月一四日　**尊厳死としての自爆**

再占領下パレスチナ。相次ぐ青年たちの自爆死。今、子供たちの「将来の夢」は、自爆して殉教者になることだという。

『パレスチナ研究ジャーナル』二〇〇二年夏号で、ガザの精神科医イヤード・サッラージュが、自爆する青年たちの心理について論じている。絶望こそが原因と医師は語る。三六年間にわたる民族的隷属。家を破壊され、拷問され、家族を、友人を殺される。日常的に辱められ、尊厳を破壊された生。イスラエル軍の暴虐に曝され続ける中で、生と死は限りなく重なり合う。自由のために自ら爆死し、栄光ある殉教者となることは、絶望的な生の中では得られない社会的尊敬を彼らに与えると医師は分析する。

インターネットのウェブサイト「エレクトロニック・インティファーダ」によれば、ベルギーの劇団「デ・クエステ」は、パレスチナの若者の心理を追究し、自爆という衝撃的な出来事の背後にある人間の現実を「ショック」と題する芝居にした。ベルギー人俳優が演じるのはパレスチナ難民の青年であり、彼の自爆で一三歳の娘を殺された実在するイスラエル人の母親である。演劇空間において、自らの肉体を爆砕するに至る人間の内奥が、俳優の生身の肉体と肉声によって観客に差し出される。娘を殺された母親は言う。「パレスチナ人の土地を奪い、村を破壊し、テロリストを育てているのはイスラエル政府だ」

自爆死は、組織的に辱められ、人間としての尊厳や希望を破壊された人間の症候だとサッラージュは言う。だからこそ、彼らに希望を与える公正な政治的解決が必要なのだと。「暴力の連鎖」などと分かったような言葉でメディアが自爆について論じるとき、私たち自身は連鎖するその暴力のいったいどこにいるのだろう。絶望が彼らを自爆に追いやっているならば、そうする以外に彼らに尊厳も希望も与えることができない私たち自身もまた、彼らの死に対して一抹の責任があるのではないか。

■二〇〇三年四月八日　**ガザからの二通の手紙**

［二〇〇三年三月一六日　米国人女子大生レイチェル・コリーさん、ガザでイスラエル軍のブルドーザーにひき殺される。］

米英軍によるイラク攻撃が始まる四日前、イスラエル占領下のパレスチナ・ガザ地区で一人の米国人女性が殺された。レイチェル・コリーさん、二三歳。「人間の盾」として、イスラエル軍の非道な人権侵害からパレスチナ人を守るために活動していた。彼女はその日、民間人の住宅を破壊しようとする軍のブルドーザーを制止しようと、前にたちはだかり、轢殺されたのだった。

彼女は逃げようと思えばそうできたはずだ。でも、そうしなかった。なぜ？　そう自問した瞬間、私はその問いが、パレスチナ人作家ガッサーン・カナファーニーの短編「ガザからの手紙」（一九五八年）の主人公の言葉と同じものであることに気づいてハッとした。

貧困と敗北の匂いがしみついたガザを出て、豊かになることだけを夢見て生きてきた難民の青年。クウェイトに渡り、渡米費用を蓄えた彼は、家族に別れを告げにガザに戻り、姪のナディャが入院していることを知る。過日、ガザが爆撃されたとき、彼女は幼い弟妹をかばって負傷したのだった。病室を訪ねると、彼女は身体を覆っていたシーツを持ち上げて指さす。その片脚は大腿部からばっさりと切断されていた。

ナディャは逃げようと思えばそうできたはずだ。脚を失わずに済んだはずだ。だが、彼女はそうしなかった。なぜ？　病院を出た彼の目にガザは何もかもが新しかった。路傍に積まれた瓦礫の山にも意味があったのだと、その意味を自分たちが解くようにと、ただそのためだけにそこにあったのだと彼は悟る。そして、彼はガザにとどまることを決意する。ナディャの失われた脚の意味を探すために。

インターネット上のレイチェルさんの追悼サイトで、彼女がガザから書き送った手紙を読むことができる。もう一つのガザからの手紙。イラクが猛爆にさらされ、爆風に振動する家の中で怯えた子供たちが身を寄せ合っている今このとき、ガザからの二つの手紙は響きあい、「ナディャの失われた脚の意味」を私たちに問いかけている。

■二〇〇三年七月一日　固有の生を愛しむこと

今、一冊の本を翻訳している。『100人のシャヒード、100の命』と題するその本は、昨春、パレスチナを訪れた折、ヨルダン川西岸の街ラーマッラーにあるサカーキーニー文化センターで買い求めたものだ。「シャヒード」とは、アラビア語で「証す者」を意味する。

二〇〇〇年九月に第二次インティファーダ、すなわちイスラエルの占領に対するパレスチナ住民の一斉蜂起が始まってからこの二年半のあいだに、イスラエルの軍事侵攻によってすでに二五〇〇人ものパレスチナ人が殺されている。二〇〇一年春、サカーキーニー文化センターは「100人のシャヒード、100の命」と題し、軍事侵攻の最初の犠牲者一〇〇人の追悼展を開催した。一〇〇人一人ひとりの顔写真と、生前、彼あるいは彼女が愛用した品が展示された。展覧会のカタログとして制作された同名の本には、それらの写真と、遺族が語った故人の思い出が収められている。

一〇〇人のシャヒードのうち実に三五人が一八歳以下の少年たちだ。わずか十数年の人生。そのほとんどが難民キャンプで生まれ育っている。家族を助けるために学校を中退して働いていた者も多い（貧しさゆえに遺影にする写真さえ残っていない者もいる）。そしてみな——ある者は通学途中、ある者は抗議デモのさなか——、イスラエル軍の銃弾をその身に受けて、いともあっけなく死んでしまう。

だが、そうした生の軌跡の同一性にもかかわらず、彼らの名が一つひとつ異なり、その面立ちがみな違うように、彼らの人生もまたそれぞれに異なっている。サッカーボール、自転車、鳥かご、ノート……セピアカラーの一〇〇枚の遺品の写真は、一〇〇人の死者がいれば、そこには一〇〇の固有の生があることを物語る。「二五〇〇人」の「パレスチナ人」が殺されているのではない。こうしたかけがえのない命、固有の生の一つひとつが破壊され、奪われているのだ。

同展は「シャヒード、100の命——パレスチナで生きて死ぬこと」というタイトルで八月から東京、京都、沖縄、松本、大阪の日本各地で順次、開催される。

〔アーディラ・ライディ著『シャヒード、100の命　パレスチナで生きて死ぬこと』岸田直子、中野真紀子、岡真理訳、インパクト出版会、二〇〇三年〕

■二〇〇三年九月三〇日　選び取るアイデンティティ

〔二〇〇三年九月二五日　エドワード・サイード死去。〕
九月二五日、エドワード・サイードが亡くなった。六七歳。一二年にわたる闘病の末の死だった。
『オリエンタリズム』の著者、ポストコロニアル理論の第一人者として有名だが、サイードは単なる理論家ではない。彼にとって研究は、歴史的不正と闘うための思想的な実践だった。白血病を抱えながら自伝を完成させ、九・一一以降の世界の不正を告発し続けた。そして、死の直前まで世界各地で講演を行い、生きている限り、「言葉」によって不正と闘い続けた。
「私たち、すなわちパレスチナの大義を支持する者たちは、エドワード・サイードの早すぎる死によって、みな孤児になってしまった……」イスラエルの輝かしい建国神話の陰に隠されたパレスチナ人に対する不正と暴力の歴史を掘り起こすイスラエル人の歴史家イラン・パペの追悼の言葉だ。「私のようなイスラエルのユダヤ人にとってサイードは、シオニズム国家で成長するということの闇と混乱のなかから私たちを連れ出し、理性と倫理、そして良心の岸辺へと導いてくれる灯台であった」

パレスチナ人詩人マフムード・ダルウィーシュは言う、「誰が故人の遺族であるのかもはや分からない。なぜなら、世界が彼の家族だからだ」

エルサレムで生まれたサイードは、イスラエル建国によって故郷を喪失し、エジプトから米国へと移りながら、異邦をつねに住処としたが、知識人の責務として、そして人間の倫理として、歴史的不正と闘い続けるその思想的営為によって、血縁や地縁による集団や民族を超えた「家族」を世界に持ちえたのだった。

サイードはエッセー「生まれついてか、選び取ってか」〔『オスロからイラクへ――戦争とプロパガンダ 2000–2003』（中野真紀子訳、みすず書房、二〇〇五年）所収〕の中で、アイデンティティとは生まれついてのものではなく、自らの政治的姿勢によって選び取るものであると述べている。ユダヤ人のパペが、その思想によってサイードの「子」でありうるように、歴史的不正を正すという政治的姿勢を自ら選びとる者たちはみな、サイードに残された家族であると言えよう。

■二〇〇三年一二月一六日　**他者なき共同性の醜悪さ**

〔二〇〇二年九月一七日　日朝首脳会談で金正日総書記、拉致問題について自国の関与を認める。〕

過日、映画『プロミス』（二〇〇一年）を再度、観る機会があった。イスラエル、パレスチナ双方の子供たち七人を追ったドキュメンタリーだ。子供たちは監督を通じて互いの存在に興味を持つ。そしてついに、エルサレムに住むユダヤ人の双子の兄弟が、パレスチナ人の子供たちに会いに難民キャンプを訪ねることになる。仔犬のようにじゃれあい、一つのボールをともに追いかけ、食卓を囲む子供たち。作品のクライマックスだ。

イスラエル建国前後、パレスチナ各地でパレスチナ人に対する虐殺やレイプが起きた。ユダヤ人国家建設のため、パレスチナ人追放を企図する民族浄化であり、イスラエルが今に至るまで否認する「汚辱の歴史」である。イスラエル生まれのユダヤ系アメリカ人であるB・Z・

ゴールドバーグ監督は、難民の少年の祖母にこの虐殺事件について語らせることで、両者の対立の根源に、誰の、誰に対するいかなる暴力があったのか、観客に伝える。

今回観てとりわけ印象に残ったのは、エルサレム・デーの場面だ。一九六七年の第三次中東戦争でイスラエルは東エルサレムを占領し、エルサレム「再統一」の悲願を達成する。以後、記念日には、イスラエル全土から国民がエルサレムに集まり、再統一を祝う。

カメラは、巨大な国旗を振りかざしながら通りを練り歩き、輪になって喜色満面で歌い踊る人々の姿を描く。だが、監督はそこに、歓喜に沸きたつ人々の様子を黙したまま凝視するパレスチナ人の少年の沈痛な面持ちを描き加えることで、イスラエル国民の歓喜が実は、占領者の醜いエゴイズムであることを重ね書きする。すぐ傍らで、自分たちが踏みにじっている者が、痛みを湛えたまなざしで自分たちを見つめていることに一片の痛痒も感じることなく、歓喜に酔い痴れる者たち。その内向きに閉じた他者なき共同性の醜悪さを映像は訴える。

歴史の根源に何があったのかを問わず、他者の痛みを顧みることなく、自分たちだけの閉じた共同性の中に耽溺する他者不在の人間の醜さ。私にはそれが、九・一七、すなわち、二〇〇二年九月一七日の日朝首脳会談以降の、拉致問題に沸き立つ日本人の姿に限りなく重なって見えてならない。

■二〇〇四年三月一〇日　『アフガン・零年』が告発するもの

セディク・バルマク監督の『アフガン・零年』が、ゴールデン・グローブ賞最優秀外国映画賞を受賞した。

イランのモフセン・マフマルバフ監督の『カンダハル』や英国のマイケル・ウィンターボトム監督の『イン・ディス・ワールド』など、アフガニスタンやアフガン難民をテーマとした作品が相次いで公開され話題を呼んでいるが、バルマク監督の『アフガン・零年』は、歌舞音曲を禁じたタリバーン政権の崩壊後初めてアフガン人自身の手で撮られたアフガニスタン映画だ。タリバーン政権下で抑圧された人々、とりわけ貧しい女性たちが強いられた困難な生の現実を静謐な映像美で描いている。来月、東京でも公開される。

長年うち続いた戦争で多くの女性が父や夫を失った。

だが、タリバーンは男性親族の同伴なく女性が外出するのを禁じる。家族に男がいなければ家で飢え死にするしかない。日々の糧を求めて主人公の少女は髪を短く切り、少年と偽って働き始めるが、礼拝の仕方を知らないことが見咎められ、タリバーン養成の学校に入れられてしまう。だが、女であることが露見した少女は獄に繋がれ、裁かれることになる……。

主人公を演じた少女マリナの、剥き出しの現実そのものに目を凝らそうとするかのような、深い哀しみを湛えたまなざしが心に焼きついて離れない。監督はあの時代、アフガニスタンの無数の女性たちが生きることを余儀なくされた絶望と悲嘆を、主人公の生に凝縮して描き出すと同時に、夫を喪った女性や父を亡くした子供たちの安寧を図ることこそがイスラームの教えであるのに、それを歪曲し、未亡人や孤児を迫害したタリバーンの犯罪を告発する。

イスラームの名の下にタリバーンによってなされた行いの数々が、いかにイスラームの真の教えと隔たっていたことか。監督が批判しているのはイスラームの戒律の非人間性などではなく、タリバーンの非イスラーム性にほかならないのだが、オリエンタリズム的偏見に浸潤された日本の観客に監督の意図が的確に伝わるかどうか気掛りでもある。

■二〇〇四年六月二日　兵役拒否の思想

パレスチナ人との平和共生を目指すイスラエルの非政府組織（NGO）が制作した、リフューズニクについてのドキュメンタリー映画『ファイヴ（5人）』を観た。「リフューズニク」とは兵役拒否者を意味する。

国民皆兵制のイスラエルでは、男女とも一八歳で兵役に就く（男性はその後も二〇年以上にわたり毎年、予備役がある）。これら二〇歳前後の若者たちが、パレスチナの軍事占領を支えるイスラエル軍兵士の主体である。今、その若者たちの間で、兵役拒否の動きが広がっている。映画は、五人の若者が、懲役刑を受けてまでなぜ、兵役を拒否したか、その理由を一人ひとり語ったものだ。

イスラエルの兵役拒否についてはここ数年、日本でも報じられ、昨年は『イスラエル　兵役拒否者からの手紙』（ペレッ・ギドロン著、日本放送出版局）が出版されているが、兵役拒否自体は新しいものではない。祖国防衛のためなら喜んでその任に就くが、占領政策はその範疇に入らないという認識に基づき、予備役への召集を拒否する者たちが、これまでの兵役拒否運動の主体だった。だが、映画『ファイヴ』を観ると、従来の兵役拒否が持っていた限界を乗り越える、いまだ小さくはあるが、だが決定的な変化の芽が今、イスラエル社会に胚胎されつつあることが分かる。

旧来の運動が「ユダヤ人国家としてのイスラエル」というシオニズムの思想の圏域内で、あくまでも一九六七年の「占領」の不当性を問題にしていたのに対し、近年、高校生を中心に新たに興りつつある動きは、四八年のイスラエル建国にさかのぼって、「ユダヤ人国家」の建設という出来事それ自体の根源に隠されていた暴力を問うものとなっている。

彼らが兵役を拒否するその根底にあるのは、シオニズムが一貫して否定してきたパレスチナ人の人間性と権利、パレスチナ人との共生の思想である。

兵役を拒否した青年の一人は、弟が生まれたときの喜びについて語ったあと、こう述べる。そのとき僕が弟に与えてやりたいと思った幸福のすべてを、パレスチナ人の子供たちもまた与えられる権利がある。僕はそれを奪いたくないのだ、と。

■二〇〇四年一一月四日　人権の彼岸で

国境と国境の狭間の非武装中立地帯を英語で「ノーマンズ・ランド」、「誰のものでもない土地」と呼ぶ。砂漠の真ん中に引かれたイラク・ヨルダン国境。砂嵐が吹き荒れるそのノーマンズ・ランドに、昨年春のイラク戦争開始以来、千人以上もの人々がとどめおかれている。戦火のイラクからヨルダンに渡ろうとして帰るべき祖国を持たないがゆえに入国を拒否された難民たちだ。大半がクルド人。パレスチナ人もいる。

夏、五〇度以上に達する気温は、冬は氷点下にまで下がる。サソリも出る。そんな砂漠地帯のバラックに一年半以上も、自由もなくとどめおかれている人々。国境の狭間にうち棄てられた難民たちは、人権を求めてハンガーストライキを決行した。それは、絶望の極みから発せられた、彼らの人間としての存在証明だったにちがいない。だが、出来事は、メディアにも注目されず、誰からも顧みられることはなかった。

「ノーマンズ・ランド」。直訳すれば「ノーマンの土地」を意味する。「ノーマン」とは、「何者でもない者」「人間ならざる者」のことだ。ノーマンズ・ランドの住人たちとは「ノーマン」、つまり「人間ならざる者」ということになる。この現代世界でどこの国の国民でもないということは、何者でもない、人間ですらないということなのだ。もっとも人権を必要としているにもかかわらず、「ノーマン」であるがゆえに、「人権」の埒外に捨て置かれる彼ら。「人権」とは畢竟、「国民の特権」に過ぎないという逆説がここにある。誰にも顧みられない砂漠のハンガーストライキとは、人権の彼岸にあるノーマンの抵抗、ノーマンの文化にほかならない。

今夏、東京の国連大学前でクルド人家族が難民認定を求めて座り込みをした。さらに、かつて先住民の大地が、「ノーマンズ・ランド」として植民者の手に強奪されたことを想起するなら、この国の歴史と現在も、砂漠の難民たちと深く切り結ばれていることが分かるだろう。

■二〇〇五年二月一日　**星条旗に包まれて**

昨秋、訪れたサンフランシスコで『ディナーザードの子供たち』と題されたアラブ系アメリカ人作家の短編集を見つけた。一九人の作家の二四の作品が収められている。

ディナーザード（別名ドゥンヤーザードともいう）は、『千夜一夜物語』の語り手シェヘラザードの妹だ。シェヘラザードの長大な物語は、この妹の所望で始まる。だが、彼女はその後、二度と現れない。本書に描かれるのは、そこにいるのに語られないディナーザードのように、合州国社会に確かに存在しながら、その存在を顧みられず、声を聴き取られることのなかったアラブ系アメリカ人の様々な生の形である。

作家たちの出自は多様だ。出身国も違う。移民もいれば米国生まれもいる。主人公も千差万別だ。難民出身のビジネスマン、移民の主婦、妊娠して勘当された二世の娘……。アラブ人であることだけが唯一の共通点だが、それが意味するものも一様ではない。誰もが「アラブ系」などという言葉で単純に一括りにできない多様性を生きている。その多様な生を生きながら、彼らは確かに合州国社会に存在しているのだと本書は訴える。

エドワード・サイードから再三、人種主義者として激しく批判されている中東専門家ダニエル・パイプスが最近、ラディカル・イスラームの脅威から社会を守るため、合州国のムスリム系市民すべてを当局の監視下に置くよう提唱した。そうした政治的潮流の中で、アラブ系市民の生の多元性を描いた本書の持つ意義は大きい。彼らが生きるこの多元的な現実こそ、「アラブ」や「ムスリム」というカテゴリーに彼らを一元的に閉じ込めようとする人種主義者の暴力に対する根源的な批判にほかならないからだ。

九・一一の直後、一人のアラブ系の青年が殺されたことを、本書を読んで思い出した。人種主義者の憎悪を恐れ、星条旗に身を包んでいたという彼は合州国社会でどのように生きてきたのだろう。星条旗に包まれて息絶えるとき彼は何を思っただろう。彼もまた、語られることを待つディナーザードの子供の一人だ。

■二〇〇五年四月二〇日　**ナクバの記憶**

〔二〇〇五年一月二八日　アウシュヴィッツ解放六〇周年。〕

一月、アウシュヴィッツ解放六〇周年の記念式典が収容所跡地で開かれた。メディアは「ホロコーストの悲劇を二度と繰り返してはならない」と強調したが、そこで「ナクバの悲劇」が想起されることはなかった。「ナクバ」、それは、ユダヤ人国家イスラエルの建設でパレスチナ人が見舞われた悲劇を意味するアラビア語だ。

エルサレム郊外にホロコースト犠牲者を追悼する記念館がある。そこからデイル・ヤーシーン村が見える。一九四八年四月、イスラエル建国に先立つ民族浄化で住民二〇〇名以上が虐殺されたパレスチナ人の村だ。同じことが当時、パレスチナの各地で起こった。避難した者たちは以後今日まで、異邦で難民生活を強いられている。パレスチナ人の六〇年近くに及ぶ苦難の歴史の根源に、この「ナクバ」の悲劇がある。

昨秋創刊された雑誌『季刊・前夜』に、パレスチナ人作家カナファーニーの短編を掲載している。今月一日発売の第三号には「ラムレの証言」を翻訳した。イスラエルが建国されて三ヶ月、四八年の七月のその日、イスラエル領となったパレスチナの街ラムレにユダヤ人の兵士たちがやってきたとき、住民たちの身に何が起きたのか、九歳の少年の目に映った光景として物語は語られる。住民たちは通りに二列に並ばされ、父親の傍らにいた幼い娘は兵士に無造作に頭を撃ち抜かれる。娘の死に泣き崩れ、列を乱した母親もその場で射殺される。「ラムレの証言」、それはナクバの証言にほかならない。

イスラエルの「国民の正史」の下には無数のラムレの記憶が埋もれている。「虐殺などなかった」という否定論に抗して、今、パレスチナ人と協働し、抑圧されたこれらの記憶を掘り返し、自らの歴史に書き込もうとするユダヤ人たちがいる。ホロコーストとともにナクバを記憶すること、言い換えるなら、私たちの苦しみとともに、私たちが他者に与えた苦しみを心に刻むこと。それはユダヤ人だけではない。ヒロシマという出来事が真に普遍へと開かれるために私たちもまた問われていることに違いない。

■二〇〇五年七月五日　**共生への希求**

リドリー・スコット監督『キングダム・オブ・ヘブン』が公開中だ。一二世紀のパレスチナを舞台に十字軍とサラディン率いるアラブ軍が対決する。在米アラブ人の人権団体ＡＤＣ（反差別委員会）がこの映画を歓迎すると発表した。アラブ人表象の公正さがその理由だ。

ハリウッド描くアラブ人と言えば、血に飢えたテロリストが相場だった。だが、この作品に登場するアラブ人ムスリムは、異質性よりもヨーロッパ人キリスト教徒との類似性が強調され、十字軍の「敵」サラディンも史実に忠実に、稀有の戦略家であると同時に、思慮深く寛大で誉れ高い武将として描かれる。アラブ人が多面性と複雑さを備えた、人間的奥行きのある存在として描かれているのだ。

クライマックスの戦闘場面では、エルサレムの城壁を舞台にヨーロッパ人、アラブ人が入り乱れて闘う。従来の映画なら、そうした場面でも誰が敵で誰が味方か一目瞭然だったのが、ここでは誰がヨーロッパ人で誰がアラブ人なのか見分けがつかない。アラブ人を無条件に「悪」と見なす善悪の二項対立が視覚的に脱構築されている。

エルサレムに凱旋したサラディンはヨーロッパ人が床にうち棄てていった十字架を拾い上げ、祭壇に厳かに置きなおす。報復ではなく、他なる価値観の尊重と他者との共生への願いを象徴する場面だ。「テロに対する十字軍」をブッシュが叫ぶ今、そのメッセージは重い。

レバノンの映画館で作品を観た英国人ジャーナリスト、ロバート・フィスクは、レバノン人の観客がこの場面で熱狂的に喝采したと伝えている。かつてレバノン内戦（一九七五年〜九〇年）ではキリスト教徒とムスリムが一五年にわたり互いに殺しあった。「この国で二度と内戦は起こらない」。フィスクは感慨深げに結んでいる。

アラブ人を人間らしく描き、他者との共生を訴えたこの作品を在米アラブ人やレバノン人が熱烈に歓迎したという事実は、アメリカでレバノンで、彼らがこれまで生きてきた痛みの深さをこそ物語っているだろう。

■二〇〇五年九月二一日　**閉じてゆく大地の上で**

〔二〇〇五年九月一一日　ニューヨーク、ワシントンの同時多発テロ事件から四周年。〕

九・一一直後、「人類の記憶に末永く刻まれる悲劇」という報道に、私は、一九八二年九月、レバノンの首都ベイルートの、サブラーとシャティーラ両パレスチナ難民キャンプで起きた虐殺を思った。四二時間で二千数百名ものキャンプ住民がレバノンの民兵に殺されたその出来事をどれだけの人が記憶しているだろう？

三年前の九月、レバノンに赴き、虐殺から二〇年目のシャティーラで遺族の話を聞いた。故郷を追われ、すべてを失い、祖国に帰ることだけを夢見て異邦の難民キャンプで三十数年を生きてきた人々はあの日、封鎖されたキャンプで斧や鉈で切り殺された。

いま、パレスチナの詩人マフムード・ダルウィーシュの詩を訳している。彼もまた、イスラエル建国によって故郷を追われ、祖国にいながらにして「難民」となった。彼の作品に「大地がぼくらに閉じてゆく」という詩がある。

「大地がぼくらに閉じてゆく。最後の小径へぼくらを追いたて、通り抜けようとしてぼくらは四肢を、五臓六腑をちぎり捨てる……」

心が震えた。これらの言葉が描いているのは、あの日、あの狭いキャンプの路地を逃げ惑い、行き場を失い、からだを切り裂かれて死んでいった者たちのことにほかならなかった。

イスラエル建国と相前後してパレスチナの各地で先住民に対する民族浄化が起きた。四八年四月、エルサレム郊外のデイル・ヤーシーン村では二百数十名の村民が殺され、七月、リッダの街では四百名以上が殺された。そして一万人以上の住民がリッダを追放され、その途上、夏の暑さと渇きで数知れない子どもたちが命を落とした。

「忘却は新たな虐殺のはじまり」。韓国の詩人、イ・ヨンジンの言葉だ。私たちはデイル・ヤーシーンを知らない。リッダを知らない。その忘却がシャティーラを生み、そして、シャティーラの忘却がその二〇年後、二〇〇二年のジェニーンの虐殺を生んでいるのではないか。

作品は次のように結ばれる。「ここで、ぼくらは死ぬ。ここ、最後の小径で。ここに、そしてまたここに、ぼくたちの血がオリーヴを植えるのだ」

■二〇〇五年一二月六日　**瓦礫の海のなかで**

イスラエル占領に対するパレスチナ人の最初の民衆蜂起のさなか、ユダヤ人女性アルナ・メルは占領下の難民キャンプに通い、学校が閉鎖され、教育の機会を奪われたパレスチナ人の子どもたちのために新たな教育の場を提供する。その献身的活動によりスウェーデン議会から「もう一つのノーベル平和賞」を受賞したアルナは、賞金でキャンプに劇場を設立、子どもたちに演技を教える。戦車に投石する代わりに、子どもたちは、芸術表現によって自らの怒りや苦しみや悲しみを表すことを学ぶ。

アルナとキャンプの子どもたちの交流と、その後、成長した彼らを襲う悲劇的な運命をアルナの息子、ジュリアノ・メル＝ハミースが描いたドキュメンタリー『アルナの子どもたち』（二〇〇三年）の日本語版がこのたび完成した。

舞台に立ち、満場の拍手を浴び、俳優を夢見る子どもたち。だが、彼らが十代後半となったとき、キャンプはイスラエル軍の侵攻に見舞われ、ある者は自殺攻撃の任務を自ら選び取ることになる。「夢の時代は終わったのだ」という言葉をジュリアノに遺して。

二〇〇二年四月末、私はイスラエル軍侵攻直後のジェニーン難民キャンプを訪れた。猛攻にさらされたキャンプ中央部は一面、瓦礫の「海」と化していた。遮るものもなく容赦なく照りつける日差しを浴びながら、かつて人が暮らした「家」だったものの残骸の周囲を歩き回りながら、私が見たのはただ、すさまじい物理的な破壊の跡だった。

だが、『アルナの子どもたち』を観て、あらためて知った。あの侵攻が何を破壊したのかを。それは子どもたちの夢であり、未来への希望であり、そして、彼らのかけがえのない命であり、ユダヤ人とパレスチナ人のあいだに、かつてたしかに育まれた信頼の絆と共生の願いだったのだ。それでもなお私たちは、二つの民族が平和に幸福のうちに共生する未来への希望を育てなければならない、ここ、ジェニーンの瓦礫の海のなかで。

■二〇〇六年二月二八日　壁に抗して

ヨルダン川西岸のジェニーン難民キャンプに劇場がオープンする。

イスラエルの占領に対するパレスチナ民衆の最初の蜂起（第一次インティファーダ）のさなか、難民の子供たちに演劇を通して自己表現の喜びを教えたユダヤ人女優アルナ・メルについては昨年一二月の本欄で紹介した。アルナの死後、ジェニーンのキャンプに彼女が開設した劇場は閉鎖され、二〇〇二年四月、イスラエルの再侵攻に見舞われた同キャンプは徹底的に破壊された。だが、彼女の遺志を継いだ住民たちとパレスチナの活動家、イスラエルのアーティスト、海外の非政府組織（NGO）の協力でこのほど新しい劇場がついに完成したのだった。その名も「自由劇場」。

ジェニーン難民キャンプと言えば昨年、イスラエル兵に息子を射殺された両親が、その臓器をユダヤ人に提供し話題になった。父親が事前にキャンプの宗教指導者と武装解放勢力のリーダーに是非を訊ねたところ、両者とも異存なかった。解放勢力の指導者は言ったという。命を奪うより命を与えたほうが、パレスチナ人の苦しみを彼らにより理解してもらえるだろうと。

父親が移植を決意した背景には、彼が長年イスラエルで働き、ユダヤ人と個人的な交流があったことが大きい。イスラエルの労働市場に対するパレスチナ人の経済依存が占領政策の一環であるにせよ、軍と一人ひとりの人間は違うことを彼はその体験から知っていた。いま彼が危惧するのは、イスラエルによるパレスチナ人の隔離政策の結果、息子らの世代がユダヤ人といえば占領軍兵士の姿しか知らないことだ。イスラエルが現在、建設中の壁は、イスラエルの安全を保障するどころか、「敵」に息子の臓器を移植することを父親に決意させた、他者との人間的交流それ自体を不可能にするだろう。

ジェニーンの劇場とはこの壁に穿たれた穴にほかならない。この地に真の平和を求めるパレスチナ人とイスラエル人と世界の人々の意志が穿った穴だ。そこはパレスチナ人とユダヤ人が人間同士として出会う舞台となるにちがいない。

■二〇〇六年五月六日　**他者の尊厳を否定する国家を撃つ濁りなき知性**

ナチス時代、他国を侵略しユダヤ人を殺戮し、他者の尊厳を顧みない体制を告発し処刑されたドイツ人女子大生ゾフィー・ショルの最期の日々を描いた映画『白バラの祈り』を観た。即決裁判で死刑宣告された彼女は即、斬首される。それほどまでに彼女の存在が体制にとって脅威であったのは、彼女の言葉が「真実」であったからにほかならない。

ゾフィーの姿に、三年前、イスラエル占領下のガザ地区で殺された米国人女子大生レイチェル・コリーの姿が重なった。占領軍の暴力からパレスチナ人を守る人権活動にあたっていた彼女は、パレスチナ人の家を破壊しようとするブルドーザーを制止すべく立ちはだかり轢殺された。

彼女がガザから家族や友人に書き送ったメールには、パレスチナ人が被っている抑圧的な現実が、人間に対する不正以外のなにものでもないことが明晰な言葉で刻まれている。そして、祖国が愛国主義のもとに結束し対テロ戦争を遂行するさなか、彼女は、イスラエルの占領を支えることでこの抑圧と不正に加担する自国政府に「有罪」を宣言したのだった。

このメールや日記をもとに英国で舞台化された芝居「私の名はレイチェル・コリー」はロンドンで大成功を収めるが、今春、ニューヨークで予定されていた公演は一部ユダヤ人の圧力で無期延期に追い込まれた。昨年、ノーベル文学賞を受賞した英国の劇作家ハロルド・ピンターや女優のヴァネッサ・レッドグレーヴら著名人が、自由の国におけるこのあからさまな表現の自由の侵害を批判しているが、そうまでしてでも、演劇という媒体を通じてレイチェルの声を広く社会に伝えることが抑圧されねばならなかったとすれば、ガザの現実を前に彼女が喝破した真実がいかに核心を穿つものであり、パレスチナとイスラエルの現実を支える者たちにとっていかに脅威であったかを逆に物語っていよう。

ゾフィーもレイチェルもその濁りなき知性によって、国家や国民や民族に関係なく他者の尊厳の否定を人間に対する不正として告発した。その知性こそ、愛国心が国民の責務とされ、国民と国家の同一化が推進されようとしているこの時代、私たちの道を照らす灯となるだろう。

5　夢みる力

パレスチナの夢

日本に行って何よりもショックだったのは、私たちがいまだにテント暮らしをしていると思っている人がいたことです。私たちパレスチナ人は五四年間も闘っているのに、私たちの真実がまだ分かってもらえていないのかと思って愕然としました。

——二〇〇二年九月九日、レバノンの首都ベイルートのシャティーラ難民キャンプで、ジャミーラ・シェハーデさん。日本の印象を訊かれて。

誤解を恐れずに言えば、最初は快哉を叫びました。なぜなら、世界の覇権を握っている超大国のその一角が攻撃され、崩れたのですから。でも、理性的になってみると、あのビルの中にいたのは何の罪もない人たちばかりなのだということに思い至り、とても悲しくなりました。人が殺されて悲しいという感情に、宗教や国籍は関係ありません。そして、次の瞬間、思ったのです。この代償を支払わされるのは私たちパレスチナ人だと。そして、残念ながら、私の予感は的中しました……

——二〇〇二年九月一一日、レバノン南部、アイネルヘルウェ難民キャンプで、バハーウ・タイヤールさん。二〇〇一年九月一一日、アメリカ合州国で起きた「同時多発攻撃」について訊かれて。

打ち砕かれた新世紀の期待

二〇〇〇年六月、オスロ合意から七年目のエルサレムを訪れた。重厚な石の城壁に囲まれたエルサレム旧市街。ダマスカス門界隈では屋台が連なり、乾電池から食器、下着まで雑多な日用品が並べられ、クーフィーエ（格子模様のスカーフ）を日よけ代わりに被った男たちやスカーフで頭を覆い長袖のワンピースを着た女たちでごった返していた。初夏の乾いた暑い日差しが白い石に照り返される。日焼けしたランニング姿の売り子の少年が小さな体軀とは不釣合いな野太い声を張り上げ商品と値段を連呼する。その傍らには、六月の暑熱のなか、豪華な刺繡を施した伝統衣装に惜しげもなく身を包んだ農村の女たちが、足元に自家栽培の野菜を並べて無言でたたずんでいる。雑踏のなか旧市街を進む。聖墳墓教会や嘆きの道の周辺は世界じゅうから訪れたキリスト教徒の巡礼客で溢れ返っていた。人ごみを避けてキリスト教地区の住宅街に入った。

狭い迷路のような路地。その両側に灰色の石の壁が続く。前年のクリスマスを前に子どもたちが描いたのだろう、石の壁のそこここに赤や緑のペンキでクリスマスツリーの絵が描かれ、幼い文字でアラビア語が綴られていた、「メリー・クリスマス、そして二〇〇〇年おめでとう。今年こそパレスチナに平和を！」と。新しいミレニアム、新しい世紀の到来を前に人々は——子どもも大人も——期待していたのだ、新しい時代が訪れることを、夢が現実のものとなることを。子どもたちの踊るような文字が、半年前の、期待に高揚した人々の気持ちを伝えていた。

だが、子どもたちが祈りを込めて壁に描いた言葉が色褪せもしないうちに、新たなミレニアムの最初の年に起こったのは、第二次インティファーダ（パレスチナ人の一斉民衆蜂起）の勃発にともなうイスラエル軍のパレスチナ自治区侵攻という事態だった[1]。地域封鎖、検問、攻囲、外出禁止令、家宅捜査、砲撃、爆撃、そして死がパレスチナ人の日常になった。日常化した出来事はやがてメディアでも報道されなくなり一年が過ぎた頃、新世紀の最初の年にニューヨークとワシントンで同時多発攻撃が起きた。アメリカ合州国は国際社会の承認のもと「テロ撲滅」を掲げてアフガニスタンを空爆する。国際的な正当性を獲得したこの過剰報復の論理はイスラエルによって流用され、以後パレスチナ自治区に対する攻撃は激化の一途を辿り、被占領地住民によるイスラエル市民の殺傷という過激な抵抗を引き起こした。抵抗の拠点となったジェニーン難民キャンプで、イスラエル軍は抵抗勢力の殲滅を目指し、キャンプは徹底的な破壊に見舞われることになる。

例外的状況を日常として生きる人々

二〇〇二年四月二九日早朝、私はエルサレムからジェニーンへ向かって、ヨルダン川西岸を一路北上していた。イスラエル軍再占領下のヨルダン川西岸、その北部に位置する街ジェニーンに四月初旬、イスラエル軍が侵攻する。街に隣接する難民キャンプは一週間にわたり攻囲され、空からはアパッチヘリ、F16型戦闘機で爆撃され、陸からはメルカバ戦車の砲撃にさらされたのだった。

キャンプ中央部に立つ。そこには何もなかった。三階建て、四階建ての家々が所狭しとひしめいていたにちがいないそこは、集中砲火を浴び、ブルドーザーによって押し潰され踏み固められ、いまや一〇〇メートル四方にわたって瓦礫、いや土砂の海と化していた。かつてここで数千人もの人々が暮らしていたことを髣髴とさせるものなど何もありはしなかった。徹底的な破壊は生の痕跡すらも破壊してしまっていた。瓦礫と土砂の山の中心部に、「殉難者《シャヒード》」たちを悼むハマースやジハード団の旗が掲げられている。その上に、無惨な破壊の光景とは不釣合いな、のどかな四月の青い空が広がっていた。遮るものの何もない空間で四月のパレスチナの太陽がじりじりと私の肌を焼いた。

破壊からすでに二週間がたっていた。老人が一人、破壊された自宅の残骸の上に無言のまま腰かけている。まるで彼自身が瓦礫の一部と化してしまったかのように。土砂の斜面の傍らでは、あれはカーテンなのかシーツなのか、即席で作った日よけの下に数人の男性が集っていた。ビラール・ダマジュさんとその家族だった。ここに三階建ての自宅があったんだよ、ビラールさんがそう言いながら日よけの外を指差した。彼が指差すままに向こうを見やったが、土砂の斜面の上に一〇〇メートル先まで見渡せる何もない空間がただ広がっているだけだった。日よけの下で互いに何を語るでもなく、彼らはただじっと眼前に広がる空間を見つめていた。

私の目には虚空としか映らないその空間は、そこで生活を営んできた彼らの目にはいったいどのようなものとして映っていたのだろうか。泣くでも怒るでもなく彼らはただ黙って見つめていた。喪に服しているのだと、そのとき思った。何もないその空間を何時間も何日間もただひたすら見つめながら、かつてそこにあったものたち、今や跡形もなく破壊され永遠に失われてしまったそれらのものたちを一つひとつ思い出しては、その喪失を胸の奥底で悼んでいるのだと。

ビラールさんの父親は一九四八年のイスラエル建国で故郷ハイファーの街を追われ、国を奪われ、何もかも失い難民となって、ここヨルダン川西岸のジェニーンにやって来たのだった。ビラールさんは一九六七年、イスラエルが西岸を占領したその年、このジェニーン難民キャンプで生まれた。そして、タクシー運転手をしながらキャンプで三五年間生きてきた。三階建の自宅。キャンプのほかの家々がそうであるように、彼の家もまた形ばかりの鉄筋に思いついたようにコンクリートブロックやレンガを積み上げ、モルタルで塗り固めただけの粗末な作りであったのだろう。それでもサロンには絨毯が敷かれ、テレビもあったかもしれない。家族が増えるたびに、赤ん坊の泣き声や笑い声が部屋を満たしただろう。壁には人生の折々に撮られたビラールさんや家族の写真が大切に額に入れられ飾ってあったにちがいない。さまざまな思い出。そして将来のささやかな夢。そのための蓄えもしていただろう……。だとすれば、破壊されたのは単に家だけではない。彼らは文字どおり、すべてを奪われてしまった。思い出とか将来の夢といった、ささやかだけれども大切な、人間の生を支え、彩る、そうしたことごとのいっさいが、家とともに粉々に打ち砕かれてしまったのだった。

別れ際、それまで自分からは何も言わなかったビラールさんがはじめて、彼の方から話しかけた。もう自分には恐いものなど何もない、と。もう失うものなど何もないのだから、と。

破壊をかろうじて免れた家々が残るキャンプ周辺部の路地を歩いていると突然、昼が近いせいだろうか、煮炊きする匂いが漂ってきて空腹を刺激した。軒先には色とりどりの洗濯物が干してあった。前を通ると、そこだけひんやりと冷たく湿った空気に石鹸の匂いがした。まっ白に洗いたてられたシャツの、その白さが眩しかった。

それは「日常」の匂いだった。とてつもない暴力と破壊という例外的状況のなかで、四月ののどかな青い空と同じように、煮炊きや石鹸の匂いやシャツの白さが何かとんでもなく場違いのような気がした。だが、生きているかぎり生活は続いていく。自分たちの存在を破壊し尽くそうとする凄まじい暴力の只中にあって、女たちはそれでも、皺の刻まれた指でジャガイモの皮を剝き、米を炊き、味見し、ほとんど彼女たちの生理と化してしまったかのようにいい按配で香辛料を加減し、子どもたちの服を洗い、綻びを繕い……彼女たちの存在をこの地上から抹消しようとするかのような暴力に抗して生きる、生き続ける、自分たちの「生活」を、「日常」を続ける。

その前日、ベツレヘムで。

イスラエル軍が攻囲するなか解放勢力が依然、聖誕教会で抵抗を続けていたベツレヘムの街には重度の外出禁止令が敷かれていた。外に出た者はその場で射殺される。広場の手前でパレスチナ人のタクシー運転手はそれ以上進むのを拒否し、仕方なく私たちはタクシーを降りた。電流でも流れているように街じゅうの空気がびりびりと緊張している。建物の屋上のどこかに私たちに照準を合わせたスナイパーがいるのだ。映画のストップモーションのように街全体が沈黙し動かない。風さえも吹かない。不用意に何かに触れでもしたらそのとたん、街全体ががらがらと大音響を立てて崩壊してしまうのではないかと思った。

だが、私たちが訪れたその日曜日、ベツレヘムに隣接するベイト・ジャラの街では復活祭ということで、何日かぶりに外出禁止令が数時間だけ解除された。ベイト・ジャラに入ると、晴れ着に身を包み、手に手に花束をもって教会を訪れる家族連れで教会前の通りは賑わっていた。

街では久しぶりに会う隣人たちや友人たちが抱き合い、笑顔で挨拶を交わしていた。屋外に置かれたブランコで女の子が四人、遊んでいる。前を通ると、はにかみながら手を振ってくれた。外で遊ぶのは何日ぶりのことだろう。ベランダにはこのときとばかりにたくさんの洗濯物が干してあった。外出禁止令が敷かれるとベランダにさえ出ることはできない。あれは洗濯物を終えた主婦だろうか、ベランダの前におかれたベンチに腰をおろし日向ぼっこをしている。それはのどかな、何の変哲もない日常の風景だった。だが、このような光景こそ、今のパレスチナでは非日常であり例外なのだ。街路を戦車が走り、銃弾が飛び交い、人々は家の中から出ることを許されず、深夜突然、イスラエル兵が自宅に乱入し、部屋をひっくり返し、家がダイナマイトで爆破され、花に水をやろうとバルコニーに出た者は撃ち殺される。このような例外状況こそを日常として生きているこれらの人たち……。

難民キャンプの女性たち

その年（二〇〇二年）の九月、私はレバノンにいた。

九月初旬のベイルートはまだ夏の日差しだった。地中海がまぶしい。日曜日、海岸通り《コルニーシュ》を歩く。眼下の岸壁で褐色の肌の青年たちが甲羅干しをしている。子どもたちが岩の上から水飛沫をあげ次々に海に飛び込み、魚と戯れている。繁華街では、長袖ワンピースにスカーフを被ったムスリム女性が乳母車を押す傍らを、クリスチャンであろう、細く長い脚をタイトジーンズで包み、小麦色の肌もあらわにタンクトップ姿の若い女性が闊歩している。一九七五年から一五年続いた内戦が終結して一二年になるベイルートは、外国資本のハイパーモダンなビルが建設されている狭間に、焼け焦げ、なかば崩れかけた弾孔だらけのビルがあった。

内戦中の一九八二年、イスラエルがレバノンに侵攻した。イスラエル軍はベイルートを攻囲し、当時ここに拠点をおいていたＰＬＯは武装解放勢力とともに撤退を余儀なくされる。イスラエル軍によって封鎖、包囲され、非戦闘員の住民のみが残されたサブラーとシャティーラの二つのパレスチナ難民キャンプで九月の一六日から一八日の三日間にかけて、イスラエル軍の支援を受けたレバノン右派の民兵組織（ファランジスト）が住民の大虐殺を行なったのだった。夜はイスラエル軍によって照明弾が撃ちこまれ白昼と見紛うばかりに明るく照らし出されたキャンプで、殺戮は四〇時間以上続いた。犠牲者は二〇〇〇人とも三〇〇〇人とも言われる。その多くが女性、子ども、老人だった。多くの者が家畜のように刃物で喉やからだを掻き斬られて殺された。まさにジェノサイドだった。その出来事から二〇年目の二〇〇二年九月、私はそのシャティーラ難民キャンプを訪れた。

縦二〇〇メートル、横三〇〇メートルあるだろうか、その狭い空間に二万人が暮らす。うちパレスチナ人七〇〇〇人、あとはレバノン人貧困層、出稼ぎのシリア人などだ。キャンプ内部は、子どもの積み木遊びのようにコンクリートブロックをどこまでも高く積み上げた、見るからに不安定そうな七階建て、八階建て、時には一〇階建て以上もの歪な「高層住宅」が互いを支えあうように建ち並んでいる。地震が来たらひとたまりもないだろう。見上げても空は見えない。せり出した壁が視界を塞ぐ。何十本もの電線が絡まりあいながら弧を描いて垂れ下がっている。その壁のあいだを縫うように、細く暗い路地が走る。日当たりが悪いせいで健康を害する者も多い。

シャティーラ・キャンプの西側を南北に走るサブラー通りは市場になっている。商店や露店が道の左右に軒を並べ、生きた鶏からパジャマ、CDにいたるまでさまざまな商品が売られている。色とりどりの新鮮な野菜や果物が屋台に山盛りに積まれている。値段はベイルート市内の半額だ。だからキャンプの住民だけでなく、市内からも人々が買出しに訪れる。そのため決して広いとは言えない通りはいつも人と車でごった返している。

ある朝キャンプを訪れると、通り一面、泥の海と化していた。水道管が破裂したのかと思ったが、聞けば、未明に雨が降ったのだという。朝、ベイルート市内にあるホテルを出たとき、通りは雨の降った痕跡すらなかった。だが、排水設備がなく水捌けの悪いキャンプでは雨が降れば即、道はぬかるみと化す。履いていたサンダルが泥の中にめりこむ。昼を過ぎても、道は相変わらずぬかるんだままだった。男性たちが木製の長いヘラで通りの泥を掻き出していた。カメラを向けると、一人の男が「撮れよ、撮れよ、これがキャンプさ」と呟くのが聴こえた。夜、再び同じ道を通ると、道はだいぶ乾いたものの、ぬかるみはまだ、そこかしこに残っていた。地中海式気候のレバノンでは、夏は乾燥するが冬は雨季だ。毎晩のようにしのつく雨が降る。冬になると、ときに泥水はひざ下まで達し、家の中にまで浸水してくるという。かつてのテントが「高層住宅」に変わっても、雨が降れば泥沼と化すキャンプの実態は五〇年前と変わらない。

ソーシャル・ワーカーのズフールさんに導かれてサブラー通りを歩く。「二〇年前、この道は、家畜のように喉を掻き斬られた死体でいっぱいでした。もう、ここにもあそこにも……」歩きながらズフールさんが言う。「家に逃げ込もうとして、そのまま戸口にうつ伏せに倒れた老人の死体がありました。両脚を広げて、女性が仰向けになって死んでいました……私は幼い妹の手を引きながら、その目を塞いで、死体のあいだを縫うように家に向かって歩きました……」二〇年後の今、その同じ通りを歩きながら、彼女の目には、私には見えない死体の数々が映っているのか。

殺されることを恐れて、住民たちは事件後一週間、家を出られなかった。九月の暑熱の中、一週間にわたって放置された死体は腐乱をきわめた。一週間後、ようやく外に出た住民たちは行方不明の家族を探して、無惨に殺された人々の顔を一つひとつ確認していった。首のない死体もあった。顔を口から両耳までナイフで切り裂かれた死体もあった。やがてこれらの死体は、キャンプの入り口にある広場に集められた。そこがいま共同墓地になっている。墓地といっても記念碑があるわけでもない。それは何もない更地にすぎなかった。死者を悼むものといえば、か細いバラの木がまばらに植えられた寂しげな花壇が片隅にあるくらいだった。

「これでも、ずいぶんと改善されたんですよ」。数千人もの虐殺の犠牲者たちが眠るその墓地の、あまりに墓地らしからぬ光景に私たちが愕然としていると、それに気づいたズフールさんが言った。「今年はベイルート市当局から予算もついたので、花壇もできて、少しは墓地らしくなりました。以前はここで子どもたちがサッカーをしていたくらいなんですから」。

墓地の入り口にはアラビア語で「サブラーとシャティーラにおけるシオニストによる虐殺犠牲者の墓地」と書かれた門がしつらえてあった。ここで、出来事から二〇年目の九月一六日、追悼集会が開かれることになっていた。だが、《出来事》はこれまで長らくタブーであったのだ。虐殺が起きた直後から、事件の聴き取り調査を始めた政治学者のバヤーン・アル＝フートさんによれば当初、人々は虐殺について証言するのを恐れていたという。事実を語ったりすれば、自分たちもまた同じ目に遭うのではないか、当局によって拘束されるのではないかと。したがって長いこと、そこに自分たちの大切な肉親が葬られていることを公に語ることもできなければ、そこで死者を悼むこともまた、できなかったのだった。

ズフールさんとともにサブラーに隣接するビゥル・ハサン地区にウンム・ムハンマドさんことワドハ・アル＝サービクさんを訪ねる。パレスチナでは既婚女性を呼ぶ際、長男の名をとってウンム・誰それ、つまり誰それの母と呼ぶのが慣わしになっている。ウンム・ムハンマドとは、ムハンマドの母を意味する。錆びた鉄の門を開けてウンム・ムハンマドさんが私たちを迎えてくれた。サロンと寝室の二間だけの小さな家。だが、ソファとテーブルと大きな食器棚が置かれたサロンはきれいに整頓され、狭さを少しも感じさせなかった。客人を迎えたパレスチナの家庭の誰しもがそうするように、ウンム・ムハンマドさんもまたグラスにレモンジュースをなみなみとついで、私たちをもてなしてくれた。

ウンム・ムハンマドさんは一九四八年、パレスチナ人がのちに「ナクバ（大厄災）の年」として記憶することになるその年に、パレスチナ北部のアル＝カーブリ村に生まれた。そして生後わずか六カ月で難民となったのだった。南部レバノンのラシーディーエ・キャンプで暮らし、一五歳のとき結婚し、夫とともにベイルートのこのビゥル・ハサンへやって来た。翌年、長男ムハンマドが生まれ、その後、男の子が三人、女の子が四人生まれるが、解放戦士だった夫は一九七八年に南部レバノンにおける戦闘で戦死する。

二〇年前のその日、身分証にスタンプを押すからキャンプに集合しろと命じられたウンム・ムハンマドさんは子どもたちを連れてキャンプに行った。シャティーラ・キャンプの入り口で女子どもの列と男性の列に分けられ、当時一九歳だった長男のムハンマドさんと一四歳だった次男のアリーさんは男性の列に並ばせられた。ウンム・ムハンマドさんが二人を見たのはそれが最後だった。言葉を交わす暇さえなかった。彼らはどこかへ連れ去られ、以来二〇年間、消息不明である。虐殺の衝撃の陰に隠れがちだが数百名に及ぶ行方不明者がいる。ウンム・ムハンマドさんも死体を検分したが、息子たちの姿はなかった。国際赤十字にも日参した。だが、二人の消息は今もって分からない。

ウンム・ムハンマドさんに息子さん二人のお名前と事件当時のそれぞれの年齢を確認したときだった。それまで淡々と事件の経緯を語っていたウンム・ムハンマドさんが、「ムハンマド一九歳」と言うなり激しく嗚咽したのだった。その名が唇にのぼった瞬間、愛しい者たちの記憶と、その彼らを暴力的に奪った出来事の記憶が彼女の脳裏に甦ったのか。不条理に肉親が奪われるという暴力。その出来事の暴力は、二〇年という歳月によっても馴致されることなく、今なお生々しい現在形の暴力としてウンム・ムハンマドさんを苛み、苦しめ続けているのだと思った。

ウンム・ムハンマドさんはさらに、兄と子どもたちのいとこなど一五名の親族を殺されもしていた。サロンの飾り棚のガラス扉に、芝生に腰を下ろした笑顔の青年の写真が飾ってあった。ムハンマドさんのものだった。サイドテーブルの上の写真立ての写真もムハンマドさんだった。当時まだ一四歳だった次男のアリーさんには、遺影にする写真すらも残されてはいなかった。

虐殺二〇周年を控えて、二〇〇二年九月一三日の晩、犠牲者の遺族や目撃者たちによる証言集会がシャティーラ・キャンプで開かれた。最初の証言者サミーハ・アッバースさんが、まだ十代だった娘のゼイナブさんとその夫の遺影を両手に掲げて席についた。サブラー、シャティーラでの虐殺に関して、ベルギーの弁護士らが中心になって、当時イスラエルの国防大臣であり作戦の最高責任者であったアリエル・シャロンの関係責任を問う民間訴訟を起こしている。サミーハ・アッバースさんはその原告の一人でもある。公式訴状には、二三名の原告による証言が収められており、そのなかにサミーハ・アッバースさんの証言もある。(2)

火曜日、イスラエル軍が来ると、一帯は砲弾の嵐でした。状況はさらに悪化するので、私たちは地下のシェルターへ降りました。私たちが、虐殺が行われていることを知ったのは金曜日です。私は隣人の家へ行きました。隣人のムスタファー・アル＝ハバラートは重傷を負って、自らの血の海に横たわっていました。彼の妻と子どもたちは死んでいました。私たちは彼をガザ病院に運び、それから避難しました。状況が落ち着いてから、私たちは戻り、娘とその夫を四日間探しました。四日間かけて、すべての遺体を見てまわりました。ようやく見つけた娘のゼイナブは、顔が腫れ上がり、死んでいました。娘の夫は身体を二つに斬られ、頭部はありませんでした。私は二人を運び、埋葬しました。

その日、集会で、席についたサミーハ・アッバースさんは、これが娘のゼイナブですと言うなり泣き崩れた。司会者が証言を促すと、「何を言えばいいの？」と叫んだきり、嗚咽し続けた。そのあと、何人かの女性たちが代わるがわる席についた。彼女たちは、あの日、あのときの出来事を体験したままに再現していく。ヴィデオテープを再生するように、見たもの聞いたもの、出来事を一つずつ……。それはとりとめがなく、聴いている者には前後の脈絡が見えず、肉親や隣人が殺されるという出来事の核心とは直接関係がないように思われた。聴いているとだんだん出来事の迷路に迷い込んでいくようだ。いらいらした司会者が、「もっとかいつまんで。要点だけを」と証言者をせっつく。だが、彼女たちの語りが要約的になるということはなかった。まるでひとつの出来事が次の出来事を想起するスイッチであるかのように、まるで、どれかひとつでも出来事を省いたら、出来事の全体像が成立しないかのように。時間を気にする司会者の焦燥をよそに、その晩証言した女性たちの多くが、記憶を再構成して出来事を提示するのではなく、出来事それ自体の記憶を自分が体験したとおりに語っていったのだった。

シャティーラ・キャンプの中ほどにガザ病院と呼ばれる建物がある。かつて病院だったその建物は現在、各フロアーに二〇家族が住んでいる。ブロックで仕切っただけの「家」が並ぶ。トイレは各階、個室が四つ。台所は一つ。各階に貯水タンクがある。

ズフールさんに案内されてこのガザ病院の五階に住むウンム・サーブリーンさんを訪問する。ウンム・サーブリーンさんには息子がいないが、サーブリーンとダーリーンという双子の娘がいる。二〇歳になるサーブリーンさんは先日、結婚した。今はダーリーンと二人で暮らしている。

それはブロックで仕切られた一間だけの「家」だった。八畳もあるかどうか。入り口に扉はない。通路も部屋もあまりに狭いので、空間を必要とする開き戸は実用的ではないのだろう。代わりに大きな布が扉代わりに吊るしてあった。部屋の一隅に食器棚があり、その左右に夜、ウンム・サーブリーンさんと娘さんの寝台になるのであろう、ソファが二つ置かれていた。水色のソファカヴァーは色褪せてはいたが、きれいに洗濯されていた。ソファの隣には箪笥、冷蔵庫、そして、ガスレンジといった一連の家具が壁にそって整然と配置され、壁には白いウェディングドレス姿のサーブリーンさんの大きな写真が額に入って飾ってあった。床は驚くほどきれいに掃き清められていた。土足のままあがるのがはばかられたくらいだ。レンジもまた磨かれ、油染みひとつなかった。

先日、階段で転んで脚を痛めていたウンム・サーブリーンさんは、話をしながらもずっと脚をさすっていた。心臓も患っているという。だが、UNRWA（国連パレスチナ難民救済事業機関）の病院へ行っても診てはもらえない。レバノンのUNRWAは現在、高齢者や心臓病、癌、腎臓病など治療費がかさむ患者を援助の対象から除外しているからだ。

ウンム・サーブリーンさんことナディーマ・ナーセルさんは一九五六年、レバノン北部トリポリ近郊にあるナハルバーレド・キャンプで生まれた難民二世だ。一九六四年にここシャティーラ・キャンプにやって来た。両親はパレスチナ北部アッカーに近いクフル・エイナーン村の出身だ。一九八〇年、二四歳のときに、五歳年上のムーサー・アイディさんと結婚した。ムーサーさんは鉄筋工で、ナディーマさんの家の近所に住んでいた。ムーサーさんのお母さんがナディーマさんを息子の嫁にと見初めたのだという。

「幼馴染だったんですか？」

「顔は知っていました。道を歩いているのを見かけたりして。でも話をしたことはありませんでした」

「ご主人はどんな方でしたか？」

「とっても思いやり深い、優しい人でした」

翌年、夫妻に双子の女の子が生まれる。

「赤ちゃんが生まれたとき、どんな気持ちでした？」

「それはもう、がっかりでしたよ。だって、男の子が欲しかったのに女の子で、それもいっぺんに二人もなんて。でも夫は、そんなこと言うもんじゃない、女の子だって男の子と同じように大切なんだと言って、私をたしなめたものです」

その一年後、イスラエル軍がレバノンに侵攻する。公式訴状にあるウンム・サーブリーンさんの証言は次のようなものだ。

木曜日のことです。突然、通りから人の姿が消えました。母が近所のお宅へ行ったあと、爆撃が始まりました。およそ一〇家族がその家に集まっていました。少しして、イルサン地区から女性がやって来て「彼らがハサンの奥さんを殺した！」と叫びました。彼女は娘を連れ、虐殺のことを大声で訴えます。私は一歳になった双子の娘たちを抱き上げ、夫のところへ行き「みんなが話してる、虐殺が起きているって」と伝えました。「そんなバカなことを」と答える夫に娘の一人を預け、私がもう一人を抱き、しかし爆撃がひどくなったので近所のお宅のシェルターに戻りました。すでにシェルターは女性、男性、子どもであふれています。タッル・エル＝ザァタル・キャンプ出身の女性は泣きながら言いました。「タッル・エル＝ザァタルで起きたこととまさに同じことが、いま起きているのよ」

タッル・エル＝ザァタルとはかつて東ベイルートにあった難民キャンプの名前だ。パレスチナ解放勢力の拠点であったそこに、レバノン社会の改革を目指すレバノン人ムスリムたちが合流し、タッル・エル＝ザァタルは革命の一大拠点となっていた。そのキャンプを一九七六年、レバノンのキリスト教徒右派勢力が半年間にわたって攻囲する。集中砲火を浴びたキャンプは徹底的に破壊され、武装勢力が降伏しキャンプが開放されたとき、集められた非戦闘員の住民たちの多くが無差別に虐殺された。この出来事で二万人いた住民のうち四〇〇〇人あまりが殺されたという。かろうじて生き延びた住民たちは、シャティーラをはじめとする他のキャンプに四散するが、六年後、そのシャティーラとサブラーで再び虐殺に見舞われたのだった。現在、タッル・エル＝ザァタルは野草が生い茂り、かつてそこに二万人もの人々が暮らしていた痕跡も、また数千人が犠牲になった出来事の痕跡もない。
公式訴状のウンム・サーブリーンさんの証言は続く。

ややあって、シェルターの外へ出た私は、そこで男性を壁に向かって押し付けている武装した男たちを見ました。それに隣に住んでいる女性も。武装した男たちにお腹を切り裂かれて……。数人の女性が家から飛び出してきて、彼女のスカーフを振り回し「私たち、投降するべきよ」と言っています。突然、私の妹が叫び声をあげました。「彼ら、彼の喉を掻き切ってるわ！」。両親が殺されたのではないかと思って、慌てて彼らのところへ娘を連れて行きました。武装した男たちは妹の夫を、私の目の前で殺しました。階上に上がると、彼らは男性を射殺していました。そこにいた男性は全員、殺されました。私は逃げました。見れば娘の一人は父親のそばにいます。武装した男たちは立ち去るところで、男性をシェルターから連れだしていました。私の夫も、その集団のなかにいました。キャンプの入り口で娘を抱いた私の夫を見たというレバノン人の女性と会いました。彼女は、私の夫がどのようにファランジストに殺されたか、斧で頭を割ったその一撃を一部始終見たそうです。娘は血だらけでした。キャンプに戻った私の親族だという男性が、このレバノン女性に娘を預けたそうです。ガザ病院まで逃げましたが、病院は軍の襲撃を受けたため、二度目の脱出を余儀なくされました。

ウンム・サーブリーンさんの夫は、赤ん坊のサーブリーンさんを腕に抱いたまま喉を掻き斬られて殺された。さらに彼女は夫のほかに義理の父親、三人の甥、五人の親族を殺されたのだった。一週間後、ウンム・サーブリーンさんが夫の遺体を検分したとき、死体は腐乱し、身にまとっていた服からかろうじて夫であることが分かったのだという。

ガザ病院にあるウンム・サーブリーンさんの一間だけのお宅で私たちが彼女から直接聴いた出来事の証言はしかし、証言集会で証言した女性たちと同じように、断片的でとりとめがなかった。ウンム・サーブリーンさんが体験したままの順番で時系列的に語られていく出来事は文脈化されておらず、出来事一つ一つの繋がりが因果関係を表す接続詞で結ばれているわけでもない。聴けば聴くほど、私たちは出来事の本筋がどこにあるのか分からなくなり途方に暮れてしまったものだった。だから公式訴状にある証言を読むと、それが出来事の本筋に沿って論理的に再構成されたものだということがよく分かる。

私はこれまで日本で、来日したパレスチナ人の女性や男性が、パレスチナ難民の苦難に満ちた経験について語るのを何度も聴いてきた。高等教育を受け外国語を話す、たとえばソーシャル・ワーカーのような女性たちは、自分自身の体験であっても、それをパレスチナ人の民族的な苦難の経験という歴史的文脈のなかに位置づけなおし、さらに彼女たちの民族の経験を人間の経験として普遍化し語ることができる。だが、難民キャンプで私が出会ったこれらの女性たちは貧しく困難な暮らしのなかで、おそらく満足な初等教育を受ける機会にも恵まれてはいなかっただろう。彼女たちは、自らが体験した暴力的な出来事を対象化して再構成したり、それをより高次元の歴史的な文脈のなかに位置づけなおして普遍化して語るといったこととは無縁の女性たちだった。二〇年という歳月が過ぎても、彼女たちが体験した出来事は、抽象化されたり普遍化されたりすることなく、彼女たちのなかで二〇年前と変わらない生々しい具体性でもって存在し続けているのではないかと思った。

ウンム・サーブリーンさんは脚をひきずりながら冷蔵庫の前へ行き、中から冷えた水を取り出すと、粉ジュースを溶いて私たちに出してくれた。真っ赤な色をしたジュースは味がほとんどなく、人工的な妙に甘ったるい匂いがした。突然、ウンム・サーブリーンさんが叫んだ。

「このあいだも証言を聴きたいという外国人が家にやって来ました。同じことをいったい何度、話せばいいんですか？　こんなことしていて、何になるんです？　何が変わるって言うんですか。何も変わらないじゃありませんか。今日だってパレスチナでは人が殺され続けているし、私たちは相変わらず国に帰ることができないでいる。毎朝、ああ、死んでいたらどんなに楽だろうと思いながら目を覚ますんです……」

ウンム・サーブリーンさんのその突然の感情の爆発に私はなんと言えばよいか分からなかった。そのとき、傍らにいたズフールさんがウンム・サーブリーンさんの手を握って言った。

「アッラーホ　ヨォティーキ　ルアーフィヤ（神があなたに生きる力を与えてくれますように）」

それは労をねぎらったり、疲れたり病んだりした人を慰めるときのアラビア語の定型句だった。まるで魔法を見ているようだった。泉から湧き出る甘い水のように、その言葉がウンム・サーブリーンさんの疲れたからだと心にすうーっと浸透したかのように興奮が鎮まり、彼女に内省を促した。その言葉の祈りどおりに彼女が生きる力を得たのかどうかは分からない。しかし、文学者のどんなに精緻を極め技巧をこらした言葉よりもその簡潔な決まり文句には、そのときのウンム・サーブリーンさんの魂に触れる何がしかの真実があったように私には思われた。文学者の語る真実に、ウンム・サーブリーンさんが何の用があろう。彼女は本など読みはしないのだから。

　自らが被る不条理な暴力や苦難を普遍的な文脈に位置づけ、そこに普遍的な意味を見出すことができる者たちにとっては、そうすることが、彼女たちが暴力的な出来事を生き延びる力となるであろう。ソーシャル・ワーカーの女性たちのように、自分自身が被った苦難を民族の苦難の歴史のなかに位置づけなおし、人間の普遍的な苦難として他の人々にそれを証言し分かち合う、そうすることが、その苦難を乗り越えて生きていく力に転化するのではないか。そのような者たちにとっては、本を読み、他者の苦難の経験やその経験から紡がれた思想に触れることは、自らが生きていくための大切な糧となるだろう。

　だが、そうしたこととはいっさい無縁に生きる者たちがいる。たとえばウンム・サーブリーンさんのように。出来事が抽象化されたり普遍化されたりすることなく、出来事をその具体性において生き続ける者たち。生きるということそれ自体が苦しみと同義であるような生、彼女たちを生きているかぎり苛み続けるその不条理な暴力に抗して、それでもなお彼女たちに生きる力を与え、彼女たちの人生に普遍的な意味を与え、彼女たちが生きるのを支えるものとして、たとえばイスラームというものがあるのではないか、そのとき、そのように感じた。

　ほかの多くの宗教と同じように、イスラームという宗教にも女性抑圧的な側面がたしかにありはするけれども、そして、イスラームのそうした女性抑圧的な側面が他者の女性たちによって批判されるとき、イスラームという宗教それ自体が否定されるべきものであるかのように語られたり、イスラームに対する彼女たちの信仰を貶めるような語り方がなされたりすることがまま、ある。まるでイスラームを信仰するこれらの女性たちが愚かにも、イスラームが自分たちを抑圧するということも知らないで、それを信仰しているかのごとくに。彼女たちがよりよく生きていく上で、彼女たちが信仰する宗教がもつ女性差別的な面が批判され、改善されるのは歓迎すべきことだけれど、彼女たちが被る女性差別的な抑圧を私たちが我が事のように感じとって憤るとしたら、私たちはそれと同時に、彼女たちのその信仰が、たとえばこのような女性たちの困難な生をどのように支え、彼女たちの生きる力となっているのか、それをも生き生きと感じとって、それに共感できるようでなければいけないと思う。

『プロミス』[3]という映画がある。イスラエルの四人のユダヤ人の少年たちと、エルサレムおよびヨルダン川西岸の難民キャンプに住む三人のパレスチナ人少年少女へのインタビューによって構成され、ユダヤ人とパレスチナ人の子どもたちの交流と対話の可能性を通して、二つの民族の共生の可能性を探った作品だ。監督の計らいによって、難民キャンプに暮らすパレスチナ人の少年は、あるとき祖母とともに故郷の村を訪れる。一九四八年のイスラエル建国で故郷を追われヨルダン川西岸にやって来た難民たちは、一九六七年の第三次中東戦争でイスラエルがそのヨルダン川西岸を占領したことで、図らずも故郷を訪ねることができるようになった。だが、そこに帰還することは依然として禁じられており、しかも故郷の村はすでにイスラエルによって破壊され、地図上からも、また物理的にも抹消されてしまっていた。難民たちのなかには故郷の家の鍵を半世紀以上たった今なお大切に保管している者たちがいるが、その家々も実は破壊されて、今は存在しないのだ。

少年の故郷もまたそうだった。瓦礫のあいだに野草が生い茂る廃墟で、しかし、祖母は指さして少年に言う。ここが誰それの家、あそこが誰それの家、と。そして、一本の木を見つけると、何もない空間を指して言う。ほら、あそこがわが家の玄関よ！「家」にやって来た祖母は少年に言う、どれ、私はここでお祈りをするよ……そして、老いた女性は石の上で礼拝を始めるのだった。彼女のその揺るぎない確信に満ちた行動は、信仰が半世紀に及ぶ難民生活を生き抜く人間としての尊厳と力を彼女に与えているのだということを何よりも物語っているように思われた。

ウンム・サーブリーンさんのお宅を辞去する。帰りがけ、年輩の女性が通路に屈みこんで野菜を刻んでいた。ウンム・サーブリーンさんも痛めた脚をひきずって何十段もの階段を上り下りし、市場で買ってきた野菜をああやって通路で刻むのだろうか。難民キャンプで生まれ育ち、思いやり深い夫はしかし結婚してわずか一年半で殺され、双子の乳飲み子を抱え、教育も手に職もなく、掃除婦の仕事によって得られるわずかばかりの収入と、あとはNGOとUNRWAの援助で二〇年という歳月を生きてきた。娘の一人は豪華なウェディングドレスを着せて嫁がせてやることもできた。もう一人の娘は、事務員をしながらコンピュータの専門学校に通っている。心臓を患い、脚も痛め、毎朝、死んでしまいたいと思いながら、それでも部屋を掃き清め、洗濯をし、料理をする。そのような一人のパレスチナ人女性の生。生きることそれ自体が闘いである、そのような生。

二〇〇二年春に日本を訪れたソーシャル・ワーカーのジャミーラ・シェハーデさんに日本の印象を訊ねたところ、返ってきたのは次のような言葉だった。「何よりもショックだったのは、私たちがいまだにテント暮らしをしていると思っている人がいたことです。私たちパレスチナ人は五四年間も闘っているのに、私たちの真実がまだ分かってもらえていないのかと思って愕然としました」

ジャミーラさんが「私たちパレスチナ人は五四年も闘っているのに」と言うとき、彼女の言う「闘い」

とは、戦闘や投石あるいは政治的な闘争だけを意味するのではないだろう。ソーシャル・ワーカーとして二〇年前の虐殺の直後から、夫や親や子供を奪われた女性たちの生に寄り添って、彼女たちの生活を支えてきた彼女にとり、「私たちパレスチナ人の闘い」とは、たとえばウンム・サーブリーンさんのような女性の日常的な生のことであり、その集積としてのパレスチナ人の生の謂いにほかならないのだと思う。

触れえぬワタン

二〇〇二年九月一一日、ニューヨークとワシントンにおけるあの「同時多発攻撃」から一年後のその日、レバノン南部の都市サイダ近郊にあるアイネルヘルウェ難民キャンプを訪ねた。アイネルヘルウェ・キャンプは、レバノンに一二あるパレスチナ難民キャンプのなかで最大規模のキャンプだ。一・五平方キロの空間に約六万人のパレスチナ人が暮らしている。すべてイスラーム教徒だ。

NGO「パレスチナの不屈の子どもたちの家」のアイネルヘルウェ・センターを訪問する。センターの建物に入ってまず目に入ったのが、額に入れられ壁に飾られたパレスチナの地図だった。それはパレスチナの伝統刺繍であるクロスステッチで布に刺繍されたものだった。エルサレムの位置には黄金のドームを戴いたアル゠アクサー・モスクとキリスト教会の絵が刺繍してある。

「私が刺したんです」。センター所長のバハーウ・タイヤールさんが言った。「子どもの頃から刺繍が好きで、近所のお姉さんに教えてと言っても、あなたはまだ小さいからだめと言われて、とっても悲しかったのを覚えています」

目をやるとセンターの壁のあちこちにババーウさんの手によるさまざまな刺繍作品が飾られており、そのことがほかのセンターにはない暖かな雰囲気を醸し出していた。

「キャンプの狭い家で、しかも大家族で暮らしているような子どもたちには、美しい空間で安らぐことが必要なのではないかと思って……」

パレスチナの伝統刺繍は主に女性の衣装に施される。その伝統刺繍でパレスチナの地図を描くというのはババーウさんが考案したものだった。

「家に帰って、時間があれば刺繍をしています。そしていつも、新しいデザインを考えています」

ババーウさんはこの何カ月か一日も休みをとらなかった。センターの通常業務に加えてこの間、レバノンのYMCAと協力して、キャンプの青年たちを対象に介助訓練のプログラムを行なっていたからだ。

「これはとても大切なことです。キャンプで生まれ育った若者たちはイスラーム教徒しか知りません。でも、レバノンのYMCAの人たちと出会うことで、レバノン人とレバノン国家は違うのだということ、レバノン人のキリスト教徒にも民主的な人々がいるのだということ、タッル・エル＝ザァタルやサブラーやシャティーラで私たちを殺したような人ばかりではないのだということを知るからです」

一九五七年生まれのババーウさんもまた難民の二世だ。二〇年前の虐殺事件のあと、ソーシャル・ワーカーとして親を失った子どもたちの母親代わりをしていた。だが、もっともっと子どもたちのために働きたい、自分の時間を子どもたちのために費やしたいという思いからセンターの所長になった。

「休みもとらず何が自分をこうまで仕事に駆り立てるのか、ときどき自分でも不思議に思うことがあります。仕事は必要です。生きていくためにはお金が必要ですから。でも、それだけではありません。

私はこの仕事が好きです。パレスチナ人一人ひとりの生と結びついた仕事だから。パレスチナ人に人間としての夢を育む仕事だから。つまりパレスチナ人のために生きることができるからです。パレスチナのために銃をとって闘えと言われても私にはできません。私は暴力はきらいです。でも、子どもたちや女性たちや若い人たちのために仕事をすることで、私は私なりにパレスチナのために闘っています。それが私のジハードです」

一九七八年以来、二〇年以上にわたって南部レバノンを占領していたイスラエル軍が二〇〇〇年五月、撤退する。これによりイスラエル軍の占領中は足を踏み入れることができなかったレバノン／パレスチナの国境地帯が解放され、レバノンのパレスチナ難民が国境を訪れ、数十年ぶりに故郷を目にすることができるようになった。この場合の「故郷」とは、単に「故郷パレスチナ」というだけではない。レバノンに暮らすパレスチナ難民のほとんどがパレスチナ北部の村々の出身であり、国境地帯の村の出身者も多い。有刺鉄線の向こうに文字どおり自分の生まれ育った故郷の村が見えるのだ。レバノンじゅうから難民たちが国境地帯を訪れた。バハーウさんもまた国境地帯を訪れ、生まれてはじめて故郷パレスチナを見たのだった。

「それはとても困難な瞬間でした。なぜならワタン（祖国／故郷）が……」バハーウさんは絶句した。涙がみるみる両目に溢れ、声がくぐもった。「私たちのワタンがすぐそこに見えるのに、そこに行くことも、手で触れることもできないのですから……」

『夢と恐怖のはざまで』(4)と題された映画がある。シャティーラ・キャンプに暮らす一三歳の少女モナと、ヨルダン川西岸のディヘイシャー難民キャンプに暮らす一四歳の少女マナールの交流を通じて、故郷パレスチナの記憶と祖国への帰還の夢を抵抗に転化させて闘う難民たちの生の現実をパレスチナ人監督メイ・マスリーが描いたドキュメンタリーだ。そのなかに、二〇〇〇年のこの国境での故郷との再会の場面がある。

レバノンのパレスチナ人の国境来訪に合わせて、占領下のパレスチナに暮らすパレスチナ人も国境を訪れ、有刺鉄線を挟んで数十年ぶりに分断されていた親族たちが再会を果たす。歌い踊る人々。有刺鉄線越しに延ばした腕で、はじめて見る難民の孫を胸にかき抱くパレスチナの祖父母。皺の刻まれた額に針が食い込む。小さな上半身を有刺鉄線のあいだに滑り込ませ、少しでも故郷に近い土をかき寄せようとする難民の少年……。だが、ひとたび解放された国境地帯は二〇〇〇年九月、第二次インティファーダの勃発によって再び閉鎖されてしまう。

国境から十数キロのところにあるラシーディーエ難民キャンプのソーシャル・ワーカー、マリヤム・スレイマーンさんは国境地帯が閉鎖されるまでの四カ月間に国境を六回、訪れたという。

「あのときの気持ちは、なんと表現してよいか分かりません。亡くなった父から聴き、本で読んでいたワタンがそこにあるのです……」マリヤムさんもまた、そこで声を詰まらせた。「あのときもらったパレスチナの土と石とオリーヴの枝を今でも大切に部屋に飾っています」

ベイルートに戻ってズフールさんに訊ねた。あなたにとってパレスチナとは何？

間髪を入れずズフールさんの答えが返って来た。

「パレスチナ、それはアッラーの次に大切なものです。パレスチナは私たちのワタンであり、私たちに人間としての尊厳を与えるものです」

パレスチナの夢

私の手もとに一枚の写真がある。赤ん坊を抱いてたたずむパレスチナ人の母親。パレスチナの農村の女たちの多くがそうであるように彼女もまた、黒地の布に色とりどりのクロスステッチの刺繍が裾まで施された豪華な伝統衣装をまとっている。母子の背後には鋭利な刃を無数につけた鉄条網がとぐろを巻く。二〇〇二年四月、イスラエル再占領下のパレスチナを訪れたとき、カランディーエ検問所で撮ったものだ。

カランディーエ検問所はヨルダン川西岸の、パレスチナ自治政府がおかれているラーマッラーの街とエルサレムとを結ぶ幹線道路のほぼ中間にイスラエル軍が設けたチェックポイントだ。道路はコンクリートブロックで塞がれ、周囲は鉄条網でバリケードされ通り抜けできないようになっている。検問所の何百メートルも手前から自動車が長い列をなしている。エルサレムからタクシーに乗ってきた私たちはそこで降りて、徒歩でチェックポイントまで歩かねばならなかった。そこにはすでに数百人ものパレスチナ人の男女が身分証明書を手に、長い行列をつくって順番を待っていた。一人ひとり、土嚢の背後でM16自動小銃を構えた迷彩服のイスラエル兵に身分証明書を見せ、行く先と用件を告げ、チェックを受けなくてはならない。

もう三〇分も待っただろうか。順番はなかなかやってこない。四月とはいえパレスチナの太陽は朝一〇時でもすでにじゅうぶん暑い。傍らにいた女性に話しかける。ラーマッラーに病気の父親がいるので、週に何度か見舞いに行くのだという。そのたびに行きと帰り、検問所でチェックを受けなくてはならない。何時間も並んで、時によっては通過が許可されないこともある。事実この日、私たちが並んでいるさなかにも、病院に行くという母娘が検問所の通過を拒絶された。理由は定かではない。通過させるもさせないも、そのときそこにいるイスラエル兵の恣意にまかされているのだった。大学に通うにも職場に行くにも、隣の街に住む親類や友人を訪ねるにも、毎日こうして列に並び、何十分、時には何時間も待たねばならない。しかし、それも運よく外出禁止令が敷かれておらず、地域封鎖もされていないならばの話だ。検問所で出産を余儀なくされる産婦もいる。

その女性は赤ん坊を腕に抱いて鉄条網の傍らに立っていた。私はガザの難民キャンプに暮らすパレスチナの画家ファトヒ・ガビンの作品「沙漠の聖母子」を思い出した。赤ん坊を胸に抱いた若い女性。聖母子像を思わせるその母子の周囲を無数の棘をつけたサボテンがとり囲んでいる。女性は一九四八年のイスラエル建国で故郷を追われ、ガザの難民キャンプにやってきたファトヒの母であり、赤ん坊は生後数カ月で難民となったファトヒ自身の姿だった。そして母と子をとりかこむサボテンの棘は、難民となった母子のその後の人生において二人を待ち受ける苦難の数々を象徴しているのだという。ファトヒはこの絵に「沙漠の聖母子」というタイトルをつけた。思えば、二〇〇〇年前、迫害を逃れてパレスチナからエジプトへやって来た母子もまた難民であった。

カランディーエ検問所のパレスチナ人の母子は、まさに二一世紀の沙漠の聖母子だった。罪もない赤ん坊の背後でとぐろを巻いている鉄条網のその無数の刃は、二〇世紀の後半五〇年間、そして新世紀を迎えた今なおパレスチナ人を襲う不条理な暴力と苦難の象徴である。だが、カランディーエの母子像が喚起するのはそれだけではない。パレスチナがパレスチナ人のものであったはるか昔、文字と無縁なパレスチナの農村の女たちは、自ら刺す刺繍のその一針ひと針に自分自身の夢や希望や憧れを託し、彼女たちの世界観を色とりどりの刺繍で表し、自らのエクリチュールを日常、その身にまとってきた。それと同じように、占領下でも変わることなく、おそらくは彼女自身が一針ひと針刺したのであろう、彼女が身にまとっている豪華な伝統刺繍の民族衣装は、半世紀を経てもなお潰え去るどころか日々新たにされる、占領者の暴虐に対するパレスチナの女たちの深く、力強い抵抗の意志表示のようにも思われた。

そうであるとすれば、「沙漠の聖母子」像において母と子をとりまくサボテンは、二人を見舞う苦難の象徴だけではないのかもしれない。それは、夏の暑熱に耐え、冬の寒風に耐え、沙漠という過酷な環境のもとにあってなお逞しく生き延び、生き続ける者たちの象徴であるとも言えるのではないか。夜毎、一針ひと針に故郷への思いを込めてパレスチナの形を刺繍するアイネルヘルウェ難民キャンプのバハーウさんは言った——国境を訪れ、パレスチナをこの目で見て、私は確信したのです。私たちはきっと、帰ると。私がだめでも、私たちの子どもたちが必ずや帰るのだと。私たちのワタン（祖国／故郷）、パレスチナに……。

大地がぼくらに閉じてゆく。最後の小径へぼくらを追いたて、通り抜けようとしてぼくらは四肢を、
　五臓六腑をちぎり捨てる
大地がぼくらを圧し潰す。ぼくらが大地の小麦であったなら、死んでふたたび生きられるのに。大
　地が母であったなら
ぼくらを慈しんでくれるのに。ぼくらが岩の絵であったなら、夢が運び去ってくれるのに

いくつもの鏡。ぼくらは見た、魂を守って最後のときに、ぼくらの最後の者の手によってやがて殺
されゆく人々の顔を
その子どもらの祝いにぼくらは涙した。ぼくらは見た、この最後の宙の窓から、やがてこどもたち
を投げ捨てることになる人々の顔を。いくつもの鏡、ぼくらの星がそれを磨くのだ
最後の境界が尽きたあと、ぼくたちはどこへ行く。最後の空が尽きたあと、鳥たちはどこを飛ぶ。
最後の大気が尽きたあと、草花たちはどこで眠る
深紅に染まった蒸気で、ぼくたちは自らの名を記す
聖歌の掌をぼくたちは切り落とす、ぼくたちの肉でその歌を完成させるために
ここで、ぼくらは死ぬ。ここ、最後の小径で。ここに、そしてまたここに、ぼくたちの血がオリー
ヴを植えるのだ

（マフムード・ダルウィーシュ「大地がぼくらに閉じてゆく」）

注

（1）二〇〇〇年九月二八日、イスラエルの右派政党リクード党の党首であったアリエル・シャロンが武装した警官隊数百名を引き連れ、エルサレムのイスラーム第三の聖地アル＝アクサー・モスクのある「ハラム・アル＝シャリーフ」を強行訪問する。反発したパレスチナ住民が警官隊に投石、これに対し警官隊が発砲し、事態はパレスチナ民衆の一斉蜂起へと発展する。モスクの名にちなんでアクサー・インティファーダとも呼ばれる。

（2）「公式訴状　サブラ・シャティーラでの虐殺に対するシャロンの関係責任」（http://www.geocities.co.jp/Holly-wood/

1123/annex/sharon/index.html）より引用。ただし、固有名詞の表記や表現など一部改変した。
（3）原題 "Promises" ジャスティーン・シャピロ、B・Z・ゴールドバーグ、カルロス・ボラド監督、二〇〇一年、アメリカ。
（4）原題 "Frontiers of Dreams and Fears" メイ・マスリー監督、二〇〇〇年、パレスチナ、アメリカ。

ワタン（祖国）とは何か

ねえ、サフィーヤ、ワタンとは何か、きみは分かるかい。ワタンとは、このようなことのすべてが起こらないということなのだよ。

——ガッサーン・カナファーニー『ハイファーに戻って』より

1

二〇〇三年九月二四日、中国「残留」日本人孤児たち六〇〇人が東京、名古屋、京都、広島の四地裁に、日本国家による棄民政策に対する国家賠償を求めて提訴した。敗戦時、中国大陸に置き去りにされ、戦後は戸籍を抹消され、度重なる国家の棄民政策の被害者でありながら帰国孤児たちの多くは、十分な自立支援や生活保障もないまま放置されている(1)。

九月二五日に放映されたＮＨＫ「クローズアップ現代」は「祖国での孤立、中国残留孤児はいま」と題して帰国孤児たちの実態を追っていた。心臓を患う独り暮らしの女性は友人もなく、日本語が話せないため医者に行けず、中国から薬を送ってもらっていた。帰国後、十数年で定年退職となり、わずかな年金しか支給されずに生活不安を抱える男性。妻子は中国へ戻ってしまった。独りで暮らしている彼は、最後に、一語一語を噛みしめるように静かに叫んだ、「祖、国、は、鬼、だ」。

現代の日本語で「鬼」という言葉が血も涙もない冷酷さを表すものとして使われることがあったとし

ても、その言葉はリアリティをともなわない形骸的な比喩に過ぎない。そうであるがゆえに逆に、日本国家の冷酷さを言い表すとき、この言葉以外にはありえないという切実さをもって、彼の舌から敢えて発せられた「鬼」というその言葉に、祖国に裏切られた彼の、身を切るような無念な思いを私は感ぜずにはいられなかった。彼が帰国後、母語であり母国語であるはずの日本語を再び学び直さなければならなかったにしても、彼のからだの深くには、大陸で彼がまだ幼かった頃、たしかに耳にしていたであろう母語の、リアリティをともなう「鬼」という言葉の記憶が刻まれているだろう。戦後の中国社会で生きながら、「日本鬼子」という石つぶてが幾度となく彼のからだを打ち据えただろう。日本国家の冷酷を「鬼だ」というとき、その言葉の向こうには、彼が祖国という存在に母の慈愛を重ね合わせていたことが透けて見えるだろう。

2

一九八一年にパンテオン・ブックス社から出版されたエドワード・サイードの *Covering Islam*（『イスラム報道』）が、一九九六年、一五年ぶりにヴィンティッジ社から再版されるにあたり、著者は新版への序文を新たに書き下ろしている。日本語版で五六頁にもおよぶそれは序文というより、同書の初版が刊行されて以来一五年間の合州国社会における、むしろ悪化の一途をたどるカヴァリング・イスラーム――イスラームを報道すると同時に隠蔽すること――の「最新の局面」について豊富な実例をあげて論証したものである。サイードは『オリエンタリズム』の最終章「今日のオリエンタリズム」最終節で九頁（日本語版）を割いて、イギリス人東洋学者バーナード・ルイスの学問的言説におけるオリエンタリズムを詳細に分析し批判しているが、このヴィンテイッジ版への序文においても、バーナード・ルイスが再び批判の俎上に上げられている。議論の対象となっているのは、一九九三年に出版されたルイスの『イスラームと西洋』(2)に収められた「祖国と自由」Country and Freedom と題する論考である。

バーナード・ルイスの『イスラム世界はなぜ没落したか』(3)の監訳者解題において、臼杵陽はルイスを、「ヨーロッパ諸語に加えて、アラビア語、トルコ語、ペルシア語、ヘブライ語といった中東の言語をいくつも駆使する類まれな語学力と古典イスラーム史に関する博覧強記ぶりは他の追随を許さない。まさに……中東イスラム研究の碩学」と紹介し、『イスラームと西洋』を比較文明論的なテクストと位置づけている。「祖国と自由」は、「祖国」を意味するアラビア語の「ワタン」(watan)とはいかなる概念であるかについて、ヨーロッパ諸言語における「祖国」という語の歴史的な進展変化の過程と対比させながら比較文明論的に考察した八頁あまりの短いエッセイである。まず「祖国と自由」におけるルイスの論旨を確認しておこう。

アラビア語の「ワタン」について論じるに先立って著者はまず、ヨーロッパ諸言語における「祖国」という言葉の歴史的起源とその変遷を概観する。冒頭、祖国のために闘って殺されるトロイの英雄ヘクトールの、「己が祖国のために闘うという予言ほどよきものはない」という言葉と、「祖国のために命を投げ打つは甘美なことなり」という古代ローマの詩人ホラティウスの言葉が紹介され、ここで「祖国」と訳された言葉が、原文ではそれぞれ、古代ギリシア語の patris、ラテン語の patria にあたること、「父」を意味する言葉から派生したこれらの言葉には「父祖の郷」という意味が担われていることが説明される。古代ギリシア・ローマ文明において patris あるいは patria という言葉が意味する対象は、人々の政治的アイデンティティや忠誠の単位としての「都市」であったこと、そして、ギリシア人あるいはローマ人とは単なる都市住民ではなく「市民」であり、市民は都市の政治に参加する権利と引き換えに、都市の大義のために闘い、場合によっては殉じる義務を有していた。ローマ帝国の時代にこの政治的アイデンティティの単位が「都市」から「地方」へ、そして「地方」から今日、「国」と呼ばれるところのものへと拡大してゆく。それにともなって、市民としての責任と政治参加の権利は減少していくが、自らの patria のために闘う義務はそのつど再定義されながら、引き継がれていった。さらに中世、近代初期になると、人々の政治的アイデンティティの単位は王国になる。一六世紀のフランスの詩人デュベレは、フランスを芸術の母と讃え、シェイクスピアはその作品のなかで、「イングランド」に対する愛を謳っている。やがて、現代になって、古代ギリシア語や後期ラテン語において「同郷者」を意味していた patriotes や patriota は、祖国の大義のために献身する者を意味するようになり、その patriot の情感や信念を表すものとして patriotism という新たな語が生み出されるにいたる。

こうしたヨーロッパ諸語における「祖国」に対して、ルイスによれば、ある場所に住んだり滞在したりすること、または住まうための場所を選ぶことを意味するアラビア語の動詞 watana から派生した名詞の watan とは、一時的な滞在も含めて、人が住まう所を単に意味するものに過ぎない。一四世紀の著述家、ジュズジャーニーは、人が生まれついて暮らしを営んでいる土地としての「固有のワタン」と、定住地ではないが一五日以上滞在している「滞在のワタン」という二つのワタンを区別しているという。したがってアラビア語のワタンとは、「patris や patria およびヨーロッパ諸語においてそれらに対応する言葉がはらむ古典的、現代的意味とかけ離れたものであることは明白である」とルイスは結論する。

しかしながら、アラビア語の「ワタン」もまた、人間の情念と深く結びついた言葉であったと著者は言う。たとえば古代アラブ詩においては、移動生活を送るベドウィン（遊牧民）がかつて生活したキャンプの跡を眼前にしたとき心に掻き立てられる郷愁の思いが、その基本的なモチーフのひとつであった。

さらに著者は「アラブの偉大な歴史家イブン・ハルドゥーン」を引用し、第二代カリフ、ウマルがアラブ人に向かって言ったとされる、「自らの系譜を覚えなさい。出自を訊かれたとき、ナバテア人のように、「私はどこそこの村の出身です」などと答えてはならない」という言葉を紹介する。その発言の信憑性は留保しつつ、しかし、自らの出自を土地によって表象することを卑しむムスリムの心性は歴史を通じて観察することができると著者は述べる。ヨーロッパの君主たちが「イングランドの王」「スペインの王」などと自らを領土によって表象するのに対して、イスラーム世界では、ムスリムの君主が地名を冠した称号を用いるのは敵をけなすときだけであり、近代以前のムスリムの歴史家は、スルタンや王朝の歴史を書くことはあっても、国や民族の歴史を書くことはなかったとルイスは論じる。

エッセイの後半では著者は、アラビア語の「ワタン」という語が、フランス語の patrie や英語の country に対応する政治的意味あいを獲得するのは、一八世紀後半、ヨーロッパの影響によるものであったことを指摘し、トルコやエジプトの近代知識人の著作において「ワタン」という語が、ヨーロッパ語に倣って、民族、自由、主権、権利といった新たな含意をもったものとして登場するようになったと述べている。

このようにルイスの「祖国と自由」は、古代から近代にいたるさまざまな時代の歴史的文献資料を参照しながら、今日、「祖国」の意味で用いられているアラビア語の「ワタン」が、歴史的には、ギリシア語のpatris、ラテン語のpatriaを起源とするヨーロッパ諸言語における言葉とは語の起源的にも、また歴史的にも、まったく異なった独自の進展を遂げたものであることが文献学的に考察されているが、『イスラム報道』ヴィンティッジ版への序文においてサイードは、『オリエンタリズム』におけるルイス批判に勝るとも劣らぬ激しさでもってルイスのこのワタン論を批判している。

「イスラームに対するこの文化的戦争における最大の攻撃者の一人が、イギリス人オリエンタリストの長老格、バーナード・ルイスである。（中略）ルイスの見解は、イスラームをキリスト教とリベラルな価値観に対する危険と見なすという、一九世紀のイギリスとフランスのオリエンタリストに由来するまったくもって因習的な代物であるが、なぜそのような見解がかくも絶大な人気を博するのかは容易に想像がつく。ルイスがその著作のなかで強調していることはすべて、イスラームの何もかもが、基本的に、「我々」が暮らしている既知の、馴染み深い、許容できる世界の外部にあるかのように描くことである」(4)。

これは、ルイスの言説戦略の特徴を要約したくだりであるが、「祖国と自由」においてルイスが行っているのも、アラビア語の「ワタン」なるものの歴史的考察を通して、それがヨーロッパ諸語における「祖国」とことごとく異質であることを強調することで、アラブ・ムスリムの価値世界を、「我々」が生きる世界のまったき外部に構築することであると言える。アラビア語の「ワタン」がいかにヨーロッパ諸言語における「祖国」と隔たっているかが対比的に論じられることで、一方では、ギリシア・ローマの時代から歴史的に一貫するヨーロッパ文明なるものが言説的に構築されるとともに、他方では、その異質性が強調されることで、ヨーロッパ文明とはまったくもって異質極まりない意味世界を生きるイスラーム世界なるものが構築されることになる。ヨーロッパ文明とイスラーム文明という二つの別個の文明世界の存在は、比較文明論的な議論の前提であると同時に、比較文明論的な議論が遂行的に産出する言説的効果でもあるのだ。

ルイスのワタン論についてサイードは次のように批判する。

「その一例として、アラビア語で「故郷」とか「祖国」を意味する「ワタン」という言葉に関する彼の論文をとりあげよう。この語についてのルイスの説明は偏向しているが、それは、この言葉から現実の領土的あるいは関連的な含意を引き剝がそうとする試みである。彼はいかなる文脈的証拠も挙げずにこう主張する。この言葉は patria や patris のように「父祖の土地」を意味するものではなく、これらの言葉と比較することもできない。なぜなら、イスラームにとって「ワタン」とは、人がただそこに暮らすだけの中立的な場のことであるからだ、と。（中略）しかしながら、その論文のなかの何もかもが、アラブ・ムスリムの生きられた現実に対する衝撃的なまでの無知をあらわにしている。アラブ・ムスリムにとって「ワタン」という言葉は実際に、「父祖の土地」との実存的連関を確かに、紛れもなく有しているのである。そのまことしやかな論点を補強するためにルイスがすることと言えば、中世のアラブ文学に二、三の例を求めるに過ぎず、その結果、一八世紀から今日にいたる文献も「ワタン」という語がまさしく、現実のアラブ人が生まれ故郷、帰属、忠誠を表すために用いているという、日常ありふれた語用法もことごとく無視されている。アラビア語という言語は彼にとってテクストの中だけのことばであって、話されたり、日々、人が交わるためのことばではないので、「ビラード」（くに）とか「アルド」（大地）など特別な住処と愛着の念を強く含意している関連語彙などすっかり忘れ去っているようだ」[5]。

「祖国と自由」は一見すると、博学な著者がその博識の一端でもって一般読者の知的エンターテインメントに供するために、文明論的な薀蓄を傾けた教養趣味的な読みもののように思われるが、その実、犯罪的なまでに悪質きわまりない政治的意図に浸潤されたテクストである。ルイスのワタン論について サイードはそれ以上語っていないが、私にとってこのテクストがとりわけ悪質だと思われるのは、ルイスが単に「アラブ・ムスリムの生きられた現実に対」して「衝撃的なまでの無知」であるから、というよりも(実際にそうであるにしても)、それ以上に、この教養趣味的に装われたテクストが、アラブ・ムスリムの生きられた現実と、「ワタン」という語が確かに、そして紛れもなく、父祖の土地、生まれ故郷、そこへの帰属、忠誠という政治的アイデンティティを含意しているという事実を覆い隠すものとして政治的に意図され、そのようなものとして機能しているからである。サイードが指摘するように、ルイスのワタン論とは、「ワタン」という言葉から、その語が実際にはらんでいる領土的含意を引き剝がそうとする試みであることによる。

ルイスがこのエッセイで、古代アラブ詩を引き合いに出し、「偉大な歴史家」イブン・ハルドゥーンやカリフ・ウマルの威光を借りながら証明しようとしているのは、次のようなことだ。アラブ人にとっては「祖国」を意味する「ワタン」とは、父祖伝来の土地を意味するものでも、自らが生まれ育った土地を意味するものでもないということ、彼らにとって一時的であれ一五日以上滞在したところはどこでも「ワタン」なのであり、「ワタン」に寄せる思いとは、ベドウィンが、うち捨てられた野営の跡地に対して抱く郷愁のようなものであること、アラブ・ムスリムにとって出自を地名によって表象するのは卑しむべきことであり、したがって、彼らは、領土的なものに対しては帰属意識をもたないということ、自由や主権、市民的権利、民族といった諸概念と結びついた「祖国」という概念は近代になってヨーロッパからもたらされた外来の意識であり、イスラームという歴史的なアイデンティティに比べれば、たかだか百数十年の歴史しかもっていないということ等々である。

では、ルイスが隠蔽し否定しようとした、アラブ・ムスリムにとっての生きられた現実としての「ワタン」とはどのようなものであるのか、レバノンのパレスチナ難民を例に考えてみたい。

3

二〇〇二年九月初旬、レバノンを訪れた。ベイルートのシャティーラ難民キャンプ、レバノン／イスラエル国境にほど近い南部のラシーディーエ難民キャンプ、そしてサイダ近郊のアイネルヘルウェ難民キャンプを訪ね、いろいろな方々から話をうかがった。

レバノンに居住するパレスチナ人のほとんどが、ハイファー、アッカー、サファドなどパレスチナ北部の農村の出身である。一九四八年、着の身着のままで故郷を追われた村人たちは村ぐるみで近隣の村々を転々としながら、ついに進退窮まって徒歩で国境を越えたという。それが今にまで続く難民生活のはじまりだった。それから五四年。かつてのテント暮らしはレンガを積み上げた高層アパートに変わったものの、キャンプの劣悪な住環境は五〇年前と変わらない。汚水にまみれ、日の当たらない不衛生な環境のなかで多くの住民が健康を害している。

かつて東ベイルート郊外にあったタッル・エル＝ザァタル難民キャンプは革命勢力の拠点だった。レバノン内戦が勃発した翌一九七六年、ファランジストと呼ばれるレバノンのキリスト教徒右派民兵組織がキャンプを封鎖、集中的な砲撃を加えた。住民は半年間、持ちこたえたものの医薬品も食糧も底を尽き、住民が降伏したその日、虐殺が起こった。四〇〇〇人の住民が虐殺された。それから六年後の一九八二年にはイスラエル軍がレバノンに侵攻（レバノン戦争）、ベイルートを占領する。封鎖されたサブラーとシャティーラの両難民キャンプで、イスラエル軍にバックアップされたファランジストによる虐殺が起こる。四二時間のあいだに老若男女二千数百名もの住民が斧やなたでからだを切り裂かれて殺された。

昨年二〇〇二年はその虐殺事件からちょうど二〇年目にあたっていた。お話をうかがった方のなかには、夫を殺された妻や、父親はじめ一五人の親族を目の前で殺された青年、息子二人を強制連行され今日に至るまでその行方を探し求めている母もいた。

レバノンのパレスチナ人は約四〇万。レバノンの総人口の一割に相当する。宗派間の微妙な政治的バランスの上でかろうじて危うい均衡を保っているレバノンでは、そのほとんどがスンニー派ムスリムであるパレスチナ人がレバノン社会に定住し市民的権利をもつことは、政治バランスを一挙に覆しかねないとあって、レバノンのパレスチナ人は一切の政治的権利を奪われて、あくまでも「難民」としてとどめおかれ、ヨルダンやシリアなど近隣アラブ諸国のパレスチナ人と比べて著しい社会的、制度的差別を被っている。七〇以上の職種に関してパレスチナ人の就労が禁じられており、苦労して大学を卒業してもパレスチナ人であるかぎりレバノンで専門職に就くことはできない。

インタビューを重ねるうちに、気がついたことがある。「ワタン」という言葉が、レバノンにおけるパレスチナ難民の生を理解する上できわめて重要かつ特権的なキーワードであるということだ。何を話題にしていても、行き着く先は「ワタン」だった。

幾度となく繰り返される虐殺。閉ざされたキャンプのなかで獣のように喉を掻き斬られて殺されていくしかなかった者たち。なぜなら私たちにはワタンがないから。私たちを守ってくれるワタンがないから。社会的差別。「難民」として蔑まれ、亡命を決意する若者たち。なぜなら私たちにはワタンがないから。私たちに人間としての尊厳を与えてくれるワタンがないから。異郷で宮殿に暮らすより、天幕でもいいからワタンで暮らしたいと幾人もの人が語った。

二〇〇〇年五月、二〇年以上にわたって南部レバノンを占領していたイスラエル軍が撤退し、国境地帯が解放された。レバノン全土に散らばるパレスチナ人たちもバスを連ねて国境を訪れた。有刺鉄線の向こうに見える故郷、それは、二世、三世の多くにとって、生まれて初めて目にするワタンだった。そのときの気持ちについて訊ねると、難民三世の若者たちが生まれて初めてワタンを目にした感動を無邪気に語るのに対して、二世の大人たちが口にしたのは当惑であり、怒りであり、悲しみであった。それが当惑にせよ怒りにせよ悲しみにせよ、彼らをそのとき襲った感情は同じものであったのだと思う。彼らは異口同音に語った。ワタンがそこに、すぐ目と鼻の先にあるのに、そこに足を踏み入れることも、手を触れることもできないのです……しかし、また、ワタンを実際に目にすることで、多くの者が帰還のための闘いの意志を新たにもしていた。難民二世のある女性は言う。ワタンをこの目で見て確信しました。私たちはきっと帰ります。私がだめでも、私たちの子供たちが必ずや帰ります。

二〇〇〇年九月、パレスチナで第二次インティファーダが勃発すると、レバノンのパレスチナ難民たちもそれに呼応してレバノンの国境地帯でイスラエルの国境警備隊に向かって投石を始め、死傷者も出て、国境地帯は再び閉鎖されてしまう。国境訪問はわずか四ヵ月間の出来事だった。二〇〇〇年のこの国境地帯への訪問という出来事は、レバノン在住のパレスチナ人映画監督メイ・マスリーのドキュメンタリー映画『夢と恐怖のはざまで』でも描かれている。有刺鉄線のあいだから上半身を乗り出して、ワタンの土を掻き集める少年。カメラは有刺鉄線の彼方にワタンを凝視する老女の顔をアップで捉える。その表情は険しく、顔には深い皺が幾重にも刻まれている。故郷から暴力的に引き剝がされ、虐殺を生き延びながら難民として困難な生を生きてきた五〇年の歳月の言葉にならない思いが幾筋もの皺となって刻まれたかのようだった。彼女にとってワタンとはいかなるものなのか、マスリー監督は老女のその無言の表情に語らしめていた。

マスリー監督が『夢と恐怖のはざまで』の三年前に撮った『シャティーラキャンプの子供たち』は、レバノンのパレスチナ難民にとって「ワタン」とはいかなるものかという問題をより前景化させた作品である。監督からハンディ・ヴィデオカメラを渡されたキャンプの子供たちは老人にカメラを向けるとパレスチナについて訊ねる。老人は言う、約束してくれ、パレスチナのことを忘れないと、たとえ百世代たとうとパレスチナへ必ず帰ると。なぜならパレスチナは私たちのワタンなのだから、ワタンとは人間にとって何よりも大切なものなのだよ、なぜならそれはワタンなのだから……日本語字幕はそれなりに整合性のある文章に翻訳されていたが、老人がアラビア語で語っているのは、そのようなことだ。それはトートロジーであるが、しかし、老人のトートロジックな説明は、彼にとってワタンたるパレスチナがいかなる存在であるかということをこれ以上ないほどに言い表していると言えるだろう。人間にとってかけがえのないもの、大切なものほど、合理的な説明とは相容れないものであることを私たちは知っているはずだ。

少女は傍らに立っていた女性にカメラを向けて訊ねる。あなたの出身は？　女性は答える。私はサフサーフの出身よ。少女が訊く。サフサーフで生まれたの？　まさか、女性が言う。私は違うわ、でも、私の両親がパレスチナのサフサーフで生まれたのよ……私がインタビューした人々もそうだった。出身を訊ねると難民の二世も三世も、パレスチナの地名を答えた。私はアッカー、私はハイファー……その表情を見ていると、故郷の名を口にした瞬間、故郷の風景が彼女たちの脳裏に広がっているかのようだった。それほどに、彼女たちが口にする故郷の名には、単なる音声にとどまらない記憶の厚みが感じられた。出自を訊かれて地名を答える彼女たちはカリフ・ウマルの教えに反して、ナバテア人のように振舞っていることになる。

もう、十分だろう。半世紀以上にわたり難民として困難な生を強いられているレバノンのパレスチナ人にとって「ワタン」とはパレスチナ以外にはありえない。生まれ育った難民キャンプもレバノンも彼らにとって「ワタン」ではない。「ワタン」、それは父祖伝来の土地であり、人間としての尊厳、権利、自由、主権といった諸概念と分かちがたく結びついているものだ。そして、「ワタン」の解放と帰還のために、難民として生きるという困難な闘いを自ら引き受けているのである。五〇年以上に及ぶ難民的生のなかで、「ワタン」という語はそのようなものへと生成変化したのである。これが、パレスチナ人によって生きられている経験としての「ワタン」の一端である。

ルイスが「祖国と自由」においてアラブ・ムスリムにとっての「ワタン」とはこのようなものだと

語っていることは、そのことごとくが、パレスチナ難民によって現実に生きられている「ワタン」のありようを覆い隠す言説として機能する。さらに、「ワタン」における命を賭けて守るべき「祖国」という含意が、ヨーロッパ的「祖国」を模倣した百数十年の歴史しかもたない外来のものであり、アラブ・ムスリムにとってはイスラームという歴史に根ざした宗教的アイデンティティの方が強力であると語られるとき、「ワタン」の解放と自由のためにパレスチナ人が身を賭して行う闘いは、「祖国愛」に殉じる崇高な行為ではなく、イスラームという信仰に殉じる中世的狂信として解釈されることになる。三六年という長きにわたってイスラエルの軍事占領下におかれたパレスチナで住民が行う闘いが占領者から「ワタン」を解放するための抵抗であり、抑圧された人間の自由を求める普遍的な営みであることがオリエンタリズムによって隠蔽される。「ワタン」という語がギリシア語やラテン語の patria, patris 同様、「祖国」を意味するものとしてパレスチナ人によって生きられているという紛れもない現実を否定しようとするルイスの言説が何に奉仕するものであるかは明らかである。

4

「ワタン」という言葉は、パレスチナ人作家ガッサーン・カナファーニーの小説『ハイファーに戻って』においても重要なキータームとなっている。

一九三六年、パレスチナのアッカーで生まれたカナファーニーは、四八年、イスラエル建国によって難民となった。ダマスカスの難民キャンプで暮らしながら、国連パレスチナ難民救済事業機関が運営する学校で学んだのち、クウェイトを経てその後、ベイルートに渡り、ジャーナリストとなる。ＰＦＬＰ

のスポークスマンを務める傍ら、作家として創作活動を行っていたが、一九七二年、車に仕掛けられた爆弾によって三六歳の若さで爆殺された。

一九六九年に発表された『ハイファーに戻って』は、四八年の戦争でイスラエル領となったパレスチナを追われてヨルダン領であったヨルダン川西岸に居住していた難民たちが、六七年の第三次中東戦争において圧勝したイスラエルが東エルサレム、西岸、ガザを占領し、これらの地域がイスラエルの領土に組み込まれたことによって、二〇年のあいだ帰りたくても帰ることができないでいた故郷、すなわち「ワタン」を図らずも訪れることができるようになってしまったという事態を受けて書かれたものである。

主人公のサイード・Sと妻のサフィーヤもまた、故郷ハイファーを訪ねる。二〇年ぶりに訪れたハイファーの自宅には、ホロコーストを生き延びたポーランド系ユダヤ人の女性ミリヤムが住んでいた。ミリヤムの夫、イフラート・コーシンは数年前に戦死していた。サイード夫妻は二〇年前、混乱のさなか、赤ん坊であった長男ハルドゥンを自宅に置き去りにしてしまっていた。夫妻はハルドゥンがミリヤムとイフラート・コーシンの子ドヴとして育てられたことを知る。成人した彼はイスラエル軍の兵役に就いていた。やがて帰宅したハルドゥン／ドヴは、彼らの息子であることを拒絶し、あなた方はハイファーを出るべきではなかった、それができなかったのなら、いかなる代償を払おうとも、乳飲み子をベッドに置き去りにすべきではなかったと言って、二人をなじる。

サイードは自問する。「ワタン」とは何か、と。

「ワタンとは何か？　それはこの部屋に二十年間存在し続けたこの二つの椅子のことか？　それとも

テーブルのことか？ 孔雀の羽根のことか？ 壁にかけられたエルサレムの写真のことか？ 扉の留め金のことか？ バルコニーか？ ワタンとは何だ？」(6)

サイードは妻に訊ねる。ねえ、サフィーヤ、ワタンとは何か、きみは分かるかい。ワタンとは、このようなことのすべてが起こらないということなのだよ。

今回、アラビア語原著を確認して、あらためて気がついたことがある。長いこと、私はこの部分を、「祖国とは、このようなことのすべてが決して起きてはならない所なのだよ」であると思い込んでいたのだが、実際はそうではなかった。アラビア語原文を英語に直訳すると次のようになる。

Do you know what Watan is, Safiya, Watan is that all of this shall never happen.

「ワタン」とは、このようなことのすべてが「起きてはならない所」なのではなく、このようなことのすべてが「起きてはならないということ」であると著者は語っているのだ。すなわち、「ワタン」とは場所ではない、「こと」なのだ。

奴田原睦明訳の日本語版ではその部分は次のように訳されている。「おまえには祖国とは何だかわかるかい、ねえソフィア。祖国というのはね、このようなことのすべてが起こってはいけないところのことなのだよ」。この訳は微妙である。「起こってはいけないところのこと」の「ところ」が「場所」を意味する「所」であるのか、関係代名詞的な「ところ」なのかがこの訳では判然としない。著者が敢えて、場所ではなく「こと」としての「ワタン」を表そうとしたとすれば、読者の誤読を避けるためにも、「ところ」という言葉は用いない方がよかったのではないかと思う。

サイードは続けて語る。「私はただ探し求めているだけだよ。私は真のパレスチナを探しているのだよ。想い出や孔雀の羽根や子供や階段の落書きというものではない真実のパレスチナを。私は自分に問うてみたのだよ。ハーリドにとってパレスチナとは何かと、彼はあの花瓶も、あの写真も、階段も、ハリーサも、ハルドゥンも知らない。けれどもパレスチナは彼にとって人間が武器を取り、そのために死ぬ価値のあるものなのだ。

おまえと私にとって、それは想い出の埃の下に埋まったものを捜すことにすぎない。その埃の下に、何をわれわれが見つけたか御覧。また別の埃を見つけただけだ！ ワタンとは過去のみだとみなした時、私達は過ちを犯したのだ。ハーリドにとってワタンとは未来なのだ。そこに相違があり、それでハーリドは武器をとろうとしたのだ……」(7)

ハーリドとは難民キャンプで生まれた夫妻の次男である。彼はワタンの解放のための戦士になることを希望していたのだった。

自らも難民として流浪の生を生きることを余儀なくされたカナファーニーが、その難民的生の中から思想的営為として紡ぎ上げた「ワタン」、それは、特定の実体的な領土的空間を意味するものではなく、「このようなことのすべてが起きてはならないということ」であった。そのことは、「ワタン」とは未来である、という言葉とも対応していよう。「過去」がすでに存在しているという意味である種の実体性を伴うものであるのに対して、「未来」とはこれから創り上げていく未形の存在である。

徐京植は『ハイファーに戻って』を論じた文章において次のように語っている。

「未来に、その難民キャンプでない暮らし、こういうことのすべてが起こってはいけないところの祖国を目指す――問題のある言い方だけれど「ベクトル」と言っておきましょう――そのベクトルそれ自体が祖国である、という考えですね。つまり、祖国というのは人間の生き方の態度のことだ。これはきわめて自分に引きつけた読み方ですけれども、私はそう思わされました」。そして、徐は魯迅について語った中野重治を引用して、祖国とは政治的態度決定のことであると述べている。(8)

徐は「自分に引きつけた読み方で」あると留保をつけているが、カナファーニーが「ワタン」を「こと」として表象していることを考えれば、徐の読みはテクストの核心を深く突いていると思う。さらに、作中、サイード・Sは息子の言葉を受けて「人間とは問題それ自体を体現した存在なのだ」と語っている。原文のアラビア語を英語に直訳すると、The man is the cause. となる。「ワタン」が実体的な領土、場所ではなく、「こと」と等号記号で結ばれているように、ここでも、「人間」が「問題」と等号記号で結ばれている。「ワタン」が、その末形の未来を築く人間の政治的態度決定であるとすれば、それに対応するように、人間個々の存在において「ワタン」と切り結ばれる生き方が政治的態度決定としてたち現れることになろう。

離散と流浪を強いられた一パレスチナ人難民作家が、その困難な難民的生のなかから、人間の生き方の問題として「ワタン」なるものを考察したその普遍的な思想的営みは、中東世界の経験をすべて異質な他者の経験として「我々」の外部に位置づけようとするルイスのワタン論が決して論じえないものである。

5

中国「残留」孤児たちによる国賠訴訟は、これまですでに東京、鹿児島で六五〇人が提訴しており、その後も、一〇月三一日には高知で四五人が提訴するなど、その数は最終的には全帰国孤児二四〇〇人の八割にあたる二〇〇〇人に達するものと予想されている[9]。

同じ日本人なんですから——支援集会で日本人弁護士が語ったという。では、「在日障害者無年金訴訟」をはじめ国籍を理由に国民ならざるものたちが法のもとで差別されることはかまわないのか。同じ日本人なのだから差別してはいけない、という論理を立てるとき、日本人を差別するその同じ国家によって、日本人ならざるがゆえに差別されている者たちの、国家に対するその闘いの論理とどのように結ばれうるのだろう。

「祖国は鬼だ」という帰国孤児の男性の言葉。そして、このようなことのすべてが決して起きてはならない「こと」としてのワタン。私たちのワタン、私たちの祖国とは、いかなるものだろうか。

註

（1）坂本龍彦『証言　冷たい祖国　国を被告とする中国残留孤児たち』岩波書店、二〇〇三年。

（2）Bernard Lewis, "*Islam and the West*", Oxford University Press, 1993.

（3）バーナード・ルイス『イスラム世界はなぜ没落したか？　西洋近代と中東』臼杵陽監訳、今松泰・福田義昭訳、日本評論社、二〇〇三年（Bernard Lewis, "*What Went Wrong? Western Impact and Middle Eastern Responses*", Oxford University Press, 2002.）。

（4）エドワード・サイード「ヴィンティッジ版への序文」岡真理訳、『イスラム報道　増補版』浅井信雄・佐藤成文共訳、みすず書房、二〇〇三年、xxx。

（5）エドワード・サイード、前掲書、xxxi-xxxii。

（6）ガッサーン・カナファーニー『太陽の男たち／ハイファに戻って』奴田原睦明訳、河出書房新社、二四八頁。ただし、引用に当たって「祖国」を「ワタン」に改めた。
（7）カナファーニー、前掲書、二五三―四頁。
（8）徐京植「土の記憶」『民族を読む　20世紀のアポリア』日本エディタースクール出版、一九九四年、一二八頁。
（9）二〇〇三年一〇月二五日付『毎日新聞』京都版、一〇月三一日付『毎日新聞』高知版、九月二四日付『赤旗』。

あとがき

異邦でパレスチナへの思いを詩にうたってきたパレスチナ人の詩人マフムード・ダルウィーシュは、一九九四年、オスロ合意によって暫定自治の始まった占領下のヨルダン川西岸の街ラーマッラーに「帰還」したが、「詩作にはシエスタ（午睡）とマージン（生の余白）が不可欠」と語り、イスラエル軍と入植地にとり囲まれた占領下での創作の困難を語り、「今、ここ」の現実を生きる、そのあまりの重さが、文学の言葉それ自体を困難なものにしていることを詩人自ら証言している。

二〇〇四年八月、私は訪れたヨルダンの首都アンマンで一冊の小説とめぐりあった。ヨルダン在住のパレスチナ人作家、イブラーヒーム・ナスラッラーの『アーミナの縁結び』と題されたその作品は、日々、愛する肉親が、友人が、隣人の誰かが、砲撃や狙撃で殺されゆくイスラエル軍再侵攻下の「今、このときの」ガザを舞台に、こんなときだからこそ私たちには未来に対する希望が必要なのだと言って、自分の愛する者たちの仲をとりもって結婚させようと思いをめぐらす心優しいアーミナの物語だ。

だが、作品を読み進めるうち次第しだいに読者に明らかになるのは、アーミナが最良の縁組を考える、彼女の愛する者たちは――彼女の息子や隣家の娘も――みなすでにイスラエル兵の銃弾をその身に受けてこの世にはいないという事実である。作者ナスラッラーは、大切な肉親を、友人を奪われていく、日常と化した暴力を生きるなかで精神に変調をきたした愛情深いアーミナが、自分の愛する者たち――生きる者も亡くなった者も――そのすべての幸福な結婚を夢見て縁結びに思いをめぐらす姿を通して、「今、このとき」ガザのパレスチナ人がどれほど深い悲嘆と痛みのうちに生きているかを読む者に伝える。作品の終盤、ことの全貌が見えてきたとき、私はアラビア語の文字を追いながら、涙が溢れて止まらなかった。作者ナスラッラーがパレスチナ人であるからこそ書けた作品であると同時に、彼が、占領下の直接的現実から隔たったところにいるからこそ書きえた「今、そこの」現実なのだと思う。ナスラッラーの、占領下に生きる同胞たちへの「祈り」のような小説。

本書には、この一〇年あまりのあいだに書きためた文章がまとめられている。一〇年近くも前に書いた文章はいま読むとどれも気恥ずかしく、他人のような振りをしたいところもあるが、これら複数の文章のなかに、私自身気づくことのなかった、通底するモチーフを読みとって、一冊の本にまとめてくださったのは、前著『彼女の「正しい」名前とは何か』（二〇〇〇年）に続き青土社の宮田仁さんである。棗椰子の木陰への思いを分有してくださったことに感謝しています。

二〇〇六年六月七日記

岡 真理

新装版へのあとがきに代えて

二〇二二年二月二四日、ロシアがウクライナに侵攻した。この文章を書いている三月二八日現在、国外に避難したウクライナ難民は一千万を超える。「ウクライナ」はこの間、欧米世界のトップニュースとなり、日本の主要メディアも連日、戦況を報じるとともに、ウクライナ難民の様子を詳細に伝え、彼らの日常を破壊したロシアとプーチン大統領を声高に非難している。人間の命は等価だ、人間の尊厳の問題と言って。

だが、今世紀に入って、アフガニスタンで、イラクで、シリアで、そして、パレスチナで、イスラエル占領下のガザで、そこに生きる者たちの生が、同じように大規模に破壊され、彼らが同じように難民になっているとき、世界のメディアや政府は、今、ロシアのウクライナ侵攻に対するのと同じように、生を蹂躙される者たちの側に立って、彼らの命の価値は等しい、人間の尊厳を守れと報じただろうか、主張しただろうか。

シリア難民の問題が日本をはじめ世界のメディアで大きくとりあげられるようになったのは二〇一五年のことだ。二〇一一年に始まる内戦で、シリア人が難民化して、すでに数年がたっていた。中東のアラブ人ムスリムが中東で難民になっている限り、「世界」にとってそれは、世界のニュースのア・ラ・カルトのひとつに過ぎなかった。だが、隣国のトルコやレバノンに逃れた難民たちが、いっぱいになったコップの水が溢れこぼれるように、ゴムボートで地中海をわたりヨーロッパを目指して初めて、「世界」は彼らの問題を報じた、「欧州の難民危機」として。今、ウクライナ難民について、どれだけヒューマニスティックな「絵」が撮れるかをメディア各社が競うように、国を追われた幼子や母親の肉声を拾って、視聴者の人間的共感を掻き立てるような報道がなされている。それと比べるなら、「欧州難民危機」における難民たちの報道は、ウクライナ難民の報道よりも、大陸を縦断する蝗の大軍についての報道に近かった。

パレスチナのガザに至っては、二〇〇七年以来、イスラエルによって完全封鎖され、二〇〇八年暮れ以来一二年半のあいだに四度にわたるイスラエルによる大規模な軍事侵攻に見舞われている。数年おきに繰り返される戦争、しかも、そのたびに、破壊兵器の威力は過去のそれをはるかに凌駕して「異次元の」攻撃と化す。ロシアの侵攻がウクライナの人々の日常を破壊したというが、ガザの人々の日常は、二〇〇七年に始まった封鎖によって、イスラエルの侵攻以前からつとに、致命的なまでに破壊されている。二〇一四年夏の、五一日間にわたって続いた戦争のさなか、ガザ市民の代表たちは世界に向けたアピールを発表し、封鎖解除なき停戦を受け入れろ、すなわち、完全封鎖下での生に戻れというのは、我々に生きながら死ねというのに等しいと言って、無条件停戦案を蹴ったハマースを支持した。さらに、どれだけ攻撃されようと、封鎖されているがゆえに住民は、ガザの外へ「難民」となって逃れることすらできない。住民を「袋の鼠」状態にしておいて、ガザの全土が無差別に爆撃されるのだ。攻撃が禁じられている国連施設でさえ標的にされ、避難していた住民たち十数名が殺されている。メディアは、ハマースが国連施設にロケットランチャーを設置していたから、ハマースが住民を人間の盾にしている、というイスラエル側の主張を紹介し、それ以上は追及しない。いずれの側にも与せず、「中立」「客観的」であることがジャーナリズムの使命であるかのように。かくして、イスラエルによって枚挙に暇ないほど戦争犯罪の数々が犯されているが、イスラエルがその罪を問われ、裁かれたことはない。このイスラエルに対する国際社会の「寛容さ」、不処罰の国際的「伝統」が、パレスチナ人には何をしても許されるという状況を生んでいるのだ。ガザ報道では、メディアが堅持する「中立性」「不偏性」なるものが、ことウクライナ報道に関しては擲たれ、「人間の命は等しい」「人間の尊厳」「戦争犯罪」のシュプレヒコールだ。それこそがジャーナリズムの使命であるのなら、同じことがガザのパレスチナ人に対しても、中東のアラブ人に対しても、同様に主張されねばならないはずだが、現実は違う。これは紛うことなきレイシズムだ。

ロシアによるウクライナ侵攻という事態は、それに対する世界の対応と、中東のアラブ人ムスリム、なかんずくパレスチナ、そしてガザの人々に対するそれとの気の遠くなるような落差によって、この世界の「ダブルスタンダード」を露わにする。「人間の命は等価だ」「人間の尊厳」と声高に繰り返す主流メディアや各国政府が、それとは真逆の態度で、中東の人々、そしてパレスチナ、さらにガザの人々に、同じ命の価値、人間の尊厳など認めていないからだ。私たちが今、生きているのは、ロシアによって、命の価値が否定され、人間の尊厳が蹂躙されている世界ではない。肌の色や、話す言葉や、信仰の如何によって、「私たち」と同じ命の価値や人間の尊厳が認められる人間と、そうでない人間がいることが当然視され、それを前提に物事が動いている世界である。レイシズムと植民地主義が支配していた時代と何も変わっていない。「普遍」とは依然、「私たち」の専有物であり、「彼ら」のものではないのだ。

連日、大きく報じられるロシアのウクライナ侵攻という事態を契機に、初等教育、中等教育の教室で、今、平和について考える取り組みがなされているという。世界で起きていることに積極的関心をもち、平和とは何か、そのために自分に何ができるか、世界の明日を創る子供たち、若い世代にぜひ、考えて欲しい、知って欲しい。私たちはみな、肌が何色であろうと何語を話そうと、何を信仰していようと、この地球という惑星を「ワタシ」とする同胞であること。人間の命の価値はみな等しいこと。すべての人間に尊厳があること。それを破壊し、蹂躙することは、どこであろうと、誰に対してであろうと、また、いかなる形であれ、許されざる罪であるということ。そして、その罪は、海を渡った大陸の遥か彼方でだけ起きているのではないということ。イラク戦争後、戦争に反対し、戦争で傷ついた人々のために活動しようとイラクに渡った日本の若者たちが、社会的にすさまじいバッシングに遭ったこと。私たちの社会を支えるために日本に呼び込まれ、奴隷にも等しい状況で、尊厳など一顧だにされず、単なる労働力として酷使されている者たちがいること。私たちに「不安を与え」ないために、入管の収容施設でその人間性を愚弄された挙句、死に至らしめられる者たちがいること。そして、沖縄のこと、在日の人々のこと、この国の植民地主義もレイシズムも決して過去のものではないこと。それを支えているのは、私たち自身であること……。それこそが、私たちが現に生きるこの社会の紛れもない底流であるということ。

これが、私たちが生きる世界の姿だ。考えるだに暗澹とするほかはないが、しかし、逆説的にも、このような世界だからこそ、私たちはこの世界に生まれてくるのだろう。私たちひとりひとりが、これらのことに応答するために。そして、この世界で、この世界を、私たちの手で、このようなことのすべてが起こらないということとしての「ワタン」になすために。

二〇二二年、ウシュマ・サンダマリさんの死から一年目の三月に

岡　真理

初出一覧

棗椰子の木陰の文学　『図書』二〇〇四年八月

出来事の低みで　『新潮』二〇〇四年一一月

「二級読者」あるいは「読むこと」の正統性をめぐって　『思想』一九九八年四月号

私、「私」、「「私」」……　M/other's Tongue(s)　西川長夫ほか編『20世紀をいかに越えるか』平凡社、二〇〇〇年

ハーレムの少女とポストコロニアルのアイデンティティ　竹村和子編『ポストフェミニズム』作品社、二〇〇三年

知の地方主義《プロヴィンシャリズム》を越えて　栗原彬ほか編『越境する知6　知の植民地：越境する』東京大学出版会、二〇〇一年

ふたつのアラビア語、あるいは「祈り」としての文学　書き下ろし

アリーファ・リファアト、女の生／性の闇を描く　書き下ろし

第三世界における女性と解放　栗田禎子編『〈南〉から見た世界04　中東』大月書店、一九九九年

クロニクル1997〜2006　『北海道新聞』夕刊連載（掲載日は本文参照）

パレスチナの夢　『アジア新世紀3　アイデンティティ』岩波書店、二〇〇二年

ワタン（祖国）とは何か　『現代思想』二〇〇三年一一月増刊（原題「ワタンとは何か」）

棗椰子《なつめやし》の木陰で　新装版

第三世界フェミニズムと文学の力

二〇二二年五月二〇日　第一刷印刷
二〇二二年五月三〇日　第一刷発行
ISBN978-4-7917-7469-2, Printed in Japan

著　者　岡　真理
発行者　清水一人
発行所　青土社
東京都千代田区神田神保町一―二九　市瀬ビル　〒一〇一―〇〇五一
（電話）〇三―三二九一―九八三一〔編集〕　〇三―三二九四―七八二九〔営業〕
（振替）〇〇一九〇―七―一九二九五五

印刷所・製本所　ディグ

装　幀　今垣　知沙子